Wegzeichen und Irrlichter

Eleonore Sausmikat

Bibliografische Information der Deutschen Nationalbibliothek:
Die Deutsche Nationalbibliothek verzeichnet diese Publikation in der
Deutschen Nationalbibliografie; detaillierte bibliografische Daten sind im
Internet über dnb.dnb.de abrufbar.

© 2021 Eleonore Sausmikat
1. Auflage Mai 2021
Herstellung und Verlag: BoD – Books on Demand,
Norderstedt
Satz und Layout: Talent-Design
Umschlagvorderseite: Dorfschönheit mit Autorin
Umschlagrückseite: Dorfhäuser

ISBN: 9783754300398

Personen

Benjamina Lindhoff, *geb.in Meersburg, zu Beginn der Handlung 26 Jahre*
Mutter Veronika, *Witwe, lebt seit dem Tod ihres Mannes in Überlingen, betreibt eine Pension*
Gitte Thorwald, *Ältere Schwester geschieden*
Nichte Connie, *Gittes Tochter, 16 Jahre*
Herr Pratt, *Redaktionschef der Zeitung „Rundblick" in Bremen*
Robert, Bea, Kathrin, Gaby *Journalisten beim „Rundblick"*
Petersen, *Fischhändler in Bremen*
Paula und Hendrik, *Touristen*
Bahar, *türkische Krankenschwester im Behindertenheim in Friedrichshafen*
Yasemin und Ramazan, *Bahars Verwandte und Freunde in der Türkei*
Fatma, Emine, Murat, Ferit, Kadir, u.a. *Yasemin und Ramazans Kinder*
Ismail, *hat studiert*
Ibrahim (Ibo), *lebt in Kars, hat studiert*
Nuri, *Dorfschützer*
Meltem, *Nuris erste Ehefrau*
Halil, Gül, Nuris *Kinder mit Meltem*
Makbule, *Nuris zweite Ehefrau*
Eyüp, Abdul und Sevim, Nesrin, Zehra, Alev u.a., *Nuris Kinder mit Makbules*
Burak, *Töpfer in Avanos*
Muzaffer und Cemile
Meltem, Makbule u.a., *Muzaffer und Cemiles Kinder*
Dr. Yaşar Derman, *Arzt in Kars*
Dr. Feride Derman, *Ärztin in Kars*

Teil I:
(November 1987 – 30.11.1987)

1. Kapitel:

BENJAMINAS TRAUM

Am Horizont schieben sich blauschwarze Wolkentürme ins Licht. Die Sonne gießt flüssiges Gold auf die unbewegte See. Plötzlich ertönt dumpfes Grollen, als stiege es vom Grund des Meeres hoch. Das Wasser kräuselt sich, und kleine Wellen laufen das sandige Ufer hinauf.

An der steilen Böschung stehen dicht gedrängt Menschen und umklammern die Balken des Zauns vor dem Hang. Angstverzerrte Gesichter starren in die Ferne. Ich fühle mich eingeengt, streife Schuhe und Strümpfe ab, klettere über die Absperrung und springe in den weichen Sand. Wie berauscht laufe ich den Strand entlang. Ich suche eine Stelle zum Baden. Immer weiter laufe ich, begierig, den schönsten Platz zu finden. Längst sind die Menschen hinter mir zurückgeblieben. Der Uferstreifen wird immer schmaler, Wellen umspülen meine Füße. Die Sonne hat sich orangerot gefärbt, und das ferne Dröhnen vom Meer schwillt an. Weit draußen sehe ich eine Welle, die sich wie ein grünes Gewölbe emporhebt und auf das Ufer zu rast. Ich gerate in Panik, kehre um und haste den Weg zurück. Aber der Wind greift mich an, meine Füße versinken im feuchten Sand. Endlich sehe ich die Bohlen. Die Böschung ist zu steil, ich komme nicht hoch. Etwas weiter ist eine kleine Treppe, an der ein Maschendrahtzaun entlang läuft. Meine Hände krallen sich fest, mühsam ziehe ich mich Stück für Stück nach oben. Da steht meine Mutter, sie ruft und winkt. Ich überwinde den Hang gerade noch rechtzeitig, bevor die gewaltige Welle sich am Ufer bricht und das Gestade unter sich begräbt.

2. Kapitel:

ARTIKEL

Der Nebel hing wie Watte in den schwarzen Zweigen. Im Licht der Laternen erinnerte die Straße an ein Bühnenbild für ein düsteres Stück. Die Nacht war vorbei, aber es wurde nicht Tag. In der Stadtbahn brannten die Neonleuchten, und die Gesichter der Fahrgäste sahen krank und blass aus, passend zur Szenerie draußen.

Benjamina spähte durch die schmutzige Scheibe und gähnte. Sie war müde, ihre Muskeln schmerzten, als wäre sie weite Strecken durch Sand gelaufen wie in ihrem Traum letzte Nacht. Vergeblich versuchte sie zu enträtseln, welche Botschaft die nächtliche Vision enthielt.

Plötzlich gab es einen scharfen Ruck, die Bremsen quietschten, und die Bahn hielt. Benjamina war gegen den Glatzkopf vor ihr geprallt, der sich jetzt umdrehte und sie vorwurfsvoll ansah. „Tschuldigung", murmelte sie. Im Stillen bedachte sie ihren Vordermann mit unflätigen Schimpfworten. Der Tag fing ja gut an! Sie wusste, dass sie zu heftigen Reaktionen neigte, wenn sie unzufrieden oder erschöpft war. Je mehr sie sich darüber ärgerte, desto schlimmer wurde es.

„Verehrte Fahrgäste, wir bitten Sie,..." Das Übliche: Bauarbeiten. Benjamina nahm ihre Tasche und verließ das Abteil. Es lohnte sich nicht, umzusteigen, die Redaktion am Sielwall lag in der Nähe, den Rest konnte sie zu Fuß gehen. Sie schlug den Kragen des abgetragenen Mantels hoch; es war Zeit für einen neuen. Heute sollte ihr Artikel über das Drogenmilieu in der Stadt erscheinen, das Honorar reichte für einen Besuch im Secondhand-Shop. Sie hätte von ihrem Meersburger Konto Geld ordern können, aber sie wollte die Summe nicht antasten, die ihr Vater vor seinem Tod für sie angelegt hatte. Sie setzte allen Ehrgeiz daran, sich den Lebensunterhalt selbst zu verdienen, auch wenn die Mutter ihrer Journalistenlaufbahn keine Chance gab.

Am Kiosk in der Brunnenstraße kaufte sie eine Zeitung. Überall lagen leere Bierflaschen und mit Ketchup verschmierte Pappteller herum. Sie überquerte die Straße und hielt auf den Fischimbiss zu. Ein Fischbrötchen und eine Tasse Kaffee waren jetzt genau das Richtige. Sie blätterte in der Zeitung. Wo war der Artikel? In ihrer Ungeduld hatte sie ihn wohl übersehen. Aber soviel sie auch suchte, der Artikel stand nicht drin. Warum zum Teufel nicht? Sie verschwendete ihr Talent an diesen Banausen, der sich Chef nannte. Der konnte sich auf was gefasst machen! Sie zerrte ihre Börse aus der Umhängetasche, knallte das Geld auf den Tresen und verließ wutschnaubend das Lokal.

Der dicke Verkäufer, der sich gerade mit einem schwarzbärtigen Kunden unterhielt, schrak zusammen und sah ihr kopfschüttelnd nach. Diese junge Frau kannte er als freundlich und offen für Gespräche. Sie kam oft her und hörte sich seine Nöte im Geschäft und seine privaten Sorgen an. Was war ihr nur heute über die Leber gelaufen? Wieder Ärger im Verlag? Die jungen Leute hatten es nicht leicht heutzutage. Seufzend strich er das Geld ein und wischte den Tisch ab.

Kaum hatte Benjamina die Schwingtür aufgestoßen, da wäre sie am liebsten umgekehrt. Sie spürte die Blicke des Fischhändlers in ihrem Rücken wie schmerzende Pfeile. Zum zweiten Mal an diesem Morgen haderte sie mit sich. Sie sollte das in Ordnung bringen – aber nicht jetzt. In Gedanken war sie schon bei der bevorstehenden Auseinandersetzung. Hoffentlich gelang es ihr, sachlich zu bleiben, allzu oft brannten ihr die Sicherungen durch – so wie eben – und später ließ sich nichts mehr ausbügeln. Benjamina fröstelte. Der Nebel legte sich feucht auf ihr Gesicht. Die Laternen waren immer noch in Betrieb. Sie fühlte sich starr und kalt bis zu den Fußspitzen. Auf der gegenüberliegenden Seite standen wie gewohnt die Jammergestalten, die Hauptfiguren in ihrem Artikel. Auch die froren. Manche hatten sich auf das nackte, schmutzige Pflaster gekauert, neben ihre struppigen Hunde. Sie starrten blicklos vor sich hin. Jeden Tag wurden es mehr. Wenn einige verschwanden, kamen bald neue hinzu. Die Passanten machten einen Bogen um sie, als fürchteten sie, sich an ihrem Elend zu infizieren. Tränen der Wut stiegen Benjamina in die Augen – sie war so ohnmächtig. Vor dem Eingang zur Redaktion zögerte sie. Der Bäcker nebenan hatte Körbe mit frischen Brötchen in der Auslage. Sie betrat den warmen, duftenden Laden, lief dann mit einer Tüte voller Brötchen über die Ampel.

Sie warf einen Blick nach oben, die Bürofenster waren erleuchtet. Sie sah den Chef durch die Scheiben nach draußen spähen. Plagte ihn sein Gewissen beim Anblick der traurigen Garde vor der Kneipe gegenüber? Wohl kaum. Satt und selbstzufrieden saß er im Trockenen, da war kein Platz für unbeqeme Gedanken. Im Flur des alten Kastens, in dem der „Rundblick" untergebracht war, roch es nach Papier, Benjamina liebte den Geruch. Sie knipste das Licht an und stieg die ausgetretenen Stufen hinauf, langsam. Auf halber Höhe blieb sie stehen, lehnte sich gegen das Fenster, das auf den trostlosen Hinterhof ging. Sie musste sich zusammenreißen. Ihr Herz hämmerte, sie meinte, die Schläge im Treppenhaus widerhallen zu hören. „Nicht weglaufen" - dachte sie. Es wäre wie in ihren Alpträumen, jeder Versuch zur Flucht scheiterte, weil die Beine den Dienst verweigerten. Flüchtig erschien das Bild ihrer Mutter – sollte sie Recht behalten mit ihren düsteren Prophezeiungen? Benjamina nahm Spiegel und Kamm aus der Tasche. Ein blasses Gesicht, fiebrig glänzende Augen. Da half auch keine Schminke. Na und? Sie musste Herrn Pratt nicht gefallen. Sie passte ohnehin nicht in seine Vorstellung von einer perfekten Mitarbeiterin, genauso wenig wie die meisten ihrer Artikel. Er legte Wert auf Ästhetik, fragte nicht, was sich unter der schillernden

Oberfläche verbarg. Es war ihr ein Rätsel, wie jemand an der Spitze eines so einflussreichen Blattes die dunklen Aspekte des Lebens bewusst ignorieren konnte. Mit viel Begeisterung hatte sie beim „Rundblick" angefangen. Ihr Wirkungsfeld war hier weitaus effektiver als an der Grundschule, wo sie bis vor zwei Jahren gearbeitet hatte Sie hatte davon geträumt, wieviel sie mit diesem Medium verändern könnte! Die Enttäuschung von heute öffnete ein Ventil, durch das all ihr Elan ausströmte.

Von oben hörte sie Geräusche aus dem Großraumbüro, wo ihre Kollegen vor den Computern saßen, eine bunt zusammengewürfelte Belegschaft, von der sie aber nur Robert zu ihren Freunden zählte. Er scheute keine Konflikte, war auf Wahrheitssuche wie sie – aber er ging nicht so weit wie sie, dass er seinen Job aufs Spiel setzte. In manchen Augenblicken beneidete sie ihre Kolleginnen Gaby und Susi um ihre Unbekümmertheit. Sie selbst jagte der Wahrheit nach, verbissen, ohne zur Seite zu schauen, begab sich in Gefahr, gleichgültig gegenüber Risiken.

Benjamina schlich sich am Büro vorbei in die nächste Etage. Die massive Tür zu Pratts Arbeitszimmer hielt alle störenden Geräusche fern.

Benjamina presste die Mappe mit ihrem verschmähten Artikel an sich, ließ den metallenen Klopfer gegen das dicke Holz klappen und trat ein, ohne auf eine Antwort von drinnen zu warten. Ein Schwall warmer Luft wehte ihr entgegen. Hier funktionierte die Heizung offenbar, während sie ein Stockwerk tiefer kalt blieb. Pratt reagierte nicht auf ihr Erscheinen, er hatte ihr den Rücken zugewandt, telefonierte. „Selbstverständlich auf der ersten Seite des Lokalteils", sagte er gerade, und seine Stimme troff vor devoter Freundlichkeit. „Ich schicke Ihnen morgen unseren fähigsten Mann... Keine Ursache! Wiederhören!" Benjamina merkte, wie Bitterkeit die Kehle heraufkroch. Wieder so eine Larifari-Reportage, wahrscheinlich eine Ausstellung oder etwas in der Art. Jetzt drehte Pratt seinen Sessel in ihre Richtung, immer noch lächelnd. Eine Maske. „Guten Morgen, Frau...Lindhoff! Was gibt's denn so Dringendes, dass Sie mich so früh so stürmisch behelligen? In wenigen Minuten treffen wir uns doch ohnehin zur Besprechung...! „Es ist kein ‚guter' Morgen, Herr Pratt! Und Sie wissen genau, warum ich allein mit Ihnen sprechen will!" Pratt zog die Brauen hoch, musterte sie von oben bis unten und spielte mit seinem Bleistift. „Klären Sie mich auf – ich habe keine Ahnung, und auch keine Zeit." Ungeduldig sah er auf seine Armbanduhr, er lächelte nicht mehr. Dann stand er auf, rückte das Familienfoto auf dem blank geputzten Schreibtisch zurecht und griff nach einem Stapel Papieren. „Nein, Herr Pratt, Diesmal lasse ich mich nicht abwimmeln! Welche Gründe hatten Sie, meinen Artikel nicht – wie vorgesehen – zu bringen?" Pratts Augenlider begannen zu flackern. Er räusperte sich. Während der Sekunden, die Benjamina auf seine Erwiderung wartete, stanzte sich jedes Detail des Chefzimmers in ihr Hirn, als sollte sie nie vergessen, wie behütet und aufgeräumt auch ihr Leben sein könnte, wäre sie kompromissbereiter. In ihrem Blickfeld lag das geordnete, unzerstörbar friedliche Bild eines zufriedenen Bürgers: das blasse Sonnenlicht, das sich auf dem polierten Schreibtisch spiegelte, die blühenden Kakteen in der Fensternische, prall gefüllte Akten, in Reih und Glied ausgerichtet, bis zur Stuckdecke reichende Regale aus edlem Holz, der Blick aus dem hohen Fenster … Als Pratt endlich sprach, zuckte sie zusammen. „Ich hatte Sie gebeten, gründlich zu recherchieren, junge Dame. Ihr Artikel mit dem von Ihnen zur Schau gestelltem Elend ist ein wirksames Mittel, uns die Geldbörse zu öffnen..." Benjamina spürte, wie sich Unheil auftürmte, das auf sie zu rollte wie eine mächtige Welle. Die letzten Tage blitzten im Zeitraffer durch ihren Kopf: Sie stand mit den jungen Drogenabhängigen in der Kälte, suchte das Gespräch mit ihnen, stieg in die dunklen Löcher der Abrisshäuser, sah hinfällige Gestalten auf alten Lumpen hilflos ihrem Ende entgegen treiben. Sie hatte hinter den erstarrten

Zügen zerstörte Schönheit und Abgründe der Verzweiflung geahnt und sich geschämt, als sie zu Hause ihre Sachen in die Waschmaschine steckte und sich unter der Dusche den Gestank abwusch. Sie konnte die Welle nicht aufhalten. „Recherchen verlangen Sie?" schrie sie. „Was, glauben Sie, habe ich in der letzten Woche gemacht? Sie in Ihrem feinen Spießerleben haben doch keine Ahnung, was sich vor Ihrer Tür abspielt! Leute wie Sie machen sich nicht die Hände schmutzig! Haben Sie je darüber nachgedacht, warum diese Menschen Drogen konsumieren? Was wäre, wenn Ihr Sohn oder Ihre Tochter dort unten stände?" Pratt starrte sie mit offenem Mund und vorgeschobenem Kopf an. Sein Gesicht verfärbte sich langsam rot, seine Stimme zitterte. „Was fällt Ihnen ein? Sie überschreiten Ihre Kompetenzen! Sie halten sich wohl für den Messias, der allen Kreaturen die Erlösung bringt, was? Halten Sie endlich Ihr loses Maul und verschwinden Sie!"

„Das hatte ich sowieso vor", flüsterte sie heiser, „schonen Sie Ihre kostbaren Nerven, ich kündige. Träumen Sie weiter von einer heilen Welt, Herr Pratt!"

Benjamina drehte sich um, schloss die Tür hinter sich. Hinter der Verzweiflung spürte sie einen Hauch Freiheit, als verließe sie einen Käfig.

3. Kapitel:

ABSCHIED NEHMEN

Das graue Tuch über der Stadt bekam Risse, löste sich auf in zarte Schleier und verschmolz mit dem hellen Blau des Winterhimmels. Die Sonne kroch langsam über die Dächer, tastete sich hinab in die Straßenschluchten, spiegelte sich auf dem nebelfeuchten Pflaster. Der dunkle Morgen verwandelte sich in einen kalten, hellen Tag.

Benjamina schlug den Weg vom Steintor zur Stadtmitte ein. Sie fror, vergrub die Hände in den Taschen und setzte mechanisch einen Fuß vor den anderen. Sie fühlte sich leer und heimatlos. Aus alter Gewohnheit blickte sie hinauf zu den Giebeln der alten Bremer Bauten. Aber heute löste ihre Schönheit und vollendete Architektur Schmerz aus. Sie war nicht länger zu Hause hier. Aufbruchsstimmung. Unterwegs zu einem unbekannten Ziel mit unbekannten Aufgaben. Neben ihr bimmelte die Straßenbahn, Menschen mit verschlossenen Gesichtern drängten sich zum Eingang. Benjamina stieg nicht ein, sie hatte viel Zeit. Eine junge Frau verstellte ihr den Weg. „Haste mal ‚ne Mark?" Selbst das würde ihr fehlen...

Über einem der Schaufenster an ihrer Seite leuchteten bunte Lichter, es gehörte zu einem der vielen orientalischen Basars im Steintor: ‚Merlin'. Sie zählte zu den Stammkunden. Und wenn sie nicht genug Geld hatte, um einen Flatterrock oder eine mit Pailletten besetzte Bluse zu kaufen, genoss sie es, durch den Laden zu gehen und eines der begehrten Stücke zu berühren.

Ihr Gesicht spiegelte sich in der Scheibe. Sie erschrak über die Trostlosigkeit in ihren Zügen. Zum zweiten Mal an diesem Tag dachte sie an ihre Mutter und war froh, dass die nicht mitbekam, in welchem Zustand sie war. Vielleicht sollte sie für eine Weile zu ihr gehen. Nach Überlingen. Sie könnte Mutter und Schwester in der Pension helfen. Personal war knapp. Und sie würde Connie wiedersehen! Ihre Nichte schrieb ihr regelmäßig lange Briefe und lud ihre Sorgen und kleinen Kümmernisse bei ihr ab. Connie würde sich freuen...

„Was für ein Unsinn", dachte Benjamina, „ich bin doch noch gar nicht fertig hier." Aber je länger sie in das blasse Gesicht in der Schaufensterscheibe sah, desto notwendiger schien es ihr, Abschied zu nehmen vom Bisherigen.

Lautes Scheppern ließ sie aufschrecken. Auf der gegenüber liegenden Seite hielt ein Laster und lud Stühle und Tische auf. Der Platz vor dem kleinen Cafe unter der Linde wirkte trostlos, kahl, verwaist. Im Sommer hatte sie mit ihren Kollegen oft die Mittagspause hier verbracht und statt eines deftigen Essens ein Stück Stachelbeertorte bestellt, oder auch zwei.

„Wie behältst du bloß diese fabelhafte Figur, bei deinem Appetit," sagte Bea dann, „ich mache eine Diät nach der anderen und nehme zu!"

„Auf alle Fälle könnte Ben als Model ihr Geld verdienen, wenn sie mal aussteigt bei uns!"

Robert schaute sie bewundernd an. „Model? Das wäre das Letzte," dachte Benjamina. Showgeschäft, Mode, die Welt der Reichen und Schönen – eine andere Welt, nicht ihre. Schauspielerin wäre sie gern geworden. Sich in andere Personen verwandeln, in eine andere Haut schlüpfen und nach Belieben in ihr eigenes Leben zurückkehren... Aber diesen Berufswunsch hatte sie begraben müssen.

Als sie am Theater vorbeiging, musste sie an Berthold denken, ihren ehemaligen Kollegen. Er hatte sich neben seinem Beruf im Theater engagiert und war in beiden Positionen perfekt. Seine letzte Rolle in den Kammerspielen war ein Einpersonenstück von Brecht. Kurze Zeit später starb er an Aids. Das Ensemble spielte ohne ihn weiter.

„Genau wie das Zeitungsteam ohne mich", dachte sie bitter.

Die Erinnerung an Berthold, an die Kämpfe im Elternhaus, und heute der Eklat in der Redaktion, das Fehlen einer Zukunftsperspektive versetzten sie in einen depressiven Zustand. Ihr war, als befände sie sich abseits der Realität.

Ihre Füße bewegten sich wie von selbst auf dem Weg zur Innenstadt. Sie fühlte sich unsichtbar und gezogen von einer magnetischen Kraft. Gesichter der Vorbeieilenden... Gleichgültig... Ausdruckslos... Hässlich...

Alle hatten ein Ziel – nur sie hatte keins.

Vor dem Rathaus traf sie auf eine Gruppe Touristen, sie lauschten der Stadtführerin und folgten mit den Blicken ihrem ausgestreckten Arm. Es war noch nicht lange her, da war sie hier mit ihrer Schulklasse gewesen und hatte zusammen mit den Schülern die Stadt entdeckt. Die Gruppe bog in die Böttcherstraße ein, Bremens gute Stube. Benjamina gefiel der Schnoor besser. Wenn sie durch diese historische Gasse ging, wo die Giebel der Häuser sich vornüber neigten und sich fast zu berühren schienen, hatte sie stets das Gefühl, einen Blick in die Vergangenheit zu werfen. Sie dachte etwas wehmütig an die stimmungsvollen Abende in einer der alten Schenken, wo sie und ihre Freunde bei einer oder mehreren Flaschen guten Weins bis spät in die Nacht Gespräche geführt hatten.

Benjamina folgte der Touristengruppe und steuerte auf den Tunnel am Ausgang der Böttcherstraße zu, der auf die Weserpromenade mündete. Schon von weitem hörte sie fröhlichen Lärm: Flohmarkt! Oben an der Treppe traf sie blendendes Sonnenlicht. Wie ein Scherenschnitt zeichnete sich die Silhouette eines über seine Drehorgel gebeugten alten Mannes ab. Mit Hingabe drehte er an der Kurbel, lächelnd, bezaubert von den alten, etwas holprigen Melodien. Auf der Promenade begegneten ihr ein paar Schausteller mit verfrorenen Gesichtern. In den behandschuhten Händen hielten sie Sträuße von bunten Luftballons. Ein paar hatten sich gelöst und entschwebten in den klar blauen Himmel. Schulkinder mit Ranzen auf dem Rücken bahnten sich einen Weg durch das Gedränge auf die Weserwiesen zu, wo eine riesengroße blaue Matte ausgebreitet war und die kleinen Geister zum Toben einlud. In einer Nische vor dem Durchgang zur Obernstraße wurden Raritäten feil geboten, die aus einem Museum hätten stammen können. Da gab es alte Brotschieber, Bottiche, deren Holz schwarz und rissig vor Alter war, Zigarrenpressen aus Metall und vieles mehr. „Schade," dachte Benjamina, „wenn ich in Bremen bliebe, würde ich den Backtrog kaufen, wilde Gräser und Vergissmeinnicht sähen bestimmt gut darin aus!" Frauen mit vollen Taschen hielten auf eine mit Zelttuch überdachte Bude zu. Neugierig schaute sie einer rundlichen Frau über die Schulter. Ein junges Mädchen mit Kopftuch hielt eine gehäkelte Decke hoch. „Ich selber machen! Gutt! Passen in dein Salon!" Ach ja. Die türkischen Frauen und ihre Handarbeiten... Auf einem Regal im Hintergrund standen Mokkatassen mit Goldmuster und zierliche Teegläser. An der Zeltwand hing ein Bild mit verschnörkeltem Rahmen. Es zeigte einen idyllischen Seerosenteich, auf dem ein von schwarzgelockten Seejungfrauen gezogener Kahn dem waldigen Ufer zu glitt. Benjamina schmunzelte. So ein Bild hing bei ihrer Großmutter in Meersburg. Als Kind hatte sie oft davor gestanden und sich in die Landschaft hinein geträumt.

Die Steinmauer hinter der Promenade fühlte sich warm an, Benjamina knöpfte den Mantel auf. Sie blieb an einem langen Holztisch stehen, hinter dem ein hageres Männchen, das einem Märchen entsprungen schien, eifrig mit allerlei altertümlichen Uhren, Gehäusen und Zahnrädern hantierte. Auf seinem kurzen Hals saß ein kleiner Kopf mit einer Wollmütze, unter der ein paar graue Strähnen über sein verknittertes Gesicht fielen. Ein beleibter Mann mit Glatze und roter Nase nahm ein Stück nach dem anderen, hielt es dicht vor seine Augen und legte es dann beiseite. Endlich entschied er sich für eine messingfarbene Taschenuhr, zählte Münzen und Scheine hin, die das Männchen zufrieden vom Tisch wischte und in seinen Bauchbeutel schob.

Dieser Stand war der letzte, Menschen und Stimmen blieben hinter Benjamina zurück. Sie war müde und hatte Lust auf eine Zigarette. Zwei junge Mädchen saßen auf einer Bank, hatten die Taschen achtlos an die Seite geworfen und zeigten sich ihre Einkäufe: ein weißer Rüschenrock, eine aus der Mode gekommene bestickte Bluse mit verblichenen Farben... Benjamina lächelte den beiden zu und setzte sich neben sie. Sie fühlte sich an früher erinnert, als sie nicht genug bekommen konnte von altem Trödel. Damals träumte sie davon, irgendwann ein Haus mit hundert Zimmern zu besitzen und jedes in einem anderen Stil einzurichten. Spitzengardinen, ein kristallener Lüster, weiche, bunt gemusterte Teppiche in Blau und Rot, Kissen und Polster statt der herkömmlichen Sesselgruppe... In ihrem Elternhaus hatte sie nie etwas von ihren Phantasien erzählt, sie fürchtete sich vor dem entgeisterten Blick ihrer Mutter und dem Spott der älteren Schwester Gitte. Sie meinte, ihre Stimme zu hören: „Immer noch nicht zu Ende, deine kitschige Phase?" Egal. Sie würde sich wohl nie ein noch so kleines Haus leisten können.

Sie schrak auf, als die beiden Mädchen ihr ein „Ciao" zuriefen und mit ihren Taschen davon gingen.

Träge floss die Weser dahin, die weiche Wintersonne spiegelte sich im trüb braunen Wasser. Sie liebte diesen Platz am Ufer. Sie schloss die Augen, dachte daran, wie oft sie in Überlingen auf einer Bank gesessen und über den Bodensee geschaut hatte. Am liebsten, wenn Stürme peitschten und Wellen an die Kaimauer warfen...

Sie musste ihre Mutter anrufen – unangemeldete Besucher waren nicht willkommen, selbst die eigene Tochter nicht. Benjamina griff sich an die Stirn – wann war der Entschluss zu dieser Reise entstanden? Es war so unmerklich passiert... Es blieb nichts mehr zu tun hier – eigentlich war sie schon fort. Die Wohnung? Das spärliche Mobiliar? Sie würde Robert fragen, der mochte die Mansarde und würde sie vielleicht übernehmen. Dann käme endlich Ordnung in die Bude, dann hätte auch Gitte nichts mehr auszusetzen. Gitte... Beim Gedanken an ihre Schwester spürte sie einen Kloß in der Kehle. Sie erinnerte sich an ihren letzten Besuch. „Du könntest mal wieder Staub wischen!" Sie war mit dem Finger über die Regalbretter gefahren, hatte die Nase gerümpft, die Mundwinkel verzogen. Benjamina hatte gelacht. „Hauptsache, die Gedanken und Ideen sind nicht verstaubt!" Gitte hatte sie nie wieder in Bremen besucht.

Als sie am späten Nachmittag nach Hause kam, hörte sie schon vor der Tür das Telefon klingeln. Sie war mit ihren Gedanken so intensiv mit Überlingen und ihrer Schwester beschäftigt gewesen, dass sie die Mutter oder Gitte zu hören erwartete. Aber es meldete sich ihre Kollegin Bea.

„Ben! Was ist denn passiert? Wo steckst du?"

Sie hatte keine Lust, über den vergangenen Morgen zu sprechen.

„Lass uns heute Abend reden, Bea. Treffen wir uns im Café Lila?" Plötzlich fiel ihr die gähnende Leere in ihrer Börse ein. Als ob Bea ihre Sorgen erahnt hätte, sagte sie: „Aber nur, wenn wir dich einladen dürfen! Jetzt, wo dein Artikel nicht..."

Bea brach verlegen ab. „Schon gut," Benjamina schluckte.

„Sag den andere Bescheid!"

Die Redaktion. Die Kollegen. Das war Vergangenheit. Sie hatte sich entschieden. Sie steckte sich eine Zigarette an, ging zum Fenster.

Nein, nicht zurückblicken, nicht jammern, nicht den Entschluss in Frage stellen. Sie schnippte die Asche fort - wie die letzten beiden Jahre. Sie schloss das Fenster.

4. Kapitel:

CAFE LILA

Niemand wusste, woher das Cafe seinen Namen hatte. Keine lila Wände, keine lila Einrichtung. Allein der Qualm der Zigaretten legte einen bläulichen Schatten auf die Gesichter der eifrig diskutierenden, schrill unkonventionell gekleideten Gäste. Mitten im Raum stand ein bauchiger Ofen, aus dem ein langes Rohr aufstieg und irgendwo im Dunkel verschwand. An klirrend kalten Wintertagen traf sich hier regelmäßig das Bremer Redaktionsteam. Der Geruch nach Holz, das Halbdunkel, die altersgeschwärzten, rissigen Holztische vermittelten ein Gefühl der Geborgenheit. Man fühlte sich abgeschirmt gegen die Anfeindungen der unfreundlichen Witterung draußen. Durch die bunten Glasfenster mit neoklassizistischen Motiven fiel nur wenig Licht. An den Wänden waren wie Fackeln geformte Halter montiert, in denen dicke Kerzen staken. Benjamina liebte das Sonnenlicht – trotzdem fühlte sich in diesem Ambiente wohl. Im Dämmerlicht hier stahl ihr niemand die Gedanken aus dem Gesicht. Manchmal ging sie auch allein her, setzte sich hinter eine der hohen Pflanzen, die überall verteilt auf dem grob gepflasterten Boden standen. Hier kamen ihr die besten Ideen, umhüllt von gedämpften Stimmen und leiser Gitarrenmusik.

Auf dem Weg zum Cafe wurde Benjamina schmerzlich bewusst, dass sie hier wohl zum letzten Mal einkehrte. In wenigen Tagen war das alles Vergangenheit, ein kleiner, leuchtender Punkt unter all den dunklen Flecken in der Erinnerung.

Sie schob den dicken Tuchvorhang aus blauem Samt beiseite und sah sich suchend um. Sie entdeckte ihr Team im hinteren Teil des Cafes, in einer Nische neben der langen Theke. Kathrin, Susi und Bert fehlten. Sie lächelte. Typisch – sie debattierten so eifrig, dass sie die Gestalt an der Tür nicht bemerkten. Benjamina trat zu ihnen. Das Gespräch verstummte abrupt, und alle sahen sie an. Robert sprang auf, umarmte sie so heftig, dass ihr die Luft weg blieb.

„Jetzt musst du Theater spielen", dachte sie, „die Rolle der coolen Frau, die ihre Niederlagen zum Absprung nutzt."

Sie löste sich von Robert, klopfte mit der flachen Hand ein paar Mal auf den Tisch. „Hey," rief sie, „ihr macht Gesichter, als stünde der Weltuntergang bevor! Phh –" Sie verdrehte die Augen und wedelte ihre Traurigkeit fort. „Meine Kündigung ist nicht das Ende der Welt! War sowieso mal Zeit für einen Wechsel…"

Bea lehnte sich erleichtert zurück und wäre fast nach hinten gekippt. „Aber du kannst doch nicht einfach weggehen, den ‚Rundblick' und uns verlassen! Nur, weil Pratt an deinem Artikel was zu meckern hatte." Robert warf Bea einen finsteren Blick zu. Er fand sie unsensibel. Ahnte er, dass Benjamina ihnen etwas vorspielte?

„Halt die Klappe", sagte er. „Immerhin hatte Ben die Idee, über das Steintor zu schreiben. Und der gute Pratt war begeistert. Nur - Ben hat nicht – wie erwartet – über Architektur, Historie und das – ach so bohemehafte – Flair geschrieben, sondern sich hinter die Fassade getraut. Hätte einer von euch die Courage gehabt, auf das Niveau der Drogenabhängigen ‚runterzusteigen?"

Benjamina fröstelte. Die vergangene Woche mit den Recherchen steckte ihr noch in den Knochen. Jede Nacht kämpfte sie mit Depressionen, wäre am liebsten geflüchtet. Und war am nächsten Morgen doch wieder dabei. „Es ist Pratt," sagte sie leise. „Die Ablehnung heute war nur der letzte Tropfen, der das Fass zum Überlaufen brachte. Pratt schiebt alles beiseite, was ihm unangenehm ist, nicht in seine heile Welt passt. Ich kann nicht mehr mit ihm zusammenarbeiten – und ich will es nicht, nicht mehr."

„Tja" - Robert zuckte die Achseln, „dein Artikel hätte die Leser vielleicht in ihrer Adventsstimmung gestört. Tannenduft, Plätzchen und Sonntagsbraten sind doch was Feines!"

Benjamina tippte mit der Fingerspitze die Kerze aus, starrte dem aufsteigenden Rauch nach, der sich im Dunkel verlor.

„Wie meine Pläne und angedachten Aktionen," dachte sie bitter.

Sie war bei einigen Familien der jungen Abhängigen gewesen, hatte Ratlosigkeit und sogar Aggression erlebt, viele hatten resigniert, hatten den Sohn oder die Tochter aus ihrem Leben gestrichen, fragten nicht, warum sie abgestürzt waren, hatten keine Ahnung von ihrer Hilflosigkeit und Angst... Wussten nicht, wie verzweifelt sie nach Auswegen suchten, die aber oft am Abgrund endeten.

Robert stupste Benjamina an. „Stimmt doch, Ben, oder?" Benjamina hatte die letzten Sätze nicht gehört, nickte aber, um ihre geistige Abwesenheit zu vertuschen. Gaby beugte sich vor. „Was hast du jetzt vor, Ben? Was Neues, oder wieder in derselben Branche?"

Ihr blieb keine Wahl – sie musste ihren Abschied bekanntgeben. Sie warf den Kopf zurück und lachte, obwohl sie am liebsten geheult hätte. „Ich gehe weg aus Bremen. Übermorgen fahre ich. Nach Überlingen. Zu meiner Mutter. Ich will mich eine Weile im Hotelfach umtun."

Niemand antwortete. Alle starrten sie an. Das Schweigen saß wie ein Pfropf in ihren Ohren, als stiege sie zu schnell auf in große Höhen. Sie redete, was ihr gerade einfiel.

„Ich will meine Familie sehen. Meine Nichte Connie braucht mich. Sie hat mir geschrieben, es gibt Probleme, ich habe mich nicht genug um sie gekümmert, und..."

„Hör auf!" schrie Robert, nahm ihre unruhigen Hände, hielt sie fest. Er war blass geworden. Im Kerzenlicht schimmerten seine Augen feucht. „Du gehst. Einfach so. Dabei hatte ich gehofft..."

Roberts Betroffenheit war ein Weckruf, so deutlich, dass sich der Pfropf in ihren Ohren löste. Plötzlich wurde ihr klar, dass sie während der Recherchen der letzten Monate nach und nach den Kontakt zu ihrem eigenen sozialen Umfeld verloren hatte.

„Robert?" fragte sie leise.

Er sah sie traurig an.

„Robert!" sagte sie noch einmal, diesmal mit fester Stimme.

„Willst du meine Mansarde haben? Du könntest gleich einziehen. Die Möbel lasse ich da."

Sie schlug ihm leicht auf den Arm..

„He – was ist?" Gaby und Bea schauten den beiden zu, als verfolgten sie ein Drama auf der Bühne. Robert hob den Kopf. Er zog die Luft ein, stieß sie so heftig aus, dass die Kerze auf dem Tisch flackerte. Dann fuhr er sich übers Gesicht, als wollte er etwas fortwischen. „Danke, Ben."

Er räusperte sich.

„Natürlich will ich. Aber so... Um den Preis..."

Er sah sie eindringlich an. Kurz. Dann warf er den Kopf zurück.

„Mali," rief er, „noch eine Flasche, wir haben was zu feiern!"

„Was für ein Theater," dachte Benjamina, Sie fühlte sich schuldig, weil sie so erleichtert war, dieses Gespräch hinter sich zu haben.

5. Kapitel:

AUFBRUCH

In der Mansarde war es kalt. Trotz der vertrauten Möbel und überall verstreuten Kleidungsstücke schien ihr der Raum leer – ein Geisterhaus. Die Stille lähmte sie. Panik stieg hoch.

Es war wie damals, an einem heißen Sommerabend ihrer Kindheit. Sie war zwölf. Die Eltern waren zu einem Spaziergang aufgebrochen. Im Haus kein Laut – wie jetzt. Das schwindende Tageslicht wurde abgelöst von Dunkelheit, die wie ein Gespenst durchs Fenster schwebte. Unerklärliche Angst hielt sie umklammert. Sie lehnte sich hinaus und schrie – hilflos, wehrlos...

Wie damals erschien ihr die Mutter als Inbild der Geborgenheit. Sie war plötzlich sicher: Der Weg nach Hause zu ihrer

Mutter war der einzig richtige in ihrer Situation.

Eine heiße Welle trieb ihr den Schweiß ins Gesicht: Sie hatte vergessen, in Überlingen anzurufen! Sie sah auf die Uhr. Mitternacht. Wenn sie Glück hatte, war ihre Mutter noch auf. Sie zögerte, starrte auf das Telefon. Und wenn sie niemanden dort erreichte? Wahrscheinlich waren keine Gäste mehr in der Pension, jetzt, Ende November. Oder vielleicht war sie verreist. Oder – die Mutter erteilte ihr eine Abfuhr. Und was sollte die verlorene Tochter als Begründung für ihren spontanen Besuch angeben?

Benjamina lauschte dem Klingelton. Ihre Schläfen pochten. Ein Klicken am Ende der Leitung. Sie murmelte vor sich hin.

„Schelte mich, schlag mich – aber bleib da...“

„Lindhoff...“

Die vertraute Stimme legte sich wie ein weiches Tuch über ihre Angst. „Ich bin's, Jamina...“

Automatisch rutschte ihr der Name heraus, mit dem sie früher gerufen wurde. Die Gespenster waren weg. Wie Nebel in der Sonne.

Als Benjamina den Hörer auflegte, spürte sie die Kälte im Zimmer nicht mehr. Sie öffnete das Fenster und schaute in den sternklaren Himmel.

In dieser Nacht hielt sie keine Grübelei, kein Schuldgefühl vom Schlafen ab. Sie schlief tief und traumlos bis zum Morgen. Seit langem erwachte sie ausgeruht. Sie freute sich auf den Tag, obwohl es der letzte in Bremen war. Sie sollte ihre Sachen packen. Heute Abend wollte Robert die Schlüssel holen und den Mietvertrag unterzeichnen. Welches Chaos in ihrem Zimmer! Warum fiel ihr das erst heute auf? Sie wählte die schwarze Jeans und den roten Rollkragenpullover für die Reise. Das war konventionell und traf den Geschmack der Mutter. Als sie noch zu Hause wohnte, hatte es ihr Spaß gemacht, ihre Umgebung zu provozieren – vor allem ihre Familie. Sie blickte auf das Durcheinander zu ihren Füßen. Auf dem Boden türmten sich Röcke,

Pullis, Gürtel, Tücher...

„Man sollte öfter umziehen," dachte sie, „sonst erstickt man – im Müll, in Routine, in Gewohnheiten und Erinnerungen." Sie griff sich einen blauen Müllsack und stopfte die Sachen hinein. Das ging zur Altkleidersammlung. Der Rest passte in einen Koffer. Plötzlich fühlte sie in einer Jackentasche etwas Hartes. Eine Muschel! Sie strich über die gerillte Oberfläche und dachte zurück an ihr erstes Wochenende in Bremen. Mit Robert zusammen war sie nach Cuxhaven gefahren. Unbeschwert von Existenzsorgen, voller Elan und mit Plänen für die Arbeit bei der Zeitung war sie durch die Dünen gelaufen, hatte gesungen und mit Robert herumgealbert. Brandung, Wind, Geruch nach Tang, Salzgeschmack auf den Lippen – sie hatte sich frei gefühlt, trunken vor Lebenslust. Robert hatte das missverstanden...

Sie schob die Muschel in die Seitentasche des Koffers und stellte den Müllsack auf den Korridor. Von unten aus der Wohnung ihrer Vermieterin stieg ihr Essengeruch in die Nase. Schon Mittag! Sie musste noch zur Bank. Und dem Fischhändler und den Verkäuferinnen im Supermarkt Lebewohl sagen. Connie! Unterwegs würde sie vielleicht ein Paar Ohrringe oder einen verrückten Hut für sie finden.

Benjamina schob sich durch das Gewühl in der Innenstadt. Die Straßenbahnen waren so voll, dass sie nicht hielten. Sie hastete von einer Haltestelle zur nächsten. Der eisige Wind trieb ihr die Tränen in die Augen. Sie presste die Handtasche gegen die Brust und lief. Vor Kälte fühlte sie die Füße nicht mehr. Am liebsten hätte sie ein Taxi genommen, aber das konnte sie sich nicht leisten, die Fahrkarte war teuer gewesen. Sie war zu lange bei Petersen geblieben! Der Fischhändler hatte sie nicht gehen lassen wollen und eine Köstlichkeit nach der anderen aufgefahren, während er erzählte. Unmöglich, das Gespräch abzubrechen. Ohnehin fühlte sie sich als Deserteurin, weil sie die Brücken hinter sich abriss und zu neuen Ufern aufbrach.

Am Theater endlich hielt eine Bahn. Sie zwängte sich in eine Bank neben zwei alte Damen und klammerte sich an der Lehne fest. Hoffentlich ließ Robert sich Zeit und kam nicht gar so pünktlich, ihr war nicht danach, hinter ihm her zu telefonieren, falls sie ihn verpasste.

Vor der Haustür wartete Robert. Er war nicht allein. Benjamina fühlte ihre Knie schwach werden. Kathrin! Er hatte Kathrin mitgebracht! Ausgerechnet sie. Elegant, selbstsicher, jeder Situation gewachsen – und der Liebling Pratts. Kathrin hatte sich immer in der Gewalt und würde sich niemals aggressiv gegenüber Ben verhalten. Das hätte ihrem Image geschadet Kühle Sachlichkeit herrschte zwischen ihnen, und daran hatte sich in den vergangenen zwei Jahren nichts geändert. Es gelang Benjamina nicht, ihre Enttäuschung zu verbergen. War das seine Rache dafür, dass sie ihn verschmäht hatte?

„Hallo, ihr beiden!"

Das klang beinahe heiter – sie fand sich souverän.

„Mit dir hatte ich nicht gerechnet!"

Kathrin ergriff ihre Hand.

„Schade, dass du aufgibst..."

Heftig zog Benjamina ihre Hand zurück.

„Du willst doch nicht sagen, dass du mich vermissen wirst! Wir waren nie auf einer Wellenlänge! Und vor allem bin ich keine, die mit dem Strom schwimmt – wie du!"

„Tu ich gar nicht! Jedenfalls nicht auf Dauer!"

„Was meinst du damit?"

„Ich gehe an Land, wenn ich einen Weg sehe, der mich weiter bringt"

Unversehens waren sie in ein Gespräch vertieft, an dem Robert nicht teil hatte.

Schweigend folgte er den beiden Frauen die Stiege hinauf in die Mansarde. Benjamina stieß die Tür auf. Der Abend verlief anders als erwartet. Sie atmete tief ein, wandte sich Kathrin zu und sagte:

„Setzt euch! Vielleicht besser, wir reden nicht mehr über unsere gegensätzlichen Ansichten."

Robert sah sie an, schüttelte den Kopf.

„Nee – warte mal! Du musst wissen, dass wir alle, auch Kathrin, deine Artikel wichtig finden! Du greifst brisante Themen auf. Aber..."

Als er zögerte, fuhr Kathrin fort.

„Du schreibst realistisch und lebendig – nur für die meisten Leser etwas scharf gewürzt."

„Du meinst, ich sollte die bitteren Pillen in rosa Bonbonpapier verpacken?"

Robert fing an zu lachen, konnte nicht mehr aufhören undsteckte endlich auch die beiden anderen an.

Sie saßen noch bis weit nach Mitternacht zusammen, sprachen über vieles, nicht nur über die Bedeutung der richtigen Verpackung.

Bwnjamina lag im Bett und konnte nicht schlafen. Der Abend war harmonisch ausgeklungen. Jetzt, allein im dunklen Zimmer, dachte sie noch einmal an die Gespräche zurück.

„Mit dem Strom schwimmen..."

Hieß das, man musste kompromissbereit sein? Bisher hatte sie Kompromisse abgelehnt, sie hielt sie für eine Spielart von Lüge. Hatte sie nur in eine Richtung gedacht? Oder nicht zu Ende?

Sie fing an zu schwitzen, stand auf, knipste das Licht an. Offenbar hatte sie Kathrin falsch eingeschätzt. Im Laufe des Abends hatte sie den Eindruck gewonnen, dass ihre Kollegin Ereignisse von weit mehr Perspektiven aus beobachtete als sie, Benjamina.

Beim Abschied hatte sie nicht nur Robert, sondern auch Kathrin umarmt. Wer weiß – vielleicht würde Robert den Abschied mit Hilfe von Kathrin leichter überwinden.

Benjamina räumte die Gläser in die Spüle und fing an zu putzen.

Als es hell wurde, war das Kopftheater abgespielt.

Auf dem Bahnsteig war niemand. Das war gut. Sie hasste Abschiedsszenen: Während man auf den Zug wartete, überlegte man fieberhaft, was man noch Wichtiges zu sagen hatte. Der Zug lief ein. Sie schleppte Koffer und Tasche ins Raucherabteil und zündete sich eine Zigarette an.

6. Kapitel:

PETERSEN ERINNERT SICH

Oh Mann – wat bin ich doch für'n sentimentalen Fischkopp! Da vorn, an meine Fischtheke, da steh'n die jungen Leute, die bei de Zeitung sind, bei'n „Rundblick". Und prompt kommt mir dat Frollein Lindhoff in'n Sinn. Dscha – aber dat Frollein Lindhoff – die is nich dabei. Sind heut drei Tage, dass se wech is. Nach'n Bodensee wollte se, hat se gesacht, nach ihre Mudder.

Ich weiß noch genau, wie se das erste Mal hier war. War genau so'n fieses Schmuddelwetter wie heut'

„Ich fühl mich wie'n Fisch im Aquarium", hab' ich gesacht, „mit all das Wasser an meine Scheibe."

Dat Frollein hat gelacht. „Nee, Petersen, das Wasser is da draußen – passense mal auf, vielleicht schwimmen ja'n paar Heringe vorbei!"

Mann, wat hab'n wir gelacht! Und all die Reifen an ihre Arme hab'n dazu geklappert!

Seit die Deern nich mehr da is, fehlt wat in mein' Laden. Wat'n Wippsteert – die brachte immer Leben inne Bude! Die war echt meine beste Kundin. Jed'n Tach war se hier und wollte ihr'n Fisch. Am liebsten Matjes, oder Spickaal, oder sonst wat Leck'res

Dscha – viel Zeit hatte se ja nie, war dauernd auf Achse, auf „Reschersche". Aber wenn ich mal Probleme hatte, is se trotzdem geblieb'n, hat zugehört, als wenn ich ein'n von ihre Familje wär. Vorjes Jahr, als meine Frau so schlecht zuwege war... Ich weiß nich, wat ich ohne die Deern gemacht hätt! Ich war so durch'n Wind, dat ich nix denken konnt'. Aber dat lüttje Ding hat'n Rettungswag'n geholt un is denn noch mitgefahr'n nach'n Krankenhaus, wo se doch längst bei de Zeitung sein musste! Und den nächsten Tach stand se hinter'n Tresen und bediente, damit ich zu meine Frau konnte!

Dscha – manchmal war ich bange, wenn ich ihre Sachen inne Zeitung gelesen hab'. Wat die sich alles getraut hat! War immer spannend, aber auch ganz schön gefährlich. Und denn hab' ich gedacht, wieso hat sone hübsche Deern kein' Freund und geht mit dem up'n Swutsch! Aber wenn ich davon anfing, hat se bloß gelacht.

„Hör'nse auf, Petersen, Sie könn' mich nich verkuppeln! Ich brauch' kein'n Mann, der is bloß eifersüchtig un klebt an mir, wenn ich die Welt entdecken will!"

Dscha – dat tut se jetzt. Ischa'n Zugvogel, aber ich werd' se nich vergessen! Na denn – ahoi, mien Deern, un viel Glück!

Teil II
(30.11.1987 – 30.09.1988)

1. Kapitel:

RETROPERSPEKTIVE

Der Zug war beinahe leer. Um diese Jahreszeit verreiste niemand gern. Acht Stunden Bahnfahrt – acht Stunden, in denen es nichts zu tun gab. Ungewohnt. Nach den Ereignissen der letzten Tage überfiel Benjamina tiefe Müdigkeit. Enttäuschte Hoffnungen, Aufbegehren, Wut , Zweifel – alles Vergangenheit. Zurück blieb ein Gefühl der Leere. Benjamina lehnte den Kopf ans Polster. Das gleichmäßige Rattern des Zuges machte sie schläfrig. Bei jedem Halt schreckte sie hoch. Vor ein paar Stunden war sie sicher gewesen, die richtige Entscheidung getroffen zu haben. Jetzt stiegen erneut Bedenken hoch. Es war so lange her, dass sie Mutter und Schwester gesehen hatte. Kein Wunder, dass alles verblasst war, was sie von zu Hause fortgetrieben hatte. Sie träumte von einem harmonischen Miteinander. Das musste doch möglich sein – oder blieb das Utopie? Wenn der Vater noch gelebt hätte, wäre der Kontakt sicher nicht so abrupt abgebrochen. Die schöne Werkstatt in Meersburg hatte die Mutter verkauft. Sie hatte sowieso kein Interesse für seine Arbeit aufbringen können. Benjamina hatte sich oft gefragt, was die beiden verband. Sie hatten keine, oder nur wenige gemeinsame Interessen und waren grundverschieden: Die Mutter war zurückhaltend, beinahe verschlossen, der Vater warmherzig, offen, geduldig, seinen Kindern gegenüber nachsichtig, sehr zum Leidwesen seiner Frau. Benjamina konnte sich nicht erinnern, dass die Mutter sie jemals zärtlich im Arm gehalten hatte. Meist brachte der Vater sie ins Bett, las ihr Geschichten vor oder erzählte von früher. Sobald sie laufen konnte, nahm er sie mit in seine Tischlerwerkstatt. Sie liebte den Geruch von Holz, die lockigen Hobelspäne und sogar die Staubflocken, die im Sonnenlicht tanzten. Vater fertigte nicht nur Möbel an, er schnitzte ihr Puppen und Tiere. Seit sie die Geschichte von Pinocchio kannte, nannte sie ihn liebevoll ‚Meister Gepetto‘. Auch als sie zur Schule kam, änderte sich ihr Verhältnis nicht. Nach Schulschluss führte ihr Weg zuerst in die Werkstatt, dann ging sie mit dem Vater zusammen heim. Sie hatte seine Hand fest umklammert, weil sie die Schelte der Mutter fürchtete. Und die blieb selten aus.

Sie erinnerte sich an ihren achten Geburtstag. Schon morgens hatte sie sich das schöne Kleid angezogen, das ihr die Mutter für die Feier am Nachmittag hingelegt hatte. Wie an jedem Tag ging sie nach der Schule zuerst in die Werkstatt zu ihrem Vater. Als die beiden gut gelaunt heimkamen, gab‘s kein Willkommen, sondern einen Riesenkrach.

„Wie siehst du denn aus? Überall Sägespäne, sogar im Haar! Musst du dich dauernd in der Werkstatt rumtreiben? Ferdinand – sag doch mal was!"

Der Vater zwinkerte ihr zu und zog sie aus der Küche. An der Tür drehte er sich um.

„Beruhige dich, Veronika, ist doch schön, wenn Jamina sich für mein Handwerk interessiert – wenigstens eine in der Familie."

Die Tür fiel ins Schloss, aber Benjamina hörte ihre große Schwester trotzdem. Sie sprach so laut, dass sie jedes Wort verstehen konnte. „Die will sich doch nur einschleimen! Papas Liebling! Sie sollte sich lieber um ihre Schulaufgaben kümmern. Noch nicht mal lesen kann sie mit ihren acht Jahren!"

Benjamina schämte sich. Und war traurig. Sie bewunderte ihre schöne Schwester und träumte davon, einmal so tüchtig wie sie zu werden. Gitte hatte schon vor der Schule lesen gelernt. Sie nähte, kochte und lernte abends noch für die Prüfung an der Hotelfachschule. Sie zerschlug nie Geschirr, verlegte keine Sachen und war sogar schon verlobt.

Als Mutter und Gitte einmal zusammen unterwegs waren,

hatte sie sich in Gittes Zimmer geschlichen, sich vor den Spiegel gesetzt und die Schminke ihrer Schwester ausprobiert. Sie war so vertieft gewesen, dass sie Gitte nicht hatte kommen hören. Es gab ein gewaltiges Donnerwetter und dazu eine Ohrfeige. Sie überlegte tagelang, wie sie Gitte wieder versöhnen konnte. An vielen Nachmittagen saß sie in Vaters Werkstatt und klebte ein Bild aus bunten Spänen. Der Vater fand es wunderschön, und Benjamina freute sich darauf, es der Schwester zu schenken. Vor dem Abendessen legte sie ihr Werk auf Gittes Platz und wartete gespannt. Gitte kam, starrte auf das Bild und schüttelte den Kopf.

„Ein Bild aus Abfällen! Superidee! Brauchst du vielleicht noch ein paar Kartoffelschalen? Wozu habe ich dir die teuren Malutensilien geschenkt?" Selten hatte Benjamina sich so gedemütigt gefühlt, bis heute war dieser Schmerz nicht vergangen. Von diesem Tag an beschloss sie, niemals so wie Gitte zu werden.

Es war nicht schwer, der Schwester aus dem Weg zu gehen, sie war oft bei ihrem Freund. Ein Jahr später heiratete Gitte und zog aus. Benjamina fühlte sich erleichtert, befreit. Jetzt verbrachte sie mit der Mutter viel mehr Zeit als früher. Sie hatte nach wie vor keinen Spaß an der Hausarbeit, aber um der Mutter eine Freude zu machen, half sie ihr oft in der Küche und Pension, auch wenn manches daneben ging... Einmal, als die Mutter ihren Nachmittagsschlaf hielt, putzte sie die Fliesen in der Küche. Dann setzte sie sich ins Wohnzimmer und las. Plötzlich hörte sie ihre Mutter laut schreien. Erschrocken lief sie nach nebenan. Die Mutter starrte entgeistert auf die Fliesen, die mit einer prächtigen Schicht feinsten Scheuerpulvers bedeckt waren... Benjamina hatte es wohl etwas zu gründlich gemeint. Den Rest des Nachmittags verbrachten beide damit, die ursprüngliche Farbe der Fliesen wiederherzustellen. Ein Misserfolg – aber die Mutter schalt sie nicht. „Gut gemeint, Jamina, aber ich glaube, du kümmerst dich lieber um deine Bücher als um den Haushalt."

Dann hatten sie zusammen Kakao getrunken und über den Vorfall gelacht.

Eigenartig, dass sie sich nach all den Jahren an diese Alltagsgeschichte erinnerte. Vielleicht wegen der viel zu selten gespürten verständnisvollen Reaktion der Mutter.

Benjamina genoss die Zeit nach Gittes Auszug. Die Mutter war ausgeglichen, begegnete ihr liebevoll und akzeptierte ihr Interesse an Holzarbeiten, Malereien und Abenteuerbüchern, bei deren Lektüre sie alles um sich herum vergaß. Auch zwischen den Eltern herrschte Harmonie, sie gingen behutsam miteinander um, besuchten gemeinsam Konzerte oder Theatervorstellungen. Oft saßen sie abends in der Küche und spielten zusammen. Die bitteren Tage schienen vorbei zu sein. Auch das Verhältnis zu Gitte hatte sich geglättet. Seit der Geburt ihrer Tochter Connie hatten die Schwestern wieder Kontakt. Die Mutterschaft hatte Gitte weicher gemacht. Ihre Überheblichkeit war gewichen, oft stand sie ratlos vor dem schreienden Bündel.

Benjamina hatte sich gleich in ihre kleine Nichte verliebt. Sie sah sich nicht als Tante, mehr als Schwester der Kleinen, es trennten sie ja nur zehn Jahre. Gitte war dankbar gewesen, als sie ihr Hilfe angeboten hatte. Das Verhältnis zu Connie war von Anfang an sehr vertraut. Und später erklärte sie ‚Tante Benjamina‘ zu ihrem großen Vorbild.

Es war nicht mehr weit bis zum nächsten Halt. Benjamina stieß einen Seufzer aus, reckte die steifen Glieder, stand auf, sah aus dem Fenster. Die flache, norddeutsche Landschaft war verschwunden, am Horizont erhoben sich sanfte Hügel.

Der Zug lief in Würzburg ein. Es dämmerte schon. Alle Lichter waren eingeschaltet und tauchten den Bahnhof in fahles Licht. Benjamina schob die Scheibe herunter und ließ frische, kühle Luft ins Abteil. Der Schaffner pfiff, die Türen klappten, der Zug fuhr an. Benjamina warf einen letzten Blick auf den

Bahnsteig mit den Winkenden. Plötzlich fing ihr Herz an zu rasen: Da stand Connie! Mit Rucksack und Fellmütze. Sie fror, hatte die Schultern hochgezogen und las die erleuchteten Anzeigetafeln. Benjamina lehnte sich aus dem Fenster und schrie ihren Namen – aber Connie drehte sich nicht um. Fieberhaft überlegte sie – was war vorgefallen? Warum wartete sie nicht in Überlingen? Hatte es Krach gegeben? War Connie dabei, eine Dummheit zu machen? Irgendetwas stimmte nicht. Die Ungewissheit, die Sorge um das junge Mädchen beschworen aufs Neue dunkle Gedanken herauf und trübten das Bild von einem harmonischen Zusammenleben.

Die Familienidylle nach Gittes Heirat dauerte nur drei Jahre. Als Benjamina eines Abends vom Kinderhüten bei Gitte nach Hause kam, sah sie schon von weitem den Menschenauflauf vor der Tür. Die blauen Lichter eines Sanitätswagens blitzten in der Dunkelheit wie unheilvolle Signale. Benjamina rannte die letzten Schritte und drängte sich an den Nachbarn vorbei, die hinter vorgehaltener Hand miteinander tuschelten. Niemand sprach sie an, mitleidige Blicke trafen sie. Benjamina hastete die Treppe hoch. Die Schlafzimmertür war geöffnet. Mutter und der Notarzt standen am Bett, auf dem der Vater lag, das Gesicht bleich und ausdruckslos. Benjamina stieß einen erstickten Schrei aus und sank vor dem Bett auf die Knie. Die Mutter legte den Arm um sie. Es war ihr nie in den Sinn gekommen, dass der Vater irgendwann aus ihrem Leben verschwinden könnte, er gehörte zu ihr wie die Sonne zum Tag.

Der Tod des Vaters schien alle Säulen zum Einsturz gebracht zu haben, auf denen das Familiengebäude stand. Ein Jahr später zerbrach Gittes Ehe, ihr Leben geriet in eine Krise. Sie kümmerte sich nicht mehr um ihr Kind, weinte, ging nicht mehr aus dem Haus. Es war Benjamina, die sich der vierjährigen Connie annahm, ihr die Zuwendung gab, die ihre Mutter nicht aufbringen konnte. Veronika dagegen überwand den Tod ihres

Mannes erstaunlich schnell. Es war, als hätte der Verlust Kräfte in ihr freigesetzt, von denen sie bislang nichts gewusst hatte. Sie verkaufte Haus und Werkstatt in Meersburg und erwarb für wenig Geld eine baufällige, in die Jahre gekommene Villa in Überlingen, die sie mit dem verbliebenen Kapital restaurierte. Sie entwickelte kreative Ideen und verwandelte das Gemäuer nach und nach in ein Kunstwerk.

Benjamina rechnete es ihrer Mutter hoch an, dass sie das Konto nicht anrührte, das der Vater für seine Jüngste angelegt hatte. Durch ihre neu entwickelte Energie und Schaffensfreude erschien Benjamina die Mutter in anderem Licht. Plötzlich fiel es ihr selbst nicht mehr schwer, für die Schule zu arbeiten. Sie sträubte sich nicht länger gegen den Wunsch der Mutter, nach ihrem Schulabschluss ein Studium der Pädagogik aufzunehmen.

Mittlerweile war das restaurierte Überlinger Haus eine beliebte Ferienpension, die Mutter und Gitte gemeinsam führten. Benjamina freute sich, dass Gitte eine Aufgabe gefunden hatte, bei der sie ihre Fähigkeiten einsetzen und zeigen konnte, wie tüchtig sie war.

Das Baby, das auf der Bank gegenüber bisher sanft geschlummert hatte, wachte auf und fing an zu schreien. Seine Mutter richtete sich auf, entblößte ihre Brust und gab ihm zu trinken. Es schmatzte zufrieden und gab Ruhe.

Das eintönige Rattern des jetzt fast leeren Nachtzuges wirkte wie ein Schlafmittel, Benjamina schloss die Augen. Aber ihre Gedanken kreisten weiter um Mutter und Schwester. Sie begriff jetzt, dass ihre Mutter sich lieber an Gitte als an sie gewandt hatte, als sie Hilfe brauchte. Sie, Benjamina, wusste, dass weder Buchhaltung noch Küchenpläne, weder die Sorge um das Wohl der Gäste noch der immer gleiche Tagesablauf ihre Welt waren.

Aber die Schule war offensichtlich auch keine wünschenswerte Lebensaufgabe gewesen. Nach ihrem ersten Berufsjahr, sie war gerade zweiundzwanzig geworden, hatte sie mit Connie auf der Dachterrasse der Pension gesessen. Connie wollte alles über den Berufsalltag ihrer geliebten Tante wissen. Benjamina hatte nach den richtigen Worten gesucht, um sich ihre Abneigung gegen den Lehrerberuf nicht anmerken zu lassen. Auf keinen Fall wollte sie Connie die Möglichkeit rauben, sich unbeeinflusst für eine Tätigkeit zu entscheiden. Beim Hinuntergehen kuschelte sich Connie an sie und sagte: „Ich glaube, Lehrerin möchte ich später nicht sein." Da wusste Benjamina, wie leicht sie zu durchschauen war – schon immer.

Sie war plötzlich sicher gewesen, zur Journalistin geboren zu sein. Ohne Bedenken hatte sie den Unmut der Familie und finanzielle Unsicherheit in Kauf genommen. Und jetzt dieses Fiasko! Was erwartete sie am Ende der Fahrt?

Mit einem Ruck hielt der Zug. Was bedeutete das? Benjamina lehnte sich aus dem Fenster. Der Zug hielt auf offener Strecke, keuchte, puffte und schwieg endlich. Aufgeregt liefen Bahnbeamte den Zug entlang. Dann war die Sirene eines Polizeiautos zu hören. Eine leblose Gestalt wurde an die Böschung getragen. Unfall? Selbstmord? Aus den Abteilfenstern sickerte spärliches Licht und ließ keine Einzelheiten der gespenstischen Szene erkennen. Als ein Schaffner mit seiner Taschenlampe auf die Böschung zurannte und den Polizisten einen kleinen Rucksack übergab, wurden die Umrisse des Opfers für einen Augenblick sichtbar. Benjamina sah das halb abgewandte Gesicht einer jungen Frau, den schlaff herabhängenden Arm, weiß schimmernd im Strahl der Lampe.

Benjamina fröstelte. Sie ertrug es nicht länger, zuzuschauen, ohne helfen zu können. Sie schloss das Fenster und ließ sich auf den Sitz sinken.

Mit einem Mal fiel ihr Connie wieder ein. Während Benjamina die Vergangenheit hatte Revue passieren lassen, war die Sorge um Connie in den Hintergrund getreten. Benjamina machte sich Vorwürfe. So viele Briefe hatte sie nicht beantwortet! Sie war zu sehr mit sich selbst, ihren Recherchen, ihrer Selbstbehauptung beschäftigt gewesen. Connie stand kurz vor dem Abi, steckte voller Protest gegen die ältere Generation – wie sie selbst damals.

Wohin war ihre Nichte unterwegs?

Die Lichter im Abteil flackerten auf, als der Zug anfuhr und schnell an Fahrt gewann. Benjamina sah auf die Uhr: Mitternacht vorbei. Eine Stunde noch. Ihre Augen brannten. Sie hätte schlafen sollen, statt sich in ihrer Vergangenheit zu verlieren. Jetzt, beinahe am Ziel, fielen ihr die Lider zu.

„He – junge Frau! Überlingen! Ist das nicht Ihr Reiseziel?"
Schlaftrunken öffnete Benjamina die Augen. Vor ihr stand die Mutter mit dem Baby. Benjamina griff hastig nach ihrem Gepäck, warf sich den Mantel über und hastete den Gang entlang. Hier war Endstation. Sie stieg die Gitterstufen hinab auf den Bahnsteig, setzte ihr Gepäck ab. Es war kalt.

2. Kapitel:

FAMILIENBANDE

Ein Kleinstadtbahnhof, verschlafen. Weit weg von Trubel, heiterer Geschäftigkeit. Wie auf einem Friedhof. Aber vielleicht empfand ein anderer hier idyllische Ruhe, Geborgenheit. Der Bahnsteig hatte sich längst geleert, es waren ohnehin nur ein paar Menschen ausgestiegen. Benjamina lauschte in die Stille, atmete tief durch. Die Luft war frisch, wie gewaschen. Sie war heimgekehrt. Lag hier die Chance zu einem neuen Anfang?

Wie lange sie neben den Gleisen gestanden hatte, wusste sie nicht. Die Zeit war ausgeschaltet. Plötzlich schreckte sie auf, Türenschlagen. Sie drehte sich um. Aus dem Schatten des Bahnhofsdachs trat eine zierliche Gestalt ins Licht.

„Wie auf einer Drehbühne," schoss es ihr durch den Kopf, „die letzte Szene ist abgespielt, eine neue beginnt."

Die kleine Frau lief auf sie zu und schloss sie wortlos in die Arme. Durch den Mantelstoff hindurch spürte sie die zitternde Freude ihrer Mutter. Den lange gefütterten Groll aus den letzten Jahren hatte Benjamina verarbeitet, nun schmolz auch die Angst.

„Endlich," flüsterte die Mutter, „meine dickköpfige, kleine, verlorene Tochter!"

Benjamina lachte. „Ich geh' nicht schnell verloren!"

Während sie sprach, musste sie an Connie denken.

„Ist alles in Ordnung, Mutter? Was ist mit Connie? Geht es ihr gut?" Die Mutter blieb stehen und sah sie überrascht an.

„Wieso fragst du? Du klingst so beunruhigt. Letzte Woche ist sie zu ihrer Freundin nach Ravensburg gefahren, morgen kommt sie heim." „Nein, da ist sie nicht. Ich habe sie in Würzburg auf dem Bahnhof gesehen, leider zu spät. Ich entdeckte sie erst, als der Zug aus der Halle rollte. Wo ist sie wirklich, Mutter? Verschweigst du mir etwas?"

Die Mutter trippelte unruhig hin und her.

„Mach dich nicht verrückt, du wirst sie verwechselt haben." Dann fügte sie leise hinzu: „Es gibt keine Probleme – glaube ich."

In Benjamina stieg Panik auf. War etwas geschehen, worüber Connie zu Hause nicht sprechen mochte?

Benjamina spürte die zunehmende Unsicherheit der Mutter. Sie nahm ihre Hände und sagte:

„Wahrscheinlich hast du Recht, und ich war zu müde um richtig hinzusehen."

Aber sie wusste, dass sie sich nicht geirrrt hatte.

Auf der Taxifahrt zur Pension schwiegen sie. Benjamina hatte den Arm um die Mutter gelegt und streichelte ihre Hände.

Die Fenster der Pension ‚Seeblick' waren dunkel. Neben dem Eingang zeichnete das Licht der beiden Laternen helle Kreise auf das Pflaster. Kein Laut. Das Fehlen jeden Geräusches wirkte bedrückend. Benjamina folgte der Mutter ins Haus. Auch hier – Stille. Die wenigen Gäste schliefen. Gitte hatte sich zurückgezogen, ohne auf sie zu warten. Verständlich, ihr Arbeitstag begann früh. Die Mutter ging in die Küche und stellte Tee auf. Das Haus roch nach Wachs und Blumen.

„Wie auf einer Beerdigung," dachte Benjamina zum zweiten Mal an diesem Abend. Sie stand auf, ging zum Telefontisch und starrte das Telefon an. Connie...

„Vielleicht sollte ich die Polizei..."

Das schrille Läuten jagte ihr das Blut in den Kopf. In der Küche schepperte es, die Mutter kam ins Wohnzimmer gerannt, die Augen angstvoll aufgerissen.

„Geh du ran," sagte sie.

Benjamina griff zum Hörer, die Mutter stand neben ihr und blickte sie erwartungsvoll an.

„Robert! Du! Um diese Zeit!"

Dann sagte sie nichts mehr, lauschte. Endlich entspannten sich ihre Züge, sie lächelte der Mutter zu. Als sie den Hörer auf die Gabel gelegt hatte, stieß sie einen Schrei der Erleichterung aus, ohne sich um die Nachtruhe zu scheren.

„Connie ist bei Robert!"

„Wer ist das?"

„Mein Nachmieter und Kollege aus der Redaktion. Connie wollte zu mir, hat darum den Besuch bei ihrer Freundin abgebrochen. War wohl nicht so toll da. Sie schläft jetzt. Morgen setzt Robert sie in den Zug nach Überlingen. Habt ihr Connie denn nicht von meinem Kommen erzählt?" Die Mutter wischte sich die Augen.

„Ach, Jamina... Es ging alles so schnell! Du hast uns doch erst gestern angerufen, oder war es vorgestern? Wir konnten doch nicht ahnen..."

Oben schlug eine Tür. Ärgerliches Gemurmel. Gitte?

„Menschenskind! Könnt ihr euer Wiedersehen nicht noch geräuschvoller feiern? Rücksicht ist doch kein Fremdwort!"

Da stand sie, die große Schwester. Sie stieß Laute hervor, die entfernt an Lachen erinnerten. Sie hielt die Arme vor der Brust verschränkt und funkelte Benjamina an.

„Heimgekehrt, Schwesterchen? War wohl nicht so toll da oben im Norden!"

Sie räusperte sich, kam die Treppe herunter, trat zögernd auf Benjamina zu und umarmte sie zaghaft.

„Nach all den Jahren, was? Ganz schön lange..."

Benjamina war gerührt, lächelte Gitte an und sagte: „Entschuldige, dass wir dich geweckt haben, aber..."

Die Mutter schnitt ihr das Wort ab.

„Es geht um Connie, Gitte! Sie ist abgehauen aus Ravensburg und hat einen Ausflug..."

Der versöhnliche Augenblick war vorbei. Gitte zog fragend die Augenbrauen hoch und klappte den Mund auf.

„...nach Bremen gemacht."

„Na großartig!"

Gittes Gesicht färbte sich langsam rot. Sie sah ihre Schwester an und stieß hervor:

„Das geht auf dein Konto! Sie redet schon die ganze Zeit davon, dass sie zur Zeitung will, wie du! Ich komme nicht an sie heran! Aber ich bin ihre Mutter – nicht du!"

Gitte drehte sich zur Wand, ballte die Fäuste und ließ sich auf die Couch fallen. Sie schlug die Hände vor's Gesicht, schaukelte mit dem Oberkörper hin und her. Es war seltsam, die starke, selbstsichere Schwester schwach zu sehen. Benjamina kniete sich vor die Couch, strich ihr über den Kopf. Gitte sah sie wild an.

„Bist du zufrieden? War es nicht genug, dass du Vater bezirzt hast? Musst du mir auch noch die Liebe meiner Tochter stehlen?"

Gitte stieß die tröstenden Hände weg. Benjamina taumelte zurück. Gitte rannte die Treppe hoch. Eine Tür fiel ins Schloss.

3. Kapitel:

GEGEN DEN STROM

Eine Straße aus Lichtpunkten führte vom Horizont über das Wasser zum Ufer. Der leichte, laue Wind kräuselte die Oberfläche und trieb kleine Wellen vor sich her, die leise schmatzend an die Kaimauer schlugen. Es roch nach Wasser und Tang, und wenn der Wind sich drehte, stieg einem der betäubende Duft von Flieder in die Nase. Die Uferpromenade war belebt: Pärchen, Familien, Urlauber.

Benjamina saß auf einer der vielen Bänke, die Arme um die

Lehne geschlungen, das Gesicht der Sonne zugewandt, die Augen geschlossen. Sie hatte noch keinen Blick in das Buch geworfen, das ungeöffnet neben ihr lag. Viel freie Zeit in ihrem neuen Leben hatte sie nicht. Sie genoss diese kleine Auszeit, dachte an nichts. Es war so gut, im Augenblick keine Entscheidungen treffen zu müssen.

Die vergangenen Monate waren aufreibend gewesen. Es war ihr nicht leicht gefallen, sich den Regeln anzupassen, die Mutter und Gitte für das Zusammenleben in der Pension aufgestellt hatten. Hier war sie diejenige, die sich in ein sauber geordnetes Dasein hinein geschoben und kein Recht hatte, alles umzukrempeln.

Bei der Rückkehr von ihrem Ausflug an den See würde es wahrscheinlich Ärger geben, zumal sie sich heute zum ersten Mal vom sonntäglichen Kirchgang beurlaubt hatte. Auf halbem Weg hatte sie kehrt gemacht und die langen Gesichter in Kauf genommen. Das vorwurfsvolle „Wir sprechen uns noch!" überhörte sie. Sie war wieder das ungehorsame Kind, das von zu Hause wegläuft, um sich verbotenen Freuden hinzugeben.

Früher, als sie noch zu klein war, um an den Gottesdiensten teilzunehmen, hatte sie sich so wunderbar frei gefühlt, wenn sie in dieser Zeit allein im Haus war. Sie hatte sich Liebesromane aus dem Schrank geholt und im Schreibtisch herum gestöbert. Dabei war sie einem Geheimnis auf die Spur gekommen: Das Datum der Heiratsurkunde der Eltern lag vier Monate vor Gittes Geburt. Sie konnte kaum glauben, dass ihre moralische Mutter einen so genannten Fehltritt begangen hatte. War Gitte gar das Kind eines anderen? Hatte der Vater deswegen ihr und nicht der älteren Schwester ein Sonderkonto eingerichtet? Vielleicht wusste Gitte um die Hintergründe und war deswegen eifersüchtig.

Eine junge Frau und ihr Begleiter stellten ihre Rucksäcke neben der Bank ab und sahen Benjamina fragend an. Sie nahm ihr Buch und rückte zur Seite. Beim Anblick der beiden kam sie sich alt vor. Wie lange war es her, dass sie auch so durchs Land gezogen war? Die braun gebrannten Gesichter, der Staub auf den derben Schuhen erinnerten sie an frühere Zeiten, an Unbeschwertheit, Abenteuer, an Neugier auf alles Ferne, Unbekannte.

„Wir drei auf der Bank – das gäbe ein gutes Zeitungsfoto. Und dazu mein Kommentar..." dachte Benjamina. „Thema: Inside – outside." Aber wer von ihnen war draußen? Sie selbst in schlichter herkömmlicher Kleidung, Nylonstrümpfen an den Beinen, festgelegtem Tagesablauf? Oder die beiden Wandervögel mit Jeans und Top und keiner Ahnung, wo sie am Abend eine Übernachtung finden sollten...

Ihre Blicke kreuzten sich. Das Mädchen lächelte und sagte: „Wir kommen aus Italien und wollen weiter nach Hamburg. Unsere letzte Tour vor dem Studium!"

Italien! Canale grande, Gondolieri - Postkartenbilder!

Der junge Mann holte eine Wasserflasche aus dem Rucksack. „Wir sind abgebrannt – total pleite. Darum müssen wir leider zurück – irgendwie. Eigentlich wollten wir noch ein paar Tage am Bodensee bleiben, aber..." „Vielleicht kann ich euch helfen," sagte Benjamina. „Ganz umsonst kann ich euch nicht unterbringen, aber für fünfzehn Mark könnt ihr bei uns bleiben!"

Die beiden sahen sich an.

„Das ist ja Wahnsinn! Und vielleicht können wir hier ein paar von unseren Reiseskizzen verkaufen..."

Sie umarmten Benjamina, die das Gefühl hatte, alte Freunde getroffen zu haben.

„Wir haben eine kleine Familienpension, und die Saison hat gerade erst begonnen – da wird das nicht so teuer für euch."

Benjamina gratulierte sich zu ihrer spontanen Aktion, vielleicht ließen die Einnahmen durch die unverhofften Gäste das zu erwartende Donnerwetter weniger heftig ausfallen. Abends könnten sie zusammen etwas unternehmen. Wehmütig dachte sie an die Abende im Cafe Lila. Das war so weit weg wie in einem anderen Leben...

Als sie vor der Pension standen, setzten die beiden, Hendrik und Paula, ihre Rucksäcke ab und schauten sich interessiert die Fassade an. Sie zeigten auf den Giebel, das Fachwerk und die Schnitzerei an den Balken.

„Wir wollen Architektur studieren," erklärte das Mädchen.

„Wir bringen es nicht fertig, an alten Häusern vorbei zu gehen, ohne sie zu fotografieren oder zumindest gründlich zu betrachten. Die Struktur ist typisch für die Bauweise im Fränkischen, nicht wahr?"

„Eure Pension ist ein besonders schönes Beispiel – und so gepflegt!" „Das sollte Mutter hören," dachte Benjamina, „die würde sich freuen." Benjamina hätte das Haus gern in einer anderen Farbe gestrichen – sie war damals nicht gefragt worden. Kein Wunder, sie war ja nie hier - und nicht fachkundig.

Im Augenblick war sie in Hochstimmung – die gefürchtete Auseinandersetzung würde ausfallen, hoffte sie.

Als sie ihre Augen an der Fassade empor wandern ließ, sah sie, wie im ersten Stock die Gardine beiseite geschoben wurde, hinter der zwei Köpfe auftauchten und hastig zurückwichen, als sie merkten, dass sie beobachtet wurden. Benjaminas gute Laune war dahin. Die versäumte Sonntagspredigt würde doch geahndet werden – nachgeholt als ‚Gardinenpredigt'.

An diesem Abend...

....erschollen aus dem Dachgeschoss Lieder von Lucio Dalla und Gianna Nannini.

....packte Benjamina ihre weiße Bluse in den Schrank und beschloss, zwei Tage frei zu nehmen.

....gingen Paula und Hendrik allein am Seeufer spazieren.

4. Kapitel:

DIALOGE

Paula stand am Fenster und sah über den See. Hendrik trat zu ihr, umarmte sie.

„Das Frühstück war perfekt – findest du nicht? Nun sag schon – hast du was?"

Paula zuckte die Schultern.

„Ich kann es nicht erklären – irgendwas stimmt nicht!"

„Mensch, Paula! Uns geht's gut! Wir haben eine tolle Bleibe – und so billig! Was..."

Paula drehte sich um, sah Hendrik an, ernst.

„Dies hier ist keine billige Pension, Hendrik. Benjamina hat uns einen Sonderpreis gemacht. Schau die Einrichtung an, die alten, stilvollen Möbel, alles piekfein."

„Na und? Wir haben Glück gehabt!"

„Ich hab' gestern einen Streit gehört, und ich werde das Gefühl nicht los, dass es dabei um uns ging."

Hendrik wurde nachdenklich.

„Stimmt. Jetzt – wo du's sagst... Außerdem – komisch, dass Benjamina sich am Abend nicht hat blicken lassen."

„Zwar benehmen sich Mutter und Schwester uns gegenüber absolut korrekt. Aber wenn sie uns anlächeln, friert es mich. Bei Benjamina war die Freundlichkeit echt, mit ihr fühlte ich mich auf gleicher Wellenlänge." „Vielleicht finden sie uns nicht vornehm genug. Mit unserem Outfit passen wir nicht wirklich in diese Puppenstube..."

Paula verzog den Mund.

„Es ist ein bisschen so wie bei meiner Tante Lola. Da hatte ich immer das Gefühl, stramm stehen zu müssen – und Angst, in irgendeines der Fettnäpfchen zu treten, die allerorten aufgestellt waren..."

Hendrik lief ungeduldig hin und her. Draußen schien die Sonne – er wollte raus. Er klopfte Paula auf die Schulter.

„Lass gut sein, in ein paar Tagen sind wir weg."

„Nee, Hendrik, das halte ich nicht aus. Diese bedrückende Atmosphäre nimmt mir die Freude an der schönen Gegend."

„Was schlägst du vor?"

„Lass uns abhauen, wir finden was anderes, hoffentlich in Meersburg. Wir können's doch wenigstens versuchen! Jaja... das Geld. Aber vor unserer Rückreise will ich das Hülshoff-Schloss unbedingt sehen!" „Wahrscheinlich hast du Recht. Und Benjamina?"

„Wir schreiben ihr."

„Dann los. Lass uns packen und diese gastliche Stätte verlassen."

Das prächtige Gemälde aus Großmutters Erbe blickte auf eine Reihe von Familienfotos herab, die säuberlich aneinander gereiht auf der Kommode im Salon standen. „Der gute Hirte" hatte Benjamina das goldgerahmte Idyll mit der Schafherde und seinem Hüter genannt.

„Den Namen hat sie sich ausgedacht, um uns zu verspotten," sagte Gitte laut, obwohl niemand im Zimmer war. Sie nahm das Buch mit den Eintragungen zur Hand. Die Mutter kam herein, stellte sich neben sie.

„Gut, dass du dich um die Listen kümmerst, Kind. Sieh nach, ob Jamina alles richtig ausgefüllt hat, sie nimmt es manchmal nicht so genau..."

In Gittes Augen schimmerte Befriedigung.

„Ich hab' dir gleich gesagt, dass es schief geht!"

„Sie ist doch deine Schwester – wie können wir ihr die Tür verschließen? Ehrlich gesagt: Ich habe mich gefreut, als sie zurückkam!" Gitte stieß ein höhnisches Lachen aus.

„Doch nur, weil sie Schiffbruch erlitten hat mit ihren

spinnerten Ideen! Als Lückenbüßer sind wir gut genug!"

„Aber sie gibt sich große Mühe – das musst du zugeben!"

„Wirklich? Das haben wir gestern erlebt – schleppt uns abgerissene Touristen ins Haus. Nächstens vielleicht Obdachlose."

„Ach, Gitte. Sie hat es gut gemeint. Und ich fand die beiden so übel nicht."

Um Gittes Mundwinkel zuckte es verächtlich.

„Ach was! Provozieren wollte sie uns! Du bist viel zu gutgläubig. Und dann noch ein Doppelzimmer! Oder glaubst du, dass die verheiratet waren? Sind wir ein Stundenhotel?"

„Übertreib nicht! Begeistert war ich auch nicht, aber sie sind ja nur eine Nacht geblieben."

„Eine Nacht zuviel! Und Jamina hat sich verdrückt! Urlaub! Zwei Tage! Wann hatte ich je Urlaub?"

Die Mutter nahm sie in den Arm.

„Wär' vielleicht gut, wenn du auch mal weg fährst, jetzt, wo noch Nebensaison ist."

„Wohin? Nach Italien vielleicht, wo die beiden losen Vögel sich amüsiert haben? Wo es dreckig ist, und laut, und wo die Männer den Weibern auf den Hintern glotzen..."

Erschrocken über den Ausbruch von Gehässigkeit hielt die Mutter sich die Hand vor den Mund.

„Aber du warst doch noch gar nicht da unten! Vielleicht..."

„Ach, hör auf! Mir reicht der Betrieb hier. Das einzige, was mich stört, ist, dass meine Schwester alles perfekt durcheinanderbringt. Das konnte sie schon immer. Hinter meinem Rücken hetzt sie Connie gegen mich auf. Oder glaubst du, sie wäre ohne den Einfluss ihrer geliebten Tante damals abgehauen?" Die Mutter schob ein paar Stühle zurecht.

„Ja, ja. Ich muss ins Bett."

Benjamina saß auf der Bank unter dem knorrigen Ahornbaum. Kleine braune Samenschiffchen regneten in ihren Schoß. Hinter der gepflegten Rasenfläche erhob sich Schloss Salem, in dessen Räumen das Internat untergebracht war. Durch die geöffneten Fenster hörte man die immer gleichen, vertrauten Unterrichtsgeräusche. Sie wartete auf die Pause und freute sich auf Connies überraschtes Gesicht, wenn sie ihre Tante unter dem Baum entdeckte. Jetzt! Stühlescharren, Stimmengewirr. Da kam sie, schwatzend, lachend, hielt inne und rannte mit einem kleinen Schrei auf Benjamina zu.

„Wie hast du es geschafft, dich aus den heiligen Hallen der Pension zu entfernen?"

„Frag lieber nicht... Ich bin so froh, dich zu sehen!"

„Spann mich nicht auf die Folter – was ist denn passiert?"

Benjamina senkte den Kopf.

„Eigentlich nichts von Bedeutung, nichts Spektakuläres. Es fing damit an, dass ich gestern nicht mit zur Kirche kam."

„Oh weh – das Theater kann ich mir vorstellen! Ich weiß noch wie heute, als ich den lieben langen Tag mit eisigem Schweigen bestraft wurde, weil ich zu einer Sportveranstaltung meiner Schule ging, statt Mutter und Oma zum Gottesdienst zu begleiten."

„Versteh mich nicht falsch – ich bin gar nicht gegen die Kirche – aber ich will mich nicht verpflichtet fühlen, mich nicht einzwängen lassen, auch nicht von meiner Familie."

„Du musst dich nicht rechtfertigen, Ben! Und? Was dann?"

„Am Seeufer gabelte ich zwei Studenten auf, Hendrik und Paula. Sie kamen gerade aus Italien und suchten eine Bleibe. Die beiden gefielen mir auf Anhieb, und so habe ich sie spontan in der Pension untergebracht."

„Au weia – das war wohl nicht die erwünschte, feine Kundschaft!"

„Du sagst es. Es folgte ein gewaltiges Donnerwetter, ich bekam Sachen zu hören, die ich nicht wiederholen möchte. Natürlich haben die Gäste das mitbekommen, auch wenn es wohl nicht beabsichtigt war."

Connie legte den Kopf auf die Seite.

„Na – da bin ich mir nicht so sicher. Vielleicht war das eine raffinierte Methode, den beiden verstehen zu geben, dass sie nicht willkommen waren."

„Hat jedenfalls geklappt – sie sind am nächsten Morgen abgereist. Ich konnte mich nicht mal von ihnen verabschieden! Und ich hatte mich so darauf gefreut, mit ihnen gemeinsam etwas zu unternehmen..."

Connie schlug die Hände zusammen und verdrehte theatralisch die Augen.

„O je – wie konntest du nur! Du weißt doch: Hunde, lästige Insekten, Unverheiratete, die im selben Zimmer schlafen, Schwule und andere absonderliche Wesen haben keinen Zutritt zum Puppenheim!"

Benjamina war trotz Connies gelungener Demonstration nicht zum Lachen zumute.

„Ich fühle mich so unwohl, fehl am Platz, Connie. Gitte hasst mich, wenn ich auch nicht weiß, warum... Und Mutter ist zu weich, um sich durchzusetzen. Sie ist alt geworden und auf Gittes Fachkenntnisse und Unterstützung angewiesen."

„Ich wünschte, ich wäre deine Tochter, dann wäre ich zu Hause geblieben und nicht ins Internat gegangen..."

„Apropos Internat – kannst du heute frei kriegen? Wir könnten einen Ausflug nach Meersburg machen, da findet gerade das ‚Festival der Kulturen' statt. Hast du Lust?"

Connie sprang auf und hüpfte herum.

„Mensch – prima Idee! Warte – ich bekomme das hin... Bin gleich wieder da!"

5. Kapitel:

MEERSBURG

In Meersburg war schon Sommer. Vielleicht fühlte es sich auch bloß so an. Die breite Straße unterhalb des Schlosses war voll mit Farben, Musik, Düften. Vor einer türkischen Backstube drängten sich die Menschen. Es roch nach Baklava, Helva, Lokkum, süßen Köstlichkeiten, die jeder Türkeireisende kennt. Wenige Schritte weiter war ein Podest aufgebaut, überspannt von einem mit Girlanden geschmückten Baldachin. Ein spanisches Tanzpaar wirbelte zu feuriger Musik über die Bretter. Vor einem griechischen Weinausschank saßen drei Gitarrespieler, ein junges Mädchen in Landestracht sang ein wehmütiges Liebeslied.

Urlaubsstimmung. Connie hatte Benjamina den Arm um die Schultern gelegt

„Mir ist, als hätte jemand eine Tür aufgestoßen," sagte sie, „oder eine Wand beiseite geschoben, die mir die Aussicht versperrte."

Sie warf die Arme hoch und lachte, manche drehten sich um und lachten zurück.

„Schau mal da!"

Benjamina zeigte auf eine lange, tubenförmige Röhre, aus der dumpfe, fremdartige Töne quollen.

„Das ist ein altes, australisches Musikinstrument. Es klingt unheimlich, findest du nicht?"

„Vielleicht nur ungewohnt für unsere Ohren," sagte Connie.

Sie ging näher heran, magisch angezogen von den beschwörenden Klängen. Benjamina beobachtete sie.

„Ihre Neugier wird sie hindern, sesshaft zu werden," dachte sie, „genau wie ich wird sie unermüdlich ihren Platz suchen, Enttäuschungen und Zurückweisungen einstecken und –

leiden. Immer noch besser, als auf ebener Strecke dahin zu schleichen, keine Höhen und Tiefen zu kennen..."

Benjamina fuhr zusammen, als ihr jemand hinter ihrem Rücken die Hand über die Augen legte. Sie befreite sich, drehte sich um und sah in Paulas lachendes Gesicht.

„Jetzt machen wir drei doch noch was gemeinsam," rief sie.

„Wir sind einfach so abgehauen – entschuldige!"

„Es muss dir nicht Leid tun – wie du siehst, habe auch ich die Flucht ergriffen!"

Benjamina zog Connie heran und stellte sie vor. Die vier hakten sich ein, genossen den Trubel und gerieten allmählich in so ausgelassene Stimmung, als hätten sie an der griechischen Schänke ein paar Gläser zu viel getrunken.

„Ich glaube, wir fallen auf," sagte Connie augenzwinkernd.

Die anderen sahen sie fragend an.

„Hier ist alles bunt und exotisch – nur wir laufen rum wie graue Alltagsmäuse!"

Eine Schar Kinder kam ihnen entgegen, die Gesichter bunt bemalt, auf den Köpfen Federn, Blumen oder geflochtene Kränze. Einige Schritte dahinter erblickten sie ein Zelt, bespickt mit Masken. Drei junge Frauen in bunten Kostümen und mit Ornamenten bemalten Gesichtern hatten alle Hände voll zu tun, Kinder und Halbwüchsige in Märchenwesen zu verwandeln.

„Da ist ja, was wir suchen!"

Connie reihte sich in die Schlange der Wartenden ein und zog die anderen mit sich. Gebannt verfolgten sie die geschickten Hände, die   schüchterne Europäer mit Federschmuck und glitzernden Ketten behängten, ihnen die Gesichter bemalten und beim Blick in den Spiegel zum Strahlen brachten. Während Connie und Benjamina auf den Schemeln Platz nahmen und sich Tücher über ihre Kleider legen ließen, hockten sich Hendrik und Paula vor ihnen auf den Boden und   fotografierten. Connies ohnehin blasses Gesicht erschien durch die weiße Schminke noch durchsichtiger. Über den dunklen Augen wölbten sich die Brauen schwungvoll nach oben bis zu den Schläfen und kringelten sich dann hinab zum Kinn, wo sie sich mit der geschminkten Gegenlinie vereinten. Die blonden, gewundenen Haare fielen wie Schlangen über die Schultern. Connie stand auf – eine majestätische, fast Furcht einflößende Gestalt. Sie erinnerte an eine Darstellung der Medusa, die Benjamina in einem Kunstband gesehen hatte. Fasziniert schaute sie ihre Nichte an. Sie selbst hatte sich nur ein paar blaue Strähnen in ihr schwarzes Haar färben lassen, so, wie sie sich den Kopfschmuck einer Meerjungfrau vorstellte. Die Wirkung war verblüffend: Ihre Augen strahlten, als leuchtete hinter ihnen eine Lichtquelle.

Als der Himmel sich im Westen rot färbte, die Straßenlaternen und die Lichter in den Schaufensterauslagen aufflammten, suchten sich die vier ein Restaurant, setzten sich auf die Terrasse und schauten über den See, auf den der aufgehende Mond eine glitzernde Bahn malte. Leise Wehmut hatte die ausgelassene Fröhlichkeit verdrängt. Für Hendrik und Paula waren die Ferien zu Ende, sie dachten an die bevorstehenden Termine an der Uni. Connie musste sich heute Abend im Internat zurück melden, und Benjamina spürte einen Kloß im Hals, wenn sie sich das Wiedersehen in der Pension vorstellte.

Von Norden her schoben sich blaue Wolkenbänke vor das Abendrot, die Lichtspur auf dem See erlosch. Benjamina dachte: „Das Wetter wird sich ändern."

6. Kapitel:

FRONTEN

Regen, Regen, grau, aggressiv, düster. Benjamina erwachte mit stechenden Kopfschmerzen. Die Augen waren geschwollen, eine Welle von Übelkeit stieg die Kehle hoch. Die Tür wurde aufgerissen – Benjamina fuhr zusammen. Die Stimme ihrer Schwester stach wie ein Messer in ihr Hirn.

„Madame ist also wieder da! Wann geruhst du, aufzustehen und deine Pflichten wahrzunehmen?"

Sie wollte antworten, doch der Mageninhalt quoll ihr in den Mund. Sie stolperte zum Waschbecken.

„Aha – ein Zechgelage gestern! War's schön?"

Benjamina klammerte sich am Beckenrand fest.

„Migräne," stammelte sie. „Lass mich in Ruhe – bitte!"

Gitte starrte sie an, entdeckte die blauen Strähnen in den aufgelösten Haaren, die wirr über die Stirn fielen. Ihr Gesicht verzog sich zu einer Grimasse aus Fassungslosigkeit und Abscheu.

„Hexe", zischte sie, „fahr zur Hölle, wo du hin gehörst!"

Sie wandte sich ab und eilte die Treppe hinunter. Benjamina übergab sich ein zweites Mal.

Am Nachmittag schien die Sonne, die Migräne war verschwunden wie ein nächtlicher Spuk. Benjamina stand vor dem Spiegel und sah in ein blasses Gesicht. Eigentlich hatte sie die blaue Farbe auswaschen wollen, aber jetzt zögerte sie.

„Nein," dachte sie, „warum denn..."

Entschlossen legte sie den Kamm beiseite, holte einen ihrer Flatterröcke aus dem Schrank und steckte sich lange Perlenohrringe in die Ohren. Sie fand sich attraktiv.

Aus der Küche ertönte das Klappern von Geschirr. Benjamina trat ein, die Mutter drehte sich nicht um.

„Wie früher," ging es ihr durch den Kopf. Auch damals hatte sie sich, wenn die Mutter sie mit Schweigen strafte, gefragt, was sie falsch gemacht hatte. Und genau wie damals reagierte sie mit Trotz und Aufbegehren. Schweigend blieb sie an der Tür stehen, starrte auf den Rücken der Mutter. Bei jeder abrupten Bewegung der kleinen Frau wippten die weißen Schürzenbänder an der Taille auf und ab.

„Sieht aus wie ein Schwänzchen", dachte sie. Und gleich darauf:

„Ein weißes Lämmerschwänzchen. Und ich – ich bin das schwarze Schaf in der Herde."

Zu ihrem Entsetzen spürte sie, wie sie bei dem absurden Gedanken plötzlich von einem Lachanfall geschüttelt wurde, den sie nicht bremsen konnte.

„Ein schwarzes Schaf," keuchte sie, „ein schwarzes Schaf mit blauen Strähnen!"

Sie klatschte mit beiden Händen auf die Tischplatte, die Tränen liefen ihr aus den Augen. Endlich drehte die Mutter sich um, weiß im Gesicht. Sie schaute ihre Tochter aus weit aufgerissenen Augen an, ihr Mund zuckte. Benjamina erschrak, der letzte Lacher blieb ihr in der Kehle stecken. Sie band sich die Schürze um und begann, die Tische für die Abendmahlzeit zu richten. Bei der mechanischen Arbeit beruhigte sich der Aufruhr in ihrem Innern.

„Sie werden sich nie ändern," dachte sie, „und ich offenbar auch nicht. Ist eben so. Es gibt immer schwarze Schafe oder Elefanten im Porzellanladen. Habe ich mich schon wieder verlaufen – wie so oft in meinem Leben?"

Die Servietten.... Während sie zur Anrichte neben dem Fenster ging, warf sie einen Blick auf die sonnenbeschienene Straße – ihr Herz machte einen Satz: Da stand Robert! Und starrte auf das Schild der Pension. Benjamina lief vor die Tür, winkte ihm zu. Dann lagen sie sich in den Armen.

„Urlaub! Endlich! Überlingen lag auf dem Weg, deshalb ein Zwischenstopp – und ich wollte deinen neuen Wirkungskreis kennenlernen! Bist du zufrieden?"

Benjamina winkte ab.

„Erzähl ich dir später. Und bei euch? Was macht der Betrieb? Ist Pratt noch da?"

Benjamina war so vertieft ins Gespräch, so neugierig und erfreut über das unverhoffte Wiedersehen mit ihrem Kollegen aus der Bremer Zeit, dass sie die Mutter nicht bemerkte, die reglos im Hintergrund stand und sie beobachtete. Als Benjamina hinter sich ein lautstarkes Räuspern hörte, drehte sie sich um und entdeckte ihre Mutter. Sie ergriff Roberts Hand und zog ihn mit sich, um ihn der Mutter vorzustellen. Die Szene in der Küche hatte sie schon vergessen. Doch bevor sie noch ein Wort sagen konnte, drehte die Mutter sich um und schlug die Tür hinter sich zu. Dann hörte sie Gittes Stimme, so laut, dass sie jedes Wort verstehen konnten.

„Jetzt flirtet sie auch noch mit unseren potentiellen Gästen, oder was weiß ich mit sonst wem..."

Robert hatte seine Tasche aufgenommen.

„Herrje, da habe ich wohl in ein Wespennest getreten – meine Frage von vorhin ist beantwortet. Ist wohl besser, ich gehe."

Benjamina band sich die Schürze ab.

„Gut. Aber wir gehen zusammen. Die paar Stunden bis zu deiner Weiterfahrt müssen wir nutzen!"

Die Lichter des Zuges waren längst in der Ferne verschwunden. Benjamina stand immer noch neben den Gleisen. Es dunkelte. Der kleine Bahnhof leerte sich. Stille. Sie fühlte sich heimatlos – wieder einmal. Ein Stück ihres alten Zuhauses war gerade davon gefahren, und vor der Rückkehr in ihr neues graute ihr so sehr, dass sich ihr Magen umdrehte. Hoffnungslosigkeit überkam sie, Zweifel an sich selbst. Sie wusste nicht, wie es weitergehen sollte.

Ein Bahnbeamter trat auf sie zu.

„Der nächste Zug geht morgen um sieben. Fahrplan hängt da drüben." „Worauf warte ich eigentlich?" dachte sie. „Dass sich was ändert? Phh..."

Sie nickte dem Mann zu und verließ den Bahnhof.

Die Uferpromenade war hell erleuchtet. Spaziergänger schlenderten an den Restaurants vorbei, hier und da hörte man leise Musik. Aus einem der Lokale ertönten fremdartige, orientalische Klänge. Benjamina blieb stehen. Offenbar wurde hier ein Fest gefeiert, durch die geöffnete Tür sah sie die Gäste. Hochzeit? Eine junge Frau zupfte sie am Ärmel. „Bleib nicht draußen stehen", sagte sie freundlich, „komm rein und feiere mit! Willkommen!"

Benjamina betrat ein Land, von dem sie einen Tag vorher in Meersburg einen sachten Hauch verspürt hatte. Die Musik war laut, viel zu laut, aber es kümmerte sie nicht. Sie passte zu der wilden Ausgelassenheit der Tanzenden, zu den hohen Trillern, die sie während des Tanzens ausstießen. Die junge Frau, die sie eingeladen hatte, sah sich suchend um.

„Kein freier Platz mehr! Macht nichts. Du kannst bei uns sitzen – wir rücken zusammen. Ich heiße übrigens Bahar – das ist türkisch - und heißt ‚Frühling'!"

Männer und Frauen am Tisch schoben ihre Stühle beiseite, irgendjemand trug einen Hocker herbei und zwängte ihn zwischen die Stühle. Bahar reichte ihr ein Glas mit einem milchig weißen Getränk. „Şerife! Prost! Probier mal unseren Rakı, wir nennen ihn ‚Löwenmilch'!" Benjamina nippte, es war scharf und schmeckte nach Anis. Bahar winkte einem Kellner und wechselte ein paar Worte mit ihm, die Benjamina nicht verstand. Bald darauf kehrte er mit einem Teller voller Köstlichkeiten zurück, die sie nie zuvor gegessen hatte: Gefüllte Weinblätter, Auberginenmus, kleine, rote Rollen aus gekochten Linsen, dazu Salat und Fladenbrot. Benjamina aß, trank, tanzte, lachte und vergaß sämtliche Probleme.

Im Osten zeigte sich bereits ein zart rosa Schimmer, als Benjamina sich von Bahar verabschiedete. Sie fühlte sich leicht und sorgenfrei wie seit langem nicht mehr. Sie zog ihre Schuhe aus, genoss die Kühle des Pflasters an ihren Fußsohlen. Sie tänzelte die Straße entlang, summte vor sich hin und freute sich auf das Wochenende, an dem sie sich mit Bahar verabredet hatte. Durch die neue Freundschaft fühlte sie sich gestärkt und war sicher, aufsteigende Aggressionen im Zaum halten zu können, vielleicht sogar eine Annäherung zu erreichen.

In der Pension brannte Licht, die Tür stand offen. Von drinnen hörte Benjamina Geräusche, als ginge jemand schweren Schrittes die Treppe hinab. Am Straßenrand parkte ein weißes Krankenauto mit geöffneter Tür. Benjamina spürte, wie sich eine Schlinge um ihren Hals legte. Die Szene erinnerte sie an den schrecklichen Abend, an dem man ihren Vater abgeholt hatte. Aus dem Haus kamen jetzt Sanitäter mit einer Trage, dahinter Gitte mit rot geweinten Augen. Benjamina konnte sich nicht rühren, wie gelähmt schaute sie dem Geschehen zu. Gitte sah ihre Schwester an der Pforte stehen. Sie warf ihr einen kalten Blick zu, stieg ins Auto und fuhr davon.

7. Kapitel:

GITTE DENKT AN BENJAMINA

Sie stand nur da – wie eine Wachsfigur. Mutter wurde an ihr vorbei getragen, aber sie...... Nicht mal die Hand streckte sie nach ihr aus, berührte sie nicht, fragte nichts, sagte kein Wort. Der Herzkollaps geht auf ihr Konto. All die Aufregung der letzten Tage! Mutter hat nicht auf mich hören wollen, ich hab' von Anfang an gewusst, dass eine Zusammenarbeit mit Jamina unmöglich ist. Kaum zu glauben, dass wir Schwestern sind. Sie ist mir so fremd, um sie herum herrscht das blanke Chaos. Ich hasse Unordnung und Missachtung von Traditionen. Tradition spielt für meine Schwester keine Rolle, ständig jagt sie etwas Neuem hinterher – und findet nie das, was sie sucht.

Ich gebe zu, dass ich sie oft beneidet habe. Wenn sie das wüsste! Nie konnte ich mich so ungestüm freuen wie sie, über Kleinigkeiten...... Wenn eine Blume im Garten aufgeblüht war, wenn unserem Vater ein Bild gefiel, das sie gemalt hatte, über jeden Ausflug. Selbst den Regen fand sie faszinierend – manchmal. Auch weinen konnte ich nicht so hemmungslos wie sie, sie ließ alles aus sich heraus, ohne Scheu, oder Angst vor der Reaktion der anderen. Warum hat sie dann beim Anblick unserer Mutter auf der Transportliege keine einzige Träne vergossen? Sie hat doch immer so getan, als hänge sie an ihr und an unserem Zuhause! Heuchlerin! Ph – ihre Hilfe hat sie mir angeboten – darauf kann ich verzichten! Rausgeschmissen habe ich sie! Lieber stelle ich eine Aushilfe ein. Ich will nicht, dass Mutter sie zu Gesicht kriegt, wenn sie aus dem Krankenhaus kommt. Die blauen Haare, die legere Kleidung – Schlabberlook, oder? Und dann ihr Umgang mit Männern – mit allem hat sie uns provoziert. Anfangs hat sie sich bemüht, das muss ich zugeben, aber ich habe gemerkt, wie schwer ihr das fiel. Und wie ungeschickt sie war!

Am meisten ärgert mich, dass sie einen so guten Draht zu Connie hat. Ich habe Angst, dass meine Tochter in ihre Fußstapfen tritt. Connie soll später mal die Pension übernehmen, sich nicht irgendwo in der Welt rumtreiben wie ihr geliebtes Vorbild.

Mein Gott! Was könnte Jamina aus sich machen! Traumfigur! Wundervolle schwarze Haare! Und Augen – mit denen könnte sie jeden Mann bezirzen... Aber heiraten – kein Gedanke. Zu wählerisch, meine Schwester? Zu unstet? Scheu vor Verantwortung? Wie ungerecht das Leben ist! Ich bringe alles mit, was ein Mann nur verlangen kann, trotzdem hat meine Ehe nicht funktioniert. Jetzt gehe ich auf die Vierzig zu, und wenn Mutter nicht mehr wird, habe ich die Pension allein am Hals. Jamina habe ich endgültig vergrault. Ist auch in Ordnung so. Sie ist ausgezogen, wohnt jetzt bei einer Ausländerin. Ein Wunder, dass sie immer jemanden findet, der ihr weiterhilft. Oder kein Wunder, sie hat keine Hemmungen, wildfremde Menschen anzuquatschen. Würde mich interessieren, wovon sie lebt. Connie weiß das sicher – aber die redet nur das Notwendigste mit mir. Aber wenigstens nach ihrer Oma fragt sie. Morgen kommt sie nach Überlingen, sie will sie im Krankenhaus besuchen. Hoffentlich redet meine Tochter diesmal mehr als nur drei Worte mit mir! Mit Jamina tauscht sie nur einen Blick, und sie verstehen sich.

„Gleiche Wellenlänge," sagt Connie.

Und ich? Mein Wellental berührt sie nicht einmal.

Teil III
(September 1988 – Juli 1989)

1. Kapitel:

BENJAMINAS TRAUM

Die Koffer sind gepackt. Nichts ist zurückgeblieben. Als ginge ich für immer weg. Meine Schritte hallen im leeren Flur. Es riecht nach Staub. Mir ist, als hätte ich etwas vergessen, schaue noch einmal in alle Räume. Stille. Ich habe Angst vor der Reise. Wenn ich die Tür hinter mir zuschlage, gibt es kein Zurück mehr. Ich muss gehen. Die Zeit drängt. Draußen knallt die Sonne vom Himmel. Ich schwitze. Auf dem Bahnhofsplatz Leere. Keine Menschenseele. Die große Uhr zeigt an, dass mir nur noch wenige Minuten bis zur Abfahrt bleiben. Über die Länge des Platzes erstreckt sich ein flacher Schuppen. Wenn ich durch den Schuppen laufe, spare ich ein paar Meter. Ich stoße die Tür auf – aber ich sehe nichts. Wo geht es weiter? Als sich meine Augen an das Dunkel gewöhnt haben, bemerke ich winzige, blinde Fenster unter der Dachschräge. Fahles Licht sickert hindurch, in dem der Staub wie Tropfen zur Erde fällt. Vor mir ist eine Wand mit einer eisernen Tür. Ich will zurück, aber die Tür hinter mir lässt sich nicht öffnen. Ich sehe eine schmale Holztreppe links neben der Eisentür. Sie führt auf eine Empore, die in Richtung Bahnhof geradeaus läuft. Ich steige hinauf. Meine Füße machen kein Geräusch. Nach ein paar Schritten stehe ich wieder vor einer Tür. Daneben eine Treppe. Überall Treppen. Ich steige hinab, später wieder hinauf, weiß nicht mehr, wo ich bin. Ich komme durch Räume, in denen Menschen schlafen. Wie ein Bündel Lumpen liegen sie am Boden, als lägen sie schon seit Jahrhunderten hier. Die nächste Treppe führt tiefer hinab als die vorigen, unter die Erdoberfläche. Ich höre ein Stampfen und Scheppern, geschäftig wie in einem Bergwerk. Kein Tageslicht. An den Wänden flackert der Widerschein eines Feuers. Ich bin in einer Küche, aber es riecht nicht nach Essen, sondern modrig feucht. Stumm und gebückt arbeiten namen- und gesichtslose Wesen wie Sklaven. Vor einer mit Gittern geschützten Feuerstelle, über der ein riesiger Kessel hängt, steht eine alte Frau, ihr Gesicht vom Feuer erhellt, voller Falten und Schrunden. Wirre graue Haare lugen unter dem Kopftuch hervor und geben ihr das Aussehen einer Hexe. Jetzt sieht sie mich an, ohne Überraschung zu zeigen, als habe sie mich erwartet. Sie hebt ihre knochige Hand und winkt mir. Ich gehorche. Sie gibt mir ein Gefäß und bedeutet mir, Wasser aus dem Kessel zu schöpfen und in einen dicht daneben stehenden Bottich zu gießen. Ich bringe kein Wort hervor und tue, was sie mir befiehlt.

Die Zeit verrinnt, ich weiß nicht, wann Tag oder Nacht ist. Jahre um Jahre.

Da sehe ich plötzlich ein rotes, glänzendes Auto, ein Farbfleck in der Düsternis. Ich werfe mein Handwerkszeug weg, stürze zum Auto, setze mich hinein, schließe die Augen und gebe Gas. Die Gelegenheit zur Flucht kommt vielleicht nie wieder. Ich bin draußen, fahre durch helle Straßen voller Menschen.

Das Benzin ist alle. Ich halte bei der nächsten Tankstelle. Als ich aussteige, stehen drei vermummte Gestalten vor mir, schubsen mich zurück ins Auto, das auf einmal wieder fährt, und bringen mich zurück an den verfluchten Ort. Chancenlos gefangen. Die Alte sieht mich strafend an und weist auf den Kessel. Ich schöpfe Wasser, schöpfe, schöpfe Wasser, leere es aus und schöpfe weiter.

„Ist es noch nicht genug?" frage ich. Die Hexe nimmt mein Gefäß, hält es hoch, schüttelt den Kopf.

„Dein Maß ist noch nicht voll," sagt sie. „Du kannst nicht davonlaufen." Ich gebe auf, erfülle mechanisch meine Pflicht, lege mich zusammen mit den anderen Lumpengestalten schlafen, wache auf, schöpfe Wasser.

Es kommt ein Tag, da tritt die Alte neben mich, nimmt mir das Maß aus der Hand, hebt es hoch, schüttelt es. Weiße Schwaden steigen nach oben, wie Nebel.

„Es ist genug", sagt sie, „die Zeit ist reif."

Dann nimmt sie mich bei der Hand und führt mich in den Vorraum, den ich vor einer Ewigkeit betreten habe, als ich eine Abkürzung zum Bahnhof suchte. Der Dielenboden ist mit Scherben übersät.

„Eine letzte Aufgabe noch, dann bist du frei," sagt sie. „Fege die Scherben zusammen, schütte sie in die Lade der Kommode hier. Aber merke dir: Du darfst kein Wort reden, sonst kehrst du zurück an den Bottich. Kein Wort, zu niemandem, was auch geschieht!"

Dann ist sie verschwunden. Ich denke noch:

„Mit wem sollte ich sprechen? Niemand ist hier."

Da sehe ich durch die staubbedeckte Scheibe einen Schatten. Es ist Gitte. Sie führt Connie an der Hand, sie sieht aus wie die kleine Jamina. Gitte schiebt das Kind durch die Tür und zeigt auf mich. Dann geht sie. Connie kommt auf mich zu, schaut mich an.

„Wo warst du so lange? Warum hast du mich im Stich gelassen?"

Als ich schweige, ist sie so traurig, dass es mir weh tut. Was soll ich nur tun? Wenn ich spreche, verliere ich sie für immer. Ich beuge mich zu ihr, aus meinen Augen quillt Wasser, strömt abwärts, zwei schmale Rinnsale schlängeln sich dunkel durch den Staub zur Tür.

Ich erwache, fahre hoch und stöhne. Mein Kopfkissen ist nass von Tränen.

2. Kapitel:

FRONDIENSTE

Längst hatte der Wecker geklingelt, aber es war so bitter kalt, dass sie nicht aufstehen mochte. Durch die mit Eisblumen bedeckten kleinen Mansardenfenster schien ihr die bleiche Wintersonne ins Gesicht. Zitternd griff Benjamina nach ihren Sachen und eilte die Stufen hinab zum Badezimmer, das sie mit den anderen Hausbewohnern teilte. Von Luxus keine Spur, aber eine teure Wohnung konnte sie sich nicht leisten. Bahar hatte ihr geholfen, diese preiswerte Bleibe zu finden.

Nach ihrer ersten Begegnung auf der türkischen Hochzeit hatte sich rasch eine Freundschaft entwickelt, die ihr nach dem Zusammenbruch der Mutter Kraft gab.
„Ich brauche einen Job," hatte sie gesagt, „dringend. Und eine billige Wohnung. In der Pension kann ich nicht mehr bleiben."
Bahar hatte sie umarmt.
„Wenn du schwere Arbeit nicht scheust, habe ich was für dich. Bei uns im Pflegeheim werden immer Leute gebraucht – niemand drängt sich zu dieser Arbeit. Sie ist nervenaufreibend, und es gibt keine geregelten Dienstzeiten."
Benjamina schüttelte den Kopf.
„Ich habe keine Ausbildung für den Job!"
„Nicht nötig. Du hast zwei Hände zum Zupacken."

Eine Woche nach diesem Gespräch war Benjamina nach Friedrichshafen gezogen und wohnte jetzt in der billigen Mansarde im Haus einer mit Bahars Eltern befreundeten Familie. Die Tage waren so ausgefüllt, dass ihr keine Zeit zum Grübeln blieb. Umbetten, Waschen, Füttern, Wache halten – manchmal die halbe Nacht. Benjamina entwickelte Fähigkeiten, von denen sie bisher nichts geahnt hatte. Wenn ein besonders schwieriger Patient zu versorgen war, wollte sie mehr als einmal die Arbeit hinwerfen, aber dann dachte sie an ihre Mutter. Und dass sie, ihre Tochter, Schuld trug an ihrem Herzinfarkt - wenn Gitte Recht hatte.

Inzwischen war die Mutter wieder zu Hause, und Benjamina besuchte sie regelmäßig. Dabei gab sie acht, Gitte nicht zu begegnen. Weihnachten hätte sie am Familienessen teilnehmen sollen, aber sie war zum Nachtdienst im Pflegeheim eingetragen. Sie hatte sich nicht dagegen gesträubt, es war ihr Recht, an diesem Abend der Familie fern zu bleiben, sie wollte nicht riskieren, durch ein unbedachtes Wort eine neue Krise heraufzubeschwören und die Gesundheit der Mutter zu gefährden.

„Jamina als barmherzige Schwester," hatte Gitte gesagt, als sie von ihrer Arbeit erfuhr, „diese Rolle ist neu!"

Jemand pochte an die Badezimmertür. „Ich muss mal! Tante Ben, bist du da drin?"

Benjamina stellte das Wasser ab. In der wohligen Wärme der Dusche hatte sie wieder mal die Zeit vergessen.

„Gleich," rief sie, „ich bin fertig!"

Von den Dächern hingen Eiszapfen, die Wasserlachen auf der Straße waren gefroren und krachten unter ihren Schritten. Benjamina rannte. Die Kälte trieb ihr die Tränen in die Augen. Als sie die Schwingtür zum Heim aufstieß, wehte ihr ein warmer Schwall desinfektionsgetränkter Luft entgegen. Nie würde sie sich an diesen Geruch gewöhnen! Oder doch? Früher hätte sie sich auch nie vorstellen können, in einem Pflegeheim zu arbeiten, sich den ganzen Tag über mit Alten, Pflegefällen, Dementen zu beschäftigen.

Eine kleine, bis aufs Skelett abgemagerte Frau mit wirren, weißen Haaren stand an der Treppe und starrte erwartungsvoll zum Eingang. Als sie Benjamina erblickte, huschte ein Leuchten über ihr faltiges Gesicht. Sie eilte auf Benjamina zu und drückte sie an sich.

„Da bist du ja, mein Schatz! Heute gehen wir in den Zoo, ich hab's dir ja gestern versprochen!"

Behutsam löste sie sich von der Alten, lächelte sie an, drohte ihr scherzhaft mit dem Finger.

„Du weißt doch, dass du noch nicht raus darfst!"

Die Mundwinkel der alten Frau zuckten, als wollte sie zu weinen anfangen. Benjamina strich ihr sanft über's Haar.

„Aber wir spielen nachher eine Runde ‚Mensch ärgere dich nicht', was sagst du dazu? Komm, ich bringe dich auf dein Zimmer."

Benjamina hatte gelernt, Ruhe zu bewahren, aber es fiel ihr immer noch schwer, in allen Situationen geduldig zu sein. Sobald sie die Tür des Krankenzimmers leise geschlossen hatte, rannte sie den Korridor hinunter und zog sich im Laufen den Mantel aus. Ein Blick auf die Uhr: sie musste sich beeilen. Heute hatte sie Essensdienst. In der Küche standen die metallenen Rolltische mit dem Frühstück bereit. Sie schob den Wagen in den Aufzug und musste kichern.

„Eigentlich mache ich dasselbe wie vorher. Ich verteile Essen, muss Leute bedienen und mich in Langmut üben. Ist das meine Lebensaufgabe?"

Gleich darauf:

„Du hast es nötig, Ben, Auch noch arrogant, was?"

Die Fahrstuhltür öffnete sich mit einem leisen Klingeln. Aus Benjaminas Gesicht schwand der Missmut: Sie blickte in den Frühling. Vor ihr stand Bahar, in den Armen Sträuße mit Blumen.

„Wir haben gestern bei Verwandten Geburtstag gefeiert – und wir ersticken in Blumen. Ich dachte, wir könnten unseren Bewohnern hier ein bisschen Freude mit bunten Grüßen machen!"

Typisch Bahar! Sie sorgte für ihre Patienten wie für ihre Familie. Bahar hatte ihren Platz gefunden – sie jedoch immer noch nicht. Benjamina fühlte sich fortwährend schuldig, versuchte gut zu machen, was sie in der Vergangenheit falsch gemacht hatte. Aber die Schuldgefühle blieben, weil sie ihre Mühe, all die notwendige Kleinarbeit als ‚Opfer' empfand.

Die alte Frau Kroll musste gefüttert werden. Ihre Hände und Gelenke waren verbunden, weil sie versucht hatte, sich mit einem zerbrochenen Glas die Pulsadern aufzuschneiden. Benjamina setzte sich auf die Bettkante und schob Löffel für Löffel den Haferbrei in den geöffneten Mund. Plötzlich trat ein Ausdruck von Wut in die trüben Augen, Frau Kroll presste die Lippen zusammen und spie den Brei in weitem Bogen von sich. Die klebrige Masse verteilte sich auf Bett und Boden. Benjamina sprang auf und wischte sich mit der Schürze übers Gesicht. Sie unterdrückte eine Verwünschung, stellte das Tablett beiseite und hielt die Arme der wild um sich schlagenden Frau fest. Erstaunlich, wieviel Kraft sie entwickelte!

„Drücken Sie auf die Klingel!" schrie sie die Bettnachbarin an, die stumm und unbeeindruckt dem Schauspiel zusah. Erst als der herbeieilende Arzt der aufgewühlten Patientin eine Spritze verabreicht hatte, fiel die Frau erschöpft in die Kissen, und Benjamina ließ sie los.

Bahar hatte nicht zuviel versprochen: in diesem Heim gab es keinen geregelten Ablauf – immer wieder musste umdisponiert werden, es war nicht vorherzusehen, welche Zwischenfälle die Patienten trotz der Aufsicht auslösten. Oft blieb Benjamina noch da, obwohl sie längst offiziell Feierabend hatte. Sie hielt Wache bei einem unruhigen Kranken oder saß am Bettrand und streichelte die Hand einer alten Frau, die sich nach ihrer Familie sehnte, die sich nur selten blicken ließ. Die unbequemen Alten schob man leider oft ab, wenn sich die Gelegenheit ergab.

Heute konnte Benjamina pünktlich gehen. Gut so, denn sie wollte ihren Sprachkurs nicht versäumen, den sie seit ein paar Monaten besuchte. Durch die Gespräche mit Bahar, den Kontakt mit ihrer Familie, die Erzählungen über ihr Dorf im Osten Anatoliens war ihr Interesse an der Türkei erwacht, so hatte sie beschlossen, Türkisch zu lernen. Später, irgendwann wollte sie das Land persönlich kennenlernen, aus dem ihre Freundin kam. Die Sprache faszinierte sie durch ihren Klang, die Fülle von Bildern, die Lautmalerei. Benjamina freute sich über die ständig zunehmende Verständigung mit Bahars Verwandten und Freunden.

Am Sonntag war ein gemeinsames Picknick am See geplant. Bahar hatte ihr für diesen Tag zusätzlich eine Überraschung versprochen. Benjamina lachte leise. Als wenn ein türkisches Picknick nicht jedesmal eine Überraschung wäre! Angefangen vom Transport sämtlicher Freunde und Familienmitglieder in nur einem Auto bis hin zu den fremdartigen Leckerbissen in den riesigen Körben: Pasteten, Fleischspieße, Desserts, Aufläufe. Für das Wochenende waren Frühlingstemperaturen angesagt – Grund genug für einen Ausflug. Benjamina war neugierig darauf, was Bahar ihr zu sagen hatte.

3. Kapitel:

FREMDES TERRAIN

Aus dem Picknick wurde nichts – es fiel buchstäblich ins Wasser. Die Luft war frühlingsmild, aber der Himmel hatte alle Schleusen geöffnet, und der Regen prasselte gegen die Scheiben, als wollte er sie einschlagen. Die Straßen verwandelten sich in braune Flüsse, die Autos blieben stehen.

Benjamina saß in ihrer Mansarde. Wieder einmal überfiel sie Traurigkeit. Die Dunkelheit und das Trommeln des Regens machten ihr Angst, die Vernunft kam nicht dagegen an.

„Wenn in den nächsten fünf Minuten jemand anruft, wird alles gut", dachte sie. Aber wer sollte anrufen? Und was bedeutete ‚alles' und ‚gut'? Sie setzte sich mit angezogenen Knien auf's Bett und starrte auf das Zifferblatt ihrer Uhr. Als das Telefon schrillte, fuhr sie zusammen. Mit klopfendem Herzen nahm sie den Hörer ab. Bahar!

„Ich weiß, dass du jetzt zu Hause hockst und Trübsal bläst, stimmt's? Warum kommst du nicht zu uns? Wir haben so viel zu essen vorbereitet..... Wir picknicken zu Hause!"

Plötzlich fand Benjamina den Regen gar nicht mehr schlimm. Sie streifte sich den schwarzen Baumwollpulli über, schminkte sich, lächelte ihrem   Spiegelbild zu und war so aufgeregt, als ginge sie zu einem Fest. Sie verstaute die Schüssel mit dem Kartoffelsalat in ihrem Rucksack und eilte die Stufen hinab – so schnell, dass sie fast gestolpert wäre. Der Regen schlug ihr ins Gesicht, aber es störte sie nicht.

Bahar empfing sie an der Tür und führte sie mit spitzen Fingern ins Bad.

„Du siehst aus wie ein Vogel, der aus dem Nest in den See gefallen ist! Zieh dich um – ich bringe dir trockene Sachen!"

Benjamina streifte das nasse Zeug ab, sah sich nach einem Stuhl um, auf dem sie ihre regenschweren Kleider ablegen konnte. Es gab keinen, nicht einmal einen freien Haken.

„Hier herrscht noch mehr Chaos als bei mir," murmelte sie, „ich hätte nicht gedacht, dass es noch eine Steigerung gibt!"

Sie fröstelte. Schließlich warf sie den Pulli über die Dusche, hängte Jeans und Unterwäsche auf die Fenstergriffe. Sie rubbelte sich ab, wischte sich die verlaufene Schminke aus dem Gesicht. Bahar öffnete die Tür einen Spalt breit und reichte ihr einen Stapel Kleidung.

„Such dir was aus," sagte sie, „und dann komm endlich!"

Benjamina zog sich an und wollte gerade das Bad verlassen, da hörte sie aus der Küche lautes Geschrei und Gepolter. Sie erschrak. Streit? Vielleicht ihretwegen? Kam sie doch ungelegen? Sie hockte sich auf den Klodeckel und bekam Magenschmerzen. Sie kam sich wie ein Störenfried vor. Sollte sie heimlich verschwinden?

Da klopfte es an der Tür.

„Was machst du so lange? Alles in Ordnung? Brauchst du noch was?" Benjamina rieb sich über's Gesicht, atmete tief durch und öffnete. Bahar wirkte so gelassen und unbekümmert wie immer.

„Was war denn los bei euch? Gab es Krach? Soll ich lieber gehen?" Benjamina schaute die Freundin besorgt an. Bahar lachte und riss die Augen auf.

„Canım! Endişelenme!"

Wenn Bahar erregt oder gerührt war, sprach sie Türkisch. Sie zog Benjamina an sich und streichelte sie.

„Es war die Katze! Sie ist auf die Spüle gesprungen und hat die Teller zu Boden geworfen, das dumme Ding!"

Benjamina seufzte erleichtert.

Der Begriff ‚gemütlich' existierte in der türkischen Sprache nicht. Es gab einen Ausdruck für „bequem", „ungestört", „ruhig". Aber das besondere Ambiente von Gemütlichkeit suchte man im türkischen Alltag vergeblich, genau so wie das entsprechende Wort im Lexikon.

Mitten im ‚Salon‘, der guten Stube, stand ein langer Holztisch, bedeckt mit einem Plastiktischtuch. Eine Reihe von einfachen Stühlen, bei denen die Farbe abblätterte, war längs der Wand aufgestellt. Auf jedem lagen bunt gemusterte Sitzkissen. An den weiß getünchten Wänden sah man bräunliche Wasserflecken, notdürftig ausgebesserte Löcher und eine Menge Haken, an denen Kelims, gerahmte Familienfotos, oder blaue Glücksbringer aufgehängt waren.

Als Benjamina eintrat, eilte Bahars Mutter auf sie zu, umarmte sie und drückte ihr schmatzend einen Kuss rechts und links ins Gesicht. Sie fühlte sich willkommen, als wäre sie ein lange entbehrtes Familienmitglied. Aus dem Nebenraum tönte Lachen und lebhaftes Reden. Dann wurde die Tür aufgestoßen, Onkel, Tanten, Cousins Cousinen und Geschwister von Bahar drängten ins Zimmer und begrüßten Benjamina so herzlich wie zuvor Bahars Mutter. Am Schluss stolzierte der Vater von Bahar herein, die Haare glatt gekämmt, die füllige Figur in einen Anzug gezwängt, eine Wolke von süßem Parfum verströmend. Benjamina setzte sich wie die anderen auf einen Stuhl, streckte wie die anderen beide Hände aus, um sich von Bahar ein paar Tropfen Kölnisch Wasser hineinträufeln zu lassen. Benjamina hatte sich inzwischen an diese Zeremonie gewöhnt, sie war stets der Auftakt für Feiern oder jede andere Art von Geselligkeit. Elif, die jüngere Schwester von Bahar, trug jetzt ein riesiges, rundes Tablett mit Tulpengläsern herein, in denen aromatischer Tee dampfte. Elif ging von einem zum anderen, beugte sich leicht nach vorn. Jeder nahm sich eines der zierlichen Gläser und ein oder zwei Stück Zucker. Ein Gespräch wollte nicht recht in Gang kommen – Benjamina überlegte krampfhaft, was sie auf Türkisch sagen konnte. Aber wozu? Alle lebten lange genug in Deutschland, um sich in ihrer Sprache ausdrücken zu können. „Scheußliches Wetter heute!“

sagte sie schließlich, kam sich dabei dumm vor, dass ihr nichts anderes als das Wetter einfiel.

„Ja, ja", seufzte Bahars Mutter, „bei uns daheim fängt jetzt die warme Jahreszeit an!"

„Anne, Anne" - Bahar schüttelte den Kopf. „Bei uns daheim ist noch Winter! Hast du vergessen, wie hoch der Schnee im April lag?" Sie drehte sich zu Benjamina um.

„Sie vergisst, dass wir nicht an der Ägäis, sondern in Koyundere gewohnt haben – am äußersten Ende Anatoliens. Im Fernsehen zeigt man immer nur die sonnigen Strände im Westen oder Süden. Klar, ist für die Touristen aus Europa wichtiger. Aber unser Zuhause war tausend Kilometer weiter östlich, nahe der armenischen Grenze. Da ist es selbst im Hochsommer nicht wärmer als zwanzig Grad...."

Bahars Mutter hatte genug von der langen Rede. Sie erhob sich, klatschte in die Hände.

„Boş ver – ist doch egal! Jetzt essen wir erst mal!"

Alle standen auf, die Frauen verschwanden in der Küche.

„Erzähl mir mehr von eurem Dorf", flüsterte Benjamina ihrer Freundin zu „Ich kann nie genug davon hören. Ich will alles wissen, wie ihr..." „Pscht!" machte Bahar, „Lass dir Zeit, warte und sei gespannt, was ich mir als Überraschung für dich ausgedacht habe!"

Der Tisch bog sich unter all den Platten und Schüsseln mit unbekannten Leckerbissen. Der Kartoffelsalat nach deutscher Art prangte in der Mitte, ein Ehrenplatz?

„Greift zu! Lasst's euch schmecken! Afiyet olsun!" Bahars Mutter, die Regisseurin dieser lukullischen Aufführung, stemmte die Hände in die Seite, seufzte, blickte zum Himmel und murmelte ein ‚Gesegne es Gott'. Benjamina dachte:

„Wie soll man da seine Figur behalten – bei so viel Verführung!" Blätterteigpasteten mit Käse oder Fleisch, Gemüseomelettes, Tscherkessenhuhn mit Nüssen, Mus aus Auberginen und Kichererbsen, Rosinenreis, Hühnerkeulen und warmes

Fladenbrot... Perfekte Kochkunst – auf einem Plastiktischtuch! Meistens war es umgekehrt: Erlesenes Geschirr, aber die Mahlzeit nur kulinarische Dekoration, von der man nicht satt wurde. Benjamina kostete von allem, fühlte sich rundum zufrieden und konnte sich endlich ungezwungen unterhalten.

Bahar hob die Hand.

„Hört mal her, ihr Lieben! Ich muss meine Idee los werden, die trage ich schon viel zu lange mit mir herum!"

Das Schwatzen verstummte, alle Augen waren auf Bahar gerichtet, ihre Augen leuchteten.

„Den nächsten Sommer verbringe ich in..."

Sie machte eine wirkungsvolle Pause, wie eine Schauspielerin, die ihr Publkum fesseln will.

„...in Koyundere!"

„Bist du von Sinnen?"

„Untersteh dich!"

„Hörst du keine Nachrichten?"

„Bist wohl lebensmüde!"

Bahar hob aufs neue die Hand und bot dem Stimmengewirr Einhalt. „Ich bin noch nicht fertig. Ich fahre nicht allein..."

Jetzt sprang Bahars Mutter auf.

„Ich fahre nicht mit, und dein Vater erst recht nicht. Die Angst... Die ständige Bedrohung durch die PKK..."

Bahars Stimme wurde leise.

„Ich weiß, Anne. Aber in Deutschland bist du als Türkin ja auch nicht mehr hundertprozentig sicher, die PKK ist längst hier angekommen. Und – nein, nein, ihr sollt gar nicht mit, ich habe an Benjamina gedacht. Ich möchte, dass sie unser Dorf kennenlernt. Sie will so viel wissen, sie soll sich selbst ein Bild machen..."

Benjamina spürte, wie sie rot wurde – sie war plötzlich der Mittelpunkt der Aufmerksamkeit. Gewöhnlich fiel ihr in jeder Lage eine Antwort ein, aber jetzt wusste sie nicht, wie sie reagieren sollte. Brennend gern wollte sie die Türkei erleben, vor allem den Osten. Aber jetzt fühlte sie sich überrumpelt. Die Menschen dort – würden sie eine Fremde akzeptieren? Und sie selbst – könnte sie ihr allzu loses Mundwerk im Zaum halten, wenn ihr etwas missfiel, was gegen ihre Lebenseinstellung verstieß? Die so heiß ersehnte Reise stand plötzlich wie ein Berg vor ihr. Wie immer, wenn etwas Unbekanntes vor ihr auftauchte, geriet sie in Panik, fühlte sich hilflos und hatte Angst zu versagen.

„Benjamina!" Die Stimme ihrer Freundin riss sie aus ihren Gedanken. Sie fuhr zusammen.

„Freust du dich gar nicht? Was ist denn? Ich dachte, du hast dir diese Reise gewünscht?"

Benjamina schluckte, spürte die Blicke von Bahars Verwandten. Sie trat auf Bahar zu und umarmte sie.

„Danke", flüsterte sie, „natürlich freue ich mich – aber..."

„Aması maması yok!" rief Bahars Mutter.

Alle lachten und klatschten Beifall, wie bei einem Gag auf der Bühne. Wo waren all die Einwände und Bedenken gegen die Reise geblieben?

4. Kapitel:

ÄNGSTE

Der Abend dämmerte bereits, als Benjamina sich verabschiedete. Der Regen hatte aufgehört, der westliche Himmel schimmerte in blassem Rot, überzogen mit stahlblauen Wolkenstreifen. Die Luft war mild. Nachdenklich, den Kopf zu Boden gerichtet, ging sie nach Hause. Im Stillen beschäftigte sie sich schon mit der Organisation ihres Reiseabenteuers. Es stand außer Frage, dass sie Bahars Angebot annahm. Erst gestern hatte sie an das anatolische Dorf gedacht, wo Bahars Wurzeln lagen. Im Radio hatte sie die Nachricht von der Zerstörung einer kurdischen Ansiedlung gehört. Die PKK, die kurdische Arbeiterpartei, anfangs von Deutschland unterstützt, da sie sich für die Rechte der kurdischen Minderheit einsetzte, war hierzulande längst verboten. Über die Methode, Guerillakämpfer zu rekrutieren, kursierten die wildesten Gerüchte. Die Presse berichtete davon, dass Dörfer im Osten Anatoliens überfallen und dem Erdboden gleich gemacht wurden. War es klug, dorthin zu reisen, sich freiwillig in Gefahr zu bringen? Auf der anderen Seite drängte es Benjamina, sich vor Ort ein Bild zu machen, mit den Leuten zu reden, ihre Lebensumstände, Nöte, Probleme, Ansichten zu erfahren. Sie ahnte, dass sie – wie schon so oft - an einer Kreuzung stand. Sie brauchte Entscheidungshilfe, hoffte auf eine Eingebung, auf den so genannten Wink des Schicksals. Oder einen Traum. Sie hatte seltsame, lebendige Träume, die Visionen glichen.

Sie konnte nicht einschlafen. Sie wanderte im Zimmer herum, rauchte, starrte in den mondlosen Himmel, schaltete den Fernseher an und aus. Morgen hatte sie Dienst und sollte wenigstens ein paar Stunden schlafen, sonst wäre es schwer, den anstrengenden Tag zu verkraften.

Als der Wecker klingelte, war sie gerade erst eingeschlafen. Sie fühlte sich matt, als hätte sie tags zuvor Steine geschleppt. Sie rappelte sich auf und stellte sich unter die kalte Dusche. Das wirkte. Sie schlüpfte in ihre bequemsten Hosen, streifte sich einen weiten Pulli über und setzte Kaffee auf. Die Grübeleien von gestern waren in den Hintergrund getreten, sie dachte nur noch an die heutigen Aufgaben, freute sich auf die Arbeit mit den Patienten.

Doch bis zu den Patienten gelangte sie erst gar nicht. Nicht mal zu ihrer Garderobe. Am Eingang stieß sie mit einer jungen Schwester zusammen, die sich flüchtig entschuldigte und im

Aufzug verschwand. Die Dienstleiterin sah herüber und winkte sie zu sich. Um sie herum stand bereits die gesamte Belegschaft und lauschte ihren Anweisungen. „Gut, dass Sie da sind, Benjamina, wir brauchen jede Hand!"

Benjamina stellte den Rucksack ab und bemerkte erst jetzt, dass der Korridor feucht und schmutzig war – ein ungewohnter Anblick.

„Was ist denn passiert?" flüsterte sie einer ihrer Kolleginnen zu.

„Wahrscheinlich ist der Regensturm von gestern Schuld. Im Keller ist alles überschwemmt. Einige Bäder und Patientenzimmer stehen auch unter Wasser. Vielleicht ist ja auch ein Rohr geplatzt. Oder – ach ich weiß es nicht."

Benjamina glaubte nicht an einen Rohrbruch, auch nicht an den Regen als Ursache. Sie musste plötzlich an ein Erlebnis aus ihrer Kindheit denken.

Sie war im Krankenhaus gewesen. Und weil sie Durst gehabt hatte, war sie aufgestanden und hatte nacheinander alle Wasserhähne aufgedreht, ohne dass ein Tropfen Wasser kam. Unverrichteter Dinge und immer noch durstig war sie wieder ins Bett gekrochen und eingeschlafen. Sie erwachte durch ein Höllenspektakel: Küche und Keller waren überschwemmt und die Schwestern in Panik. Das Wasser war abgestellt gewesen. Und da Benjamina die Hähne nicht wieder zugedreht hatte, waren durch das ausströmende Wasser Küche und Bäder in Teiche verwandelt worden.

Vielleicht war einem der Patienten dasselbe passiert? Sie hatte den alten Herrn Breuer in Verdacht. Er litt ständig unter Durst, wohl eine Folge seines früheren Alkoholmissbrauchs.

Bevor sie mit den anderen an die Aufräumarbeiten ging, huschte sie zu Breuer ins Zimmer. Der alte Mann guckte sie ängstlich an.

„Ich hab' nichts gemacht – ich wollte nur was trinken, aber die Hähne waren alle kaputt!"

„Schsch... schon gut, Papa Breuer, ich verpetze dich nicht!" flüsterte Benjamina und strich ihm beruhigend übers Haar. Sie würde den anderen nichts sagen, zu lebhaft war ihr die Strafe in Erinnerung, die sie damals erhalten hatte.

„Was soll's," dachte sie, „es gibt Schlimmeres. Bin ich eben heute mal als Putzteufel unterwegs!"

Damit eilte sie in den Keller, krempelte die Jeans hoch und begann mit dem Schöpfen. Nach zwei Stunden waren auch die Bäder oben wieder benutzbar. Benjamina rieb sich den Rücken. Ein Königreich für eine Zigarette! Als sie die Tür zum Schwesternzimmer aufstieß, sprang Bahar auf sie zu.

„Gut, dass du da bist! Der alte Breuer verlangt nach dir – er lässt sich von niemandem beruhigen, redet wirres Zeug. Wird von Tag zu Tag schlimmer mit ihm!"

Benjamina warf einen sehnsüchtigen Blick auf ihre Tasche, aus der die Zigarettenschachtel hervorsah. Dann zuckte sie ergeben mit den Schultern und stieg zur dritten Etage hinauf. Als der alte Mann sie erblickte, streckte er ihr hilfesuchend die Arme entgegen.

„Bitte, ich tu's nicht wieder! Ich wollte doch nur..."

„Das Wasser ist weg – alles gut, und der Wasserhahn funktioniert wieder! Guck mal – draußen scheint die Sonne!"

Wieso war eigentlich auch hier in diesem Heim das Wasser abgestellt gewesen – merkwürdige, unerwartete Wiederholung der alten Ereignisse...

Der Alte legte sich seufzend in die Kissen zurück. Das Flackern in den Augen beruhigte sich. Benjamina hielt seine Hand und redete leise auf ihn ein, als wäre er ein Kind, das von Alpträumen gequält wird. Als Breuer eingeschlafen war, schlich sie aus dem Zimmer. Sie war müde und konnte an gar nichts mehr denken. Bahar schlug ihr vor, nach der Arbeit noch ein Glas Wein zu trinken, aber sie lehnte ab. Die Augen brannten, als klebten Sandkörner unter den Lidern.

5. Kapitel:

BRIEF AN CONNIE

Connie – mein Schatz,   *20.03.1989*

*Du kannst Dir vorstellen, wie stolz ich auf Dich bin!
Ängste – egal, ob vor Prüfungen oder anderen Ungeheuern – sind die
Hölle, aber jetzt bist Du durch! Du hast richtig entschieden: geh nach
Frankreich! Für ein Jahr oder länger – das findet sich. Mach Augen
und Ohren weit auf, schreib, lies, führe Gespräche! Am Ende wirst du
wissen, ob Du Journalistin sein willst. Was sagt denn Gitte zu Deinen Plänen? Versteh bitte, dass ich mich nicht einmische, der Krach
wäre vorprogrammiert, und ich würde Deinem Vorhaben nur schaden.
Auch wenn es Dir abwegig erscheint, ich bin sicher, Deine Mutter
will Dich vor falschen Entscheidungen schützen. Einer meiner Lehrer
hat mal gesagt: ‚Jeder hat das Recht auf seine eigenen Irrtümer!‘ Ich
weiß.... Du fühlst Dich schuldig bei jeder Konfrontation. Geht mir genauso. Tatsache ist, dass Du selbst für Dein Leben verantwortlich bist.
Und wenn Du sicher bist... Oder willst Du später Deinen verpassten
Gelegenheiten hinterher trauern?*

*Leider kann ich Dich nicht begleiten, wie Du vorgeschlagen hast.
Aus mehreren Gründen: Du darfst Dich nicht von mir – oder anderen – abhängig machen, Dich nicht beeinflussen lassen. Und zweitens:
Ich verreise selbst! In die entgegengesetzte Richtung! Nach Osten – in
die Türkei! Meine Freundin Bahar besucht ihre Verwandten in einem
kurdischen Dorf an der armenischen Grenze. Zuerst wollte ich knei-
fen. Glaub mir – ich hatte tatsächlich Angst! Aber dann... Bliebe ich
hier – würde ich eine Gelegenheit verpassen. Wir werden auch nach
Kappadokien reisen, einer sagenumwobenen, geschichtsträchtigen Gegend. Ich bin mir nicht sicher, ob es meine Abenteuerlust ist, die mich*

treibt, oder ob die Freundschaft mit Bahar das Interesse an diesem unbekannten, fernen Land geweckt hat. Aber mein Entschluss, dort- hin zu reisen, steht fest, selbst wenn es Risiken oder vielleicht auch Gefahren gibt. Wer kennt schon die Zukunft? Ich weiß, dass diese Reise wichtig ist für mein weiteres Leben. Vielleicht wird mir dabei klar, wo mein Platz ist. Immerhin habe ich mich bisher nur auf eine Seite der Welt konzentriert. In drei Jahren werde ich dreißig, und ich irre immer noch durch's Leben.

Bei unserem nächsten Wiedersehen haben wir uns viel zu erzählen. Aber in der Zwischenzeit denken wir aneinander!

Deine Jamina

6. Kapitel:

SONNTAG

Was für ein Tag war heute? Welche Tageszeit? Welches Zimmer in welchem Haus?

Benjamina rieb sich die Augen und kam langsam zu sich. Hatte sie wirklich die ganze Nacht durchgeschlafen? Draußen war es ungewohnt still. Keine Autos hupten, keine Schulkinder lärmten. Die Sonne war schon über die Dächer geklettert und warf helles Licht durch das schräge Dachfenster. Sonntag! Zeit zum Ausruhen. Alles war in Ordnung. Alles? Sie zog die Hände unter der Decke hervor und verschränkte sie hinter dem Kopf. Sie dachte an Connie, die in ihr Leben und ihre Selbständigkeit starten wollte. Und an ihre Überlinger Familie, die der Tradi- tion, dem Altbewährten verhaftet war und – wie ihr schien – mehr in der Vergangenheit als im Heute lebte.

In Benjamina stritten sich widersprüchliche Gedanken: Einerseits war sie davon überzeugt, dass sich jeder Mensch, unabhängig von Familientraditionen, für ein selbstbestimmtes Leben entscheiden durfte. Andererseits fühlte sie sich verpflichtet, hinter ihren nächsten Angehörigen zu stehen. Da sie sich dagegen entschieden hatte, fühlte sie sich schuldig.

Die Sonne war weiter gewandert und schien nicht mehr ins Zimmer. Frühstück am Sonntag - sie hatte sich darauf gefreut, aber sie konnte es nicht genießen. Sie musste ständig an die Überlinger Pension denken.

„Schieb's nicht auf", dachte sie, ließ den Abwasch stehen, eilte die Stufen hinab und holte ihr Fahrrad vom Hof.

Blühende Felder und Bäume am Weg ließen die Fahrt zum Bahnhof wie einen Flug ins Licht erscheinen. Zwischen den Halmen der hellgrünen Gerste leuchteten die Blüten des Klatschmohns. Leichter, lauer Wind wellte das Getreide wie Wasser. Fluchtgedanken: Jetzt irgendwo im Gras liegen und träumen...

Was erhoffte sie sich vom Wiedersehen mit Gitte und der Mutter? Hatte Connie schon über ihre Pläne gesprochen? Und was würde Mutter zu ihrer Türkeireise sagen? Benjamina merkte mit Erstaunen, dass ihr erneut Zweifel kamen.

Die Uferpromenade war voller Touristen. Vor den Restaurants standen Tische, weiß beschürzte Kellner eilten mit Tabletts ein und aus. Alle Bänke am See waren besetzt. Kinder warfen Steinchen ins Wasser, Eltern zückten ihre Fotoapparate.

„Vor einem Jahr habe ich auch hier gesessen", dachte Benjamina, „vor einer Ewigkeit."

Unversehens stand sie vor der Pension. Die Fassade war frisch gestrichen, die Gardinen blendend weiß, in den Blumenkästen keine einzige welke Blüte. Ein paar Spatzen ließen sich schimpfend auf dem Balkongeländer nieder, Augenblicke später flatterten sie davon.

„Die passen genau so wenig hierher wie ich", dachte sie.

Wie um Zeit zu gewinnen, ging sie am Vorgarten entlang um das Haus herum auf die Parallelstraße, um einen Blick auf die Rückseite des Hauses zu werfen. Nichts zu bemängeln – auch hier alles perfekt. Benjamina ging zurück, stieg die wenigen Stufen hinauf und drückte auf den Klingelknopf.

Schritte näherten sich, schwerfällig wie bei einem alten Menschen. Die Tür öffnete sich, und Benjamina wich zurück, ohne es zu wollen. Beinahe hätte sie die Mutter nicht erkannt: vornüber gebeugt, das Haar völlig ergraut, ein Gesicht wie faltiges Seidenpapier, in der Hand den Gehstock des Vaters. Frau Lindhoff starrte ihre jüngste Tochter aus hellblauen, weit aufgerissenen Augen an, als sähe sie eine Erscheinung. Eine blass rosa Welle lief von der Stirn hinab bis zum Hals. Benjamina erschrak und dachte:

„Mein Besuch regt sie auf, mein Anblick ist zuviel für sie."

Sie stammelte:

„Mutter, wie geht es dir?"

Im gleichen Moment dachte sie:

„Etwas Banaleres konnte mir nicht einfallen..."

Jetzt streckte die Mutter beide Arme aus und zog sie an sich. Benjamina merkte, wie ihr die Tränen in die Augen schossen – und ärgerte sich darüber.

„Wo ist Gitte?" fragte sie.

Als ob sie es nicht erwarten könnte, ihre Schwester wiederzusehen! „Gitte?"

Die Mutter zog die Brauen hoch und wirkte enttäuscht.

„Gitte....Wolltest du zu ihr? Sie ist zu Connie gefahren, nächste Woche verlässt sie doch das Internat."

Benjamina schluckte, wünschte, sie könnte ihrer Nichte beistehen und wusste gleichzeitig, dass Connie sich selbst durchbeißen musste. „.....und weigert sich, ihr Studium aufzunehmen...."

Offenbar hatte die Auseinandersetzung schon stattgefunden! Die Stimme der Mutter zitterte vor Empörung und drang zu

Benjamina wie durch Watte.

„...nach Paris... ausgerechnet... noch so jung..."

Was hatte sie erwartet? Eine wundersame Verwandlung?

Benjamina ging mit der Mutter ins Wohnzimmer. Alles aufgeräumt, kein Zettelchen lag herum. Es roch leicht nach Seife. Sie dachte an die Küche in Bahars Zuhause: Auf dem Tisch kein Damasttuch, an den Wänden Familienfotos. Lautes Plappern und Lachen statt der Stille hier. Die Gardinen waren zugezogen, es herrschte gedämpftes Licht.

„Ich kann ihr nichts von meiner Reise sagen," dachte sie, „wenn schon Paris ein gefährliches Pflaster ist.."

Worüber sollte sie mit der Mutter reden, ohne sie noch mehr aufzuregen oder zu verstören?

„Ich hätte dich längst besucht," sagte sie, „aber Gitte sagte mir am Telefon, dass du unbedingte Ruhe brauchst und keinen Besuch verträgst..."

„Schon recht, jetzt bist du ja hier."

Benjamina schwitzte. Sie schwieg. Der Mutter schien das nicht aufzufallen, die Worte sprudelten aus ihr hervor, als sei ein Ventil geöffnet worden.

„Die Pension! Wenn du wüsstest! Es läuft nicht mehr so wie früher!"

„Was für Ansprüche die Gäste haben! Wie sollen wir das schaffen!"

„Das Personal! Gutes Personal gibt es kaum noch!"

„Connie... Das Kind hat so verrückte Plane und abwegige Ideen!"

Und dann:

„Willst du nicht heiraten? Du wirst nicht jünger, gib deinem Leben einen Sinn und gründe endlich eine Familie!"

Aufruhr und Mitleid stritten in Benjamina. Dann lächelte sie. War gar nicht so schwer.

„Ich? Das würde nicht klappen – ich bin keine gute Hausfrau

– frag Gitte!"

Immer noch blickte die Mutter sie an, wartete, dass sie fortfuhr.

„Aber du hast Recht: Ich muss mich endlich für eine Aufgabe entscheiden."

Sie streichelte die Hand der alten Frau.

„Ich hab dich lieb – glaub mir, ich komme klar, du musst dir keine Sorgen machen!"

Endlich nahm die Mutter den Blick von ihrer Tochter und senkte den Kopf. Benjamina starrte auf das sorgfältig gescheitelte Haar, unter dem die Haut rosafarben hindurchschien. Sie spürte Beklemmung wie einen Ring um die Brust. So viele Fragen lagen ihr auf der Zunge, auf die sie brennend gern eine Antwort gehabt hätte: War es ihrer Mutter vergönnt gewesen, sich ihren eigenen Weg zu suchen? Welche Träume und Ziele hatte es im Leben ihrer Eltern gegeben? Waren sie verloren gegangen und hatten der Resignation Platz gemacht? Das alles würde sie wohl nie erfahren.

Benjamina setzte sich neben die Mutter und nahm sie in den Arm. Die Mutter hob den Kopf.

„Ich mach' uns Kaffee," sagte sie.

Benjamina war erleichtert, dass sie keine weiteren Fragen stellte. Von der Türkeireise wäre sie zurück, bevor die Mutter sie vermissen würde.

Anders als vor wenigen Stunden hatte Benjamina auf der Heimfahrt kein Auge mehr für die Landschaft. Ihr war zumute, als habe sie endgültig Abschied genommen von ihrem alten Zuhause.

7. Kapitel:

CONNIE SCHREIBT IN IHR TAGEBUCH

Paris, 10.07.1989

„Kopf hoch – du bist zu hübsch, um ihn hängen zu lassen!"
Das hat Tante Jamina gesagt bei unserem letzten Treffen. Typisch!
Sie bringt mich immer zum Lachen. Ich find's absolut uncool, dass
sie abhaut, und dann noch so weit. Stimmt, ich geh' ja auch weg, nur
leider in die andere Richtung! Ich wär' zu gern mit ihr zusammen
gefahren, aber sie wollte das nicht, meinte, ich müsste meinen eigenen
Weg gehen. Oh Mann, ich hab' ganz schön geheult, als ich im Zug
nach Paris saß! Komisch, wenn ich von Überlingen wegfahre, von
Mutter und Oma, dann macht mir das nichts aus, nicht die Bohne!
Tante Jamina und ich sind uns wahnsinnig ähnlich. Genau wie sie
will und muss ich auch alles durchboxen, was mir wichtig ist. Klar,
dass wir dann auch mal austeilen, man muss sich ja schließlich weh-
ren und seine Meinung verteidigen. Tut mir echt Leid, das es so oft
Zoff gibt, aber geht manchmal nicht anders.
Bin ja so gespannt, was Tante Jamina in der Türkei erlebt! Sie
interessiert sich für alles, was anders ist als hier: Fremde Kulturen,
Gewohnheiten, Traditionen, andere Sprachen... Sie hat jetzt sogar an-
gefangen, Türkisch zu lernen! Ist viel schwerer als Französisch oder
Englisch.
Ob sie in der Türkei wieder eine neue Idee für einen neuen Beruf
kriegt? Bin unheimlich neugierig! Tja – und ich? Ich weiß leider im-
mer noch nicht, wo ich mal beruflich lande, wenn überhaupt irgendwo.
Wenn ich zu Hause sage, dass ich erst mal abwarten will, wer oder
was mir so über den Weg läuft, ach du liebe Zeit! Dann gibt's sau-
mäßig Ärger! Mutter spricht immer von einer „gesicherten" Existenz
– aber soviel ist klar: die steht bei mir nicht an erster Stelle, vorher

kommt Begeisterung für eine Aufgabe, Hilfe an Orten, wo es nötig ist, wo man mich braucht. So denkt Tante Jamina auch, sonst wäre sie ja an der Schule geblieben.

Manchmal habe ich Schiss, dass ihr was passiert. Ich hab' mitge-kriegt, was da los ist im Osten von Anatolien. Da wird geschossen, es gibt Überfälle. Mein Gott! Jetzt bin ich schon so pingelig besorgt wie Oma! Ob die wohl früher auch mal was Verrücktes gemacht hat? Aber wenn ich mir vorstelle, dass die mal in der Disco ausgeflippt ist – nee, glaube ich nicht! Tante Jamina ist ja auch schon ganz schön alt, bald dreißig. Aber sie macht trotzdem lauter coole Sachen, die Erwachsene sonst nicht tun. Und sie hat nie Angst, fremde Leute an-zusprechen. Naja, sonst hätte sie ja auch nicht Bahar kennengelernt, und auch nicht ihre türkische Familie.

Oh Schitt – ich vermisse sie so! Aber ich weiß, was ich mache: Ich will immer das tun, was ich richtig finde – wie Tante Jamina. Und wenn ich Angst habe, tu ich's trotzdem – wie Tante Jamina. Und ich will immer neugierig bleiben, alles Neue kennenlernen, vor allem neue Freunde in Paris finden. Ich glaube, darüber würde sich Tante Jamina freuen.

Vielleicht merkt sie auch, jetzt in diesem Augenblick, dass ich an sie denke!

Teil IV
(Juli 1989 – August 1989)

1. Kapitel:

BENJAMINAS TRAUM

Heißer, staubiger Wind weht mir ins Gesicht. Eine Felsenlandschaft, so fremd und bizarr, als gehöre sie nicht zu diesem Planeten. Kein Mensch, keine Geräusche außer dem Zirpen der Grillen und dem gelegentlichen Blöken eines Schafes. Ein Pfad nach oben. Ich steige hinauf, getrieben wie von einem unhörbaren Befehl. Bei jedem Schritt rollt Gestein abwärts. Schweiß rinnt mir über's Gesicht, aber ich klettere weiter, ohne anzuhalten. Ich gelange auf eine Plattform, ein riesiger, flacher Stein, schwarz und heiß. Ich schaue mich um. In der Ferne sehe ich Hütten, Felder in Rot, Gelb, Grün, Braun – ein bunter Flickenteppich. Hinter mir ragt aus dunkler Tiefe ein ausgehöhlter Felsen, der mit seinem spitzen Kegel wie eine Kirche aussieht. Von der Felsenkirche abwärts führen ausgetretene Stufen, die in sternförmige Pfade münden. Jeder dieser Pfade endet vor Felsenhöhlen, die sich schlundartig öffnen und Licht hereinlassen, das vom dunklen Innern verschluckt wird.

Vor mir geht ein gewundener Trampelpfad nach unten. Am Fuß meines Felsens sehe ich einen Weg, breit, in großen Abständen flache Steine, als sei hier früher eine gepflasterte Straße gewesen. Zu beiden Seiten wächst Strauchwerk, behangen mit kleinen, weißen Papierfetzen, wie zerrissene Blüten. Dazwischen leuchten roter Mohn und blaue Wegwarte. Jenseits des Weges ragt eine weitere Wand empor, fast so hoch wie die, auf die ich hinauf geklommen bin. Die gegenüber liegende Felsfront erinnert an nebeneinander stehende Miethäuser, statt der Fenster und Türen gibt es Löcher. Die steinernen Wohnblöcke bestehen aus drei Stockwerken, Höhlen, nebeneinander und untereinander. Die Etagen sind durch treppenartige Steige miteinander verbunden, von rechts nach links und umgekehrt, wie ein Zickzackband.

Aus dem flirrenden Sonnenlicht schweben weiße, durchscheinende Kugeln in den Schatten und verschwinden im Dunkel der Höhlen – wie heimkehrende Seelen. Genau vor der Höhle mir gegenüber prallen zwei der Lichtkugeln aufeinander, sie scheinen zu streiten.

„Bu benim evim – das ist mein Haus!"
Sie sprechen Türkisch, und eine der Kugeln hat meine Stimme. Gebannt lausche ich der Auseinandersetzung um die Wohnstatt. Der Streit wird heftiger – die Kugel mit meiner Stimme wird von der anderen verdrängt, sie schwebt klagend vor dem Eingang auf und nieder. Ich merke, wie Zorn in mir hochsteigt, denn ich weiß: Die Höhle gehört mir. Ich breite die Arme aus und will hinüber fliegen und meiner Kugel zu Hilfe eilen. Aber ich kann mich nicht von der Stelle rühren, als sei ich eingewurzelt. Ich muss ohnmächtig zuschauen.

Wie ein roter Vorhang senkt sich der Abend vor die Landschaft – sie ist verschwunden.

2. Kapitel:

KAPPADOKIEN - GEISTERSTÄDTE

Zartblauer Dunst umhüllte die Hügel am Horizont, es war, als träumte man sie. Wie ferne Inseln trieben sie über der mit wilden Sträuchern und gelbem Gras bewachsenen Ebene.

Benjamina saß neben Bahar in einem türkischen Bus, war bei jedem Kilometer aufs Neue fasziniert von der Landschaft. Erschöpft von der Hitze lagen die Mitreisenden schläfrig in den

Sitzen und rührten sich nur, wenn der Steward herumging und Kaffee, Tee oder Wasser reichte. Er war gekleidet, als ginge er zu einer Konferenz, weder Müdigkeit noch Hitze waren ihm anzumerken, nichts konnte seine freundliche Höflichkeit beeinträchtigen. Eine süßliche Wolke von Kölnisch Wasser schwebte in der heißen Luft.

Gestern Nacht waren sie in Ankara gelandet. Beim Anflug auf die Hauptstadt hatte Benjamina durch die Fenster auf die vielen bunten Lichter auf den Hügeln unter ihr geschaut. Ihr schien, der bestirnte Himmel sei auf die Erde gesunken.

„Das sind die Gecekondus", hatte Bahar erklärt, „die über Nacht erbauten Häuser auf den sieben Hügeln, die Ankara umgeben. Slums. Arme Leute wohnen da, die vom Land in die Stadt gezogen sind, voller Hoffnung auf gut bezahlte Arbeit und Wohlstand."

Die Stadt vibrierte vor Leben, trotz der späten Stunde. Mühsam bahnte sich das Taxi seinen Weg durch das Verkehrsgetümmel. Niemand schien etwas von Verkehrsregeln zu halten, die Autos fuhren zu viert oder fünf nebeneinander. Sobald es nicht mehr weiterging, ertönte ein nicht abreißendes, ohrenbetäubendes Hupen, die Fenster wurden eilig heruntergekurbelt, die Fahrer gestikulierten und beschimpften sich gegenseitig. Irgendwann stand das Taxi vor dem Hotel. In Ulus, an der Hauptstraße, wo der Verkehr tobte. Benjamina störte es nicht.

Später stand sie auf dem Balkon, der wie ein Käfig vor dem Zimmer hing, sah hinab auf die lichtdurchfluteten Straßen, hinauf zu den glitzernden Hügeln. Im Südwesten erhob sich, unübersehbar, das hell erleuchtete Mausoleum von Atatürk, dem Staatsgründer.

Die Luft roch anders als in Deutschland: Abgase, Staub, Dünste aus den Garküchen. Benjamina fühlte sich jung – bereit zu jedem Abenteuer.

Aus den Lautsprechern im Bus ertönten fremdartige Klänge in Moll, schwermütig, Melodien voller Sehnsucht. Benjamina konnte die Worte nicht verstehen, aber die Musik passte zu der menschenleeren, gelben, hügeligen Landschaft vor den Fenstern. Sie zupfte Bahar am Arm und fragte:

„Sag mal, kannst du mir die Texte nicht mal übersetzen? Sie stimmen mich so melancholisch!"

„Sind sie auch", antwortete Bahar, „alle diese Lieder sprechen von enttäuschter Liebe, von der Suche des Geliebten nach seinem Mädchen, von entschwundenem Glück, von Einsamkeit und Hoffnung."

Schon über zwei Stunden waren sie unterwegs, und außer einigen verstreut liegenden niedrigen Steinbauten hatten sie keine Siedlungen entdeckt. Gelegentlich tauchte zwischen den Hügeln ein Kamel auf, das von einem dunkelhäutigen Mann mit Turban und Pluderhose gehalten wurde.

Die Landschaft veränderte sich, wurde zusehends felsiger. Die ersten Feenschornsteine kamen in Sicht, gewaltige Felstürme, bedeckt mit einer steinernen Kappe. Eine urtümliche Pilzplantage. Im Reiseführer stand, dass diese Gebilde dem erloschenen Vulkan Erciyes zu verdanken seien, der das Land vor Tausenden von Jahren mit Lava überschüttet hatte. Der weiche Tuffstein wurde durch Erosion abgetragen, übrig blieb das harte Gestein in Form der Feenkamine, die heute das Bild von Kappadokien prägen.

In Nevşehir verließen sie den Bus und stiegen um in einen Dolmuş, einen Kleinbus, der sie nach Derinkuyu bringen sollte.

„Ich habe dir schon erzählt, dass in unserer Sprache jeder Name eine Bedeutung hat."

„Und? Was bedeutet Derinkuyu?"

„Tiefer Brunnen. Dieser Ort ist eine von vielen unterirdischen Wohnstätten in dieser Gegend, die als Zuflucht für verfolgte Christen und andere Minderheiten diente. Du leidest doch hoffentlich nicht unter Platzangst?"

Benjaminas Neugier wuchs. Der altersschwache Bus holperte über die staubige Straße und hielt endlich keuchend und quietschend auf einem verlassenen Dorfplatz. Sobald der Bus seinen letzten Schnaufer getan hatte, stürmten halbwüchsige Kinder herbei, winkten, lachten riefen: „Hallo – what's your name?" Offensichtlich wollten sie ihre Sprachkenntnisse an den Mann bringen. Manche boten sich an, ihnen das Dorf zu zeigen.

„O je, die Tourismuswelle hat selbst vor diesem Kaff nicht Halt gemacht," seufzte Bahar. Sie fuhr die Kinder an.

„Bize rahat bırak – kaybolun!"

Oh – eine Türkin! Die Kinder waren weg.

Auf dem Platz vor dem Höhleneingang sahen sie eine Art von steinernem Trog, abgedeckt mit einem Eisenrost. Der Mann hinter dem Eingangsschalter kam herbei, lächelte seine Gäste an, beugte sich über den Rost und stieß einen lauten Schrei aus. Ein vielfaches Echo kam zurück. Dann warf er einen Stein hinab, der erst nach Sekunden aufprallte. Benjamina staunte.

„Wie tief mag das sein? Unheimlich!"

Ihr türkischer Führer erklärte:

„Das ist ein Lüftungsschacht, der geht über zwanzig Meter nach unten. Aber jetzt kommt und seht euch drinnen um!"

Sie folgten dem Mann mit der Mütze zu dem Häuschen, wo sie die Tickets gekauft hatten. Es schien an der mächtigen Felswand zu kleben, in der ein dunkles Loch gähnte. Im Hintergrund ahnte man Stufen, die hinter einer Biegung verschwanden. Benjamina und Bahar folgten dem Mann in die Höhle. Nach wenigen Schritten wurde es so eng, dass nicht einmal zwei Personen nebeneinander Platz hatten. Die Decke war niedrig, sie gingen gebückt und ständig abwärts. Sie fröstelten in dem kühlen Hauch, der von unten heraufwehte. Ohne die aufgehängten Glühlämpchen wäre es stockdunkel gewesen.

„Mein Gott", dachte Benjamina, „was für ein jämmerliches Leben mussten die Menschen hier führen, immer auf der Flucht, in Angst, entdeckt zu werden, jeden Tag Auge in Auge mit dem Tod..."

Stockwerk um Stockwerk ging es hinab. Es gab große Schlaf-
und Wohnhöhlen. In anderen war die Decke schwarz verfärbt.
Benjamina stellte sich vor, wie die Bewohner der unterirdischen
Stadt hier ihre Mahlzeiten zubereiteten, wie sie im Kreis saßen
und der Schein der Kochfeuer über ihre Gesichter huschte.

Vor jedem Durchgang zum nächsten Stockwerk lehnten
große, runde Steine an der Wand, wie sie im vorderen Orient
zum Verschließen von Grabkammern verwendet wurden.

In manchen Räumen gab es Steinbänke, hier hatten wohl
früher Versammlungen oder Schulstunden stattgefunden.

„Was machten die bloß, wenn sie auf's Klo mussten?" dachte
Benjamina.

Irgendwo hier unten musste es unbedingt das zum Leben
unentbehrliche Wasser geben! Vielleicht floss in den tieferen
Schichten ein Bach, oder es gab einen unterirdischen See.

Blieben sie stehen, oder schwiegen sie, hörten sie ihren eigenen Atem, den das Gewölbe gierig schluckte und verändert
zurückgab, als flüsterte ein Geist aus der Vergangenheit.

„Lass uns gehen," sagte Benjamina, „ich fühle mich wie in
einem Grab." Hastig stiegen sie empor, zwängten sich durch
die engen Schächte und traten schließlich aufatmend ins Freie,
in Wärme und Licht. Benjamina fröstelte noch immer.

„Was für einen Sinn hatte so ein Leben? Immer nur kämpfen,
um den nächsten Tag zu sehen..."

Bahars Augen blitzten sie an.

„Meine Liebe – du hast keine Ahnung! Die Menschen, die
hier Zuflucht suchten, kämpften für ihre Ideale, die ihnen mehr
wert waren als ihr bequemes Leben. Sie nahmen Verfolgung
und Beschwernis in Kauf, statt ihre Ideale zu verleugnen. Und
du – setzt du keine Prioritäten? Hast du keine Ziele, für die
du leiden würdest? Es war ein kleiner Sieg, für den nächsten
Tag die Nahrung zu sichern und für die Familie sorgen zu
können..."

Benjamina hatte die Freundin noch nie so aufgebracht gesehen. Es war, als spräche sie aus eigener Erfahrung. Ihr wurde
bewusst, wie wenig sie Bahar kannte. Plötzlich war ihr Hals wie
zugeschnürt, sie kam sich unerfahren und oberflächlich vor. Sie
erwiderte nichts.

Der Busfahrer hupte. Die übrigen Fahrgäste saßen bereits
auf ihren Plätzen. Da stiegen auch Bahar und Benjamina ein.
Schweigend saßen sie nebeneinander. Die nächste Station war
Uçhisar.

Benjamina starrte nach draußen. Die Augen brannten, wie
von Sonne geblendet, obwohl ihr schien, als läge ein Schatten
auf der Landschaft. Die spielenden Kinder in den Ansiedlungen
sahen schmutzig und zerlumpt aus. Der heiße Wind wirbelte Papier und Plastiktüten über die Straße. Das Gras war gelb
versengt. Der Geruch nach Staub und Abfall drang durch die
geöffneten Fenster. Sie dachte unvermittelt an weit zurück liegende Szenen aus ihrem Leben, an ihren Vater, ihre geliebte
Großmutter – alle tot. An ihre Schützlinge in Bremen, von denen wohl viele auch nicht mehr am Leben waren. Sie gehörten
zur Vergangenheit – wie die Menschen, die in den Höhlen von
Derinkuyu gelebt hatten. Nichts blieb. Angsterregend. Gab es
überhaupt einen Sinn hinter allem Geschehen, oder war alles
zufällig, willkürlich?

„Hast du was?"

Bahar stieß sie an und schaute ihr forschend ins Gesicht.

„Du siehst so mitgenommen aus!"

Benjamina schrak hoch.

„Nichts – ich bin nur ein bißchen – müde. Ich bin immer
noch da unten. In den Höhlen..."

Bahar legte den Arm um sie.

„Ich hab' immer gedacht, du seist so...realistisch und pragmatisch, dich könnte so leicht nichts erschüttern..."

„Ach? Wenn ich sehe, wie die Leute hier leben..."

„Meinst du, sie sind unglücklich? Klar, sie besitzen nicht viel, aber sie lieben das Leben. Sie lachen gern und oft, und – anders als bei uns in Deutschland – sie finden sich mit Unabänderlichem ab."

Benjamina nickte, dachte aber:

„Gibt es Dinge, die nicht zu ändern sind? Ich mag das nicht glauben." Und dann:

„Habe ich etwas verändert, verbessert? Habe ich überhaupt etwas bewegt? Eine Spur hinterlassen?"

„Schau mal, da hinten siehst du schon die Burg von Uçhisar!" Bahar deutete nach vorn. Durch die Frontscheibe des Busses sah man einen Hügel, der mit weißen und farbigen, niedrigen Häusern bedeckt war, als seien sie angeklebt. Auf der Kuppe erhob sich ein spitzer Felsen wie ein Riesenfinger. Als der Bus sich die holprige, gewundene Straße durch das Dorf hinaufquälte, entdeckte Benjamina staunend, dass manche Häuser sogar in den felsigen Hügelrücken hineingebaut waren. Die hohen Minarette der Moscheen ragten weit über die Dächer empor in den blauen Himmel.

Der mit Steinen gepflasterte Platz vor der Burg glich einem alten, orientalischen Basar. Benjaminas gedrückte Stimmung war verflogen. „Guck mal, Bahar", rief sie, „was für prachtvolle Teppiche! Und die bunten Strümpfe – die muss ich haben, da freuen sich meine ewig kalten Füße!"

Sie zückte die Börse, und war augenblicklich umringt von laut schwatzenden Frauen, die bislang auf den Stufen vor ihren Häusern gesessen hatten. Sie hielten ihr Spitzendeckchen, umhäkelte Tücher, paillettenbesetzte Jacken und Röcke entgegen. Hilfe suchend sah sie sich nach Bahar um, die am Eingang zur Burg lehnte und grinste.

Mit zwei voll gepackten schwarzen Plastiktüten kämpfte sie sich schließlich den Weg frei.

„Du hättest mir ruhig helfen können", fauchte sie die Freundin an. „Warum denn?" lachte die. „Es hat dir doch Spaß gemacht. Und so eine kauflustige Touristin treffen die Frauen nicht alle Tage. Aber jetzt komm mit in die Burg. Das ist der älteste Teil des Dorfes."

„Burg? Ich sehe nur einen Felsen!"

„Beides in einem. Aus dem Felsen hat man eine Höhle herausgeschlagen – groß wie ein Saal. Das war der Anfang, dann hat man weitere Höhlen geschaffen. Hier gibt es sogar ein Hotel! Über sternförmige Gänge gelangt man in einen Saal!"

Sie stiegen eine gewundene Treppe hinauf auf eine Plattform. Von hier aus konnte man das gesamte Tal mit all den kleinen Ansiedlungen überblicken. Wie hingestreut wirkten die Gesteinsblöcke und -türme, als hätte ein Kind mit seinen Bauklötzen gespielt. Die Hügel in der Ferne verschwammen im Dunst. Benjamina schloss Bahar in die Arme, drehte sie zu sich herum.

„Wir bleiben heute Nacht hier! Es ist sowieso schon fast Abend, und mehr kann ich heute beim besten Willen nicht verkraften."

„Gute Idee! Dann probieren wir heute Abend den köstlichen Wein dieser Gegend – du wirst begeistert sein!"

Als der Mond durch die runde Fensterhöhle ins felsige Schlafgemach schien, dachte Benjamina:

„Welch ein faszinierendes Land! Soviel Sonne – und soviel Schatten. Nur drei Flugstunden entfernt, und eine andere Welt..."

3. Kapitel:

KAPPADOKIEN – REISE INS GESTERN

Benjamina erwachte durch lautes Stimmengewirr. Sie eilte zum Fenster. Unten auf dem Vorplatz hielten zwei Busse, aus denen Menschen quollen. Touristen, wie es aussah.

„Bahar," rief sie, „komm, das musst du sehen! Was für eine absurde Modenschau!"

Glänzende, ärmellose Shirts, die kaum die fülligen Busen verbargen. ‚Rettungsringe‘ über Miniröcken oder Shorts. Rote Gesichter unter breitrandigen Sonnenhüten mit bunten Bändern.

„Oh dear, isn‘t it nice!"

„Look here, so wonderful stockings!"

Bahar lachte. „Oh welch Glückstag für die Budenbesitzer! Von den Touristen leben sie. Lass uns verschwinden von hier!"

Sie sah auf die Uhr.

„Wird sowieso Zeit – halb zehn! Gleich kommt der Bus nach Göreme. Komm! Wir frühstücken unterwegs!"

Nach der Dusche in dem winzigen Kabinett – das Wasser war eiskalt – schnappten sie ihre Sachen, eilten die Stufen hinab, bezahlten das Zimmer und drängten sich durch den Schwall der neuen Gäste, die bereits die Burg stürmten.

Als sie endlich im Bus saßen, fragte Benjamina:

„Warum heißt der Ort ‚Göreme‘ – was bedeutet der Name?"

„Darin steckt das Verb ‚görmek‘, das Wort kennst du."

„Ja, das heißt ‚sehen‘."

„Früher hieß der Ort ‚Göremi‘, frei übersetzt: ‚Siehst du mich‘? Seit jeher war Göreme Zuflucht für Verfolgte, zuerst für die Byzantiner, später für die Christen. Euer Apostel Paulus machte das Tal zu einem Zentrum des Christentums. Deswegen auch die vielen Kirchen, von denen noch viele gut erhalten sind."

Benjamina kramte den Fotoapparat heraus und legte einen neuen Film ein.

„Zum Glück ist jetzt Sommer," sagte Bahar, „wir müssen uns die Besichtigung zwar mit vielen Touristen teilen, aber wir werden nicht frieren – im Winter ist es bitter kalt hier, da hält man es nicht lange aus."

Göreme, ein kleiner, versteckter Ort, lag im Mittelpunkt eines Dreiecks, dessen Eckpunkte Uçhisar, Avanos und Ürgüp bildeten. Ein abgeschiedener Platz, der Geborgenheit ausstrahlte. Die Felskegel gruppierten sich um einen geräumigen Innenhof, der hier und da an den Rändern von niedrigen Mäuerchen begrenzt wurde. Beim Betreten dachte Benjamina:

„Könnte ich doch - nur für einige Minuten – in die Vergangenheit zurückkehren!"

Sie stiegen den schmalen Pfad zur ‚Kirche mit dem Apfel' hinauf. Das aus dem Felsen geschlagene Gewölbe ruhte auf vier mächtigen Säulen. An den Wänden sah man Fresken mit Szenen aus dem Leben Jesu. Trotz der abblätternden Farbe waren die Figuren noch gut zu erkennen. Eine von ihnen hielt einen runden Gegenstand in der Hand – Jesus mit dem Apfel? Nicht alle Kirchen waren so hell wie diese. ‚Die dunkle Kirche' ließ nur wenig Tageslicht herein, aber hier waren die Farben frischer, besser erhalten. In manchen Kirchen waren die Fresken stark beschädigt.

„Hier waren Fanatiker am Werk," vermutete Bahar. „Guck, da siehst du Kratzspuren, und hier hat man mit Steinen auf die Wände eingeschlagen."

Benjamina war betroffen. Der erste Eindruck von Geborgenheit und Frieden war zerstört. Schaute man hinter die Kulissen, wurde Feindschaft und Intoleranz sichtbar. Im Verhältnis der Menschen zueinander gab es zwischen damals und heute keinen Unterschied. In seiner Zwiespältigkeit übte dieser Fleck Erde eine seltsame Faszination aus. Benjamina mochte sich nicht trennen.

„Lass uns noch ein wenig bleiben," sagte sie, „wir lassen Ürgüp ausfallen und fahren gleich nach Zelve. Ich muss das alles erst mal verdauen."

Gegen Mittag wurde es sehr heiß; das meiste hatten sie gesehen, Benjamina hatte Fotos gemacht und Skizzen angefertigt. Jetzt saßen sie im Schatten, lehnten sich an den glatten Fels und holten endlich das versäumte Frühstück nach, das Bahar unterwegs besorgt hatte: Ayran, Teigtaschen und Obst.

„Könntest du hier leben?" fragte Bahar plötzlich.

„Ich weiß nicht. Ich fühle mich angezogen, ich bin beeindruckt. Aber – mir ist alles so fremd, und vieles macht mich traurig. Vielleicht.... - ich müsste eine Aufgabe finden."

Bahar verdrehte die Augen.

„Du mit deinem Sendungswahn! Kannst du nicht einfach nur leben, offen sein, dich über alles freuen, was dir begegnet?"

„Aber das tue ich doch! Ich glaube, ich öffne mich viel zu weit!"

„Wie meinst du das?"

„All die Eindrücke, die fremde Welt hier mit ihrer Vergangenheit, die Begegnungen – das alles berührt mich tief, da hätte ich oft gern eine Mauer, die mich schützt."

„Aber die Vergangenheit – ob hier oder in deinem Leben – kannst du nicht mehr beeinflussen. Die Gegenwart hingegen schon, meinst du nicht?"

Benjamina ließ ihre Augen wandern. Bahar schwieg eine Weile. Dann stand sie entschlossen auf.

„So – jetzt müssen wir zum Bus, der wartet nicht auf uns!"

Je näher sie dem Dorf Zelve kamen, desto mehr kegelförmige, helle Felsen mit Kappen aus dunklem Gestein tauchten auf, die berühmten Feenkamine, wie man sie im Volksmund nannte.

„Zelve ist heute nicht mehr bewohnt," sagte Bahar. „Die letzten Türken haben die Gegend in den Fünfzigern verlassen und in einiger Entfernung ein neues Dorf gegründet. Heute ist Zelve ein Freilichtmuseum."

Das letzte Stück gingen sie zu Fuß. Sie hatten Zeit genug, der Bus fuhr erst in drei Stunden weiter.

Ein gewaltiger Felsen mit glatter Oberfläche beherrschte den Ort. Alle anderen Kegel umgaben ihn wie Häuser eine Kirche. Fragend schaute Benjamina zu Bahar.

„Wo haben die Leute gewohnt? Ich sehe keine Häuser, noch nicht mal Ruinen!"

„Es gibt keine. Komm weiter, dann siehst du, wo sie gelebt haben."

Auf einem schmalen, grasbewachsenen Weg gelangten sie in das Innere der Felsenstadt. Das mochte in früheren Zeiten eine Straße gewesen sein. Zu beiden Seiten ragten dicht nebeneinander Felswände empor, in denen große und kleine Öffnungen gähnten, wie Fensterhöhlungen. Benjamina musste an eine antike Form von Reihenhaussiedlung denken. Neugierig traten sie durch ein Felsentor in eine dunkle, geräumige Höhle. Als ihre Augen sich an das Dämmerlicht im Innern gewöhnt hatten, entdeckten sie Stufen, tasteten sich nach oben und gelangten auf die zweite Ebene. Sie waren überrascht, wie hell es hier war. Sie befanden sich in einem großen, kreisförmigen Saal, an dessen Rundung sich in regelmäßigen Abständen gewölbte Tore auftaten, hinter denen tunnelartige Gänge zu anderen Höhlen führten. Die Fensterwölbung genau vor ihnen führte nach draußen und ließ das Tageslicht herein.

„Die Tunnel erforschen wir besser nicht", meinte Bahar, „wir könnten uns verlaufen wie in einem Labyrinth."

Benjamina lachte auf, schwieg erschrocken, als die Wände zurück lachten, als wollten sie sie verspotten.

Die beiden Freundinnen traten an die Fensteröffnung. Dahinter fiel die Felswand steil ab in die Tiefe. Benjamina flüsterte:

„Merkwürdig, mir ist, als sei ich schon mal hier gewesen. Aber das ist unmöglich!"

Bahar fasste nach ihrer Hand.

„Schau mal, da ist eine Treppe!"

Dicht am Fels entlang führten schmale Stufen abwärts. Vorsichtig, mit den Händen an der Wand Halt suchend, stiegen sie nach unten, übersprangen die letzten und landeten zwischen dem wilden Thymian auf der sicheren Erde. Eine Weile saßen sie schweigend in den duftenden Kräutern und genossen die Stille.

Endlich stand Bahar auf, klopfte Benjamina auf die Schulter und sagte:

„Komm mit, ich kenne einen Weg über die Felsen, von oben hat man einen fantastischen Blick über das gesamte Gelände!"

Sie gingen an einem von Säulen getragenen Minarett vorbei und erklommen den engen, steinigen Pfad aufwärts. Mit den Händen suchten sie Halt am Gestrüpp, wagten nicht nach rechts oder links zu sehen, bis sie die flache Felsplatte oben erreichten. Sie atmeten auf. Plötzlich sackte Benjamina zusammen. Erschrocken beugte sich die Freundin über sie und klopfte ihr auf den Rücken.

„Was ist denn los? Lieber Himmel – du bist ja kreidebleich! Als hättest du einen Geist gesehen!"

Benjamina sagte nichts, sah sie nicht an, starrte über die Schlucht hinweg auf die gegenüberliegende Höhlenfront, in den Augen entsetztes Staunen.

„Ja," flüsterte sie, „habe ich... Sogar mehrere, da drüben, sie kamen aus den Höhlen..."

Bahar stieß einen spitzen Schrei aus und schüttelte sich.

„Was redest du da? Willst du mir Angst machen?"

Benjamina sah sie an.

„Ich bin noch nie hier gewesen, aber ich kenne diesen Ort aus einem Traum, es ist mir alles so vertraut, als hätte ich hier gelebt. Aber in meinem Traum waren die Höhlen bewohnt."

Bahar nahm sie in die Arme.

„Hätte ich dich nur nicht hergebracht", murmelte sie.

Benjamina schluckte.

„Nein – es war gut so, es ist alles so, wie es sein soll. Meinst du, es ist ein Zeichen, dass ich in dieses Land gehöre?"

Bahar hätte gern etwas erwidert, aber ein Blick in das verstörte Gesicht ihrer Freundin hieß sie schweigen. Ihr war unheimlich zumute. Sie blieben still nebeneinander sitzen und betrachteten die gegenüber liegende Felswand mit den gähnenden Fensterhöhlen, den Treppen und Vorsprüngen.

Zaghaft legte Bahar ihrer Freundin die Hand auf die Schulter.

„Wovor fürchtest du dich?" fragte sie.

Benjamina schüttelte den Kopf, lächelte und sagte:

„Angst? Nein, ich habe keine Angst! Im Gegenteil, ich fühle mich, als sei ich nach Hause gekommen!"

Bahar bekam Gänsehaut.

„Wie – in dieses Tal? Dein Zuhause?"

„Ja, so absurd das klingt, hier fühle ich mich geborgen, gut aufgehoben!"

Bahar seufzte erleichtert. Das hörte sich nicht verrückt an, das konnte sie sogar nachempfinden. An diesem verlassenen, heimlichen Ort konnte man die Unruhe und Alltagssorgen für eine Weile loslassen.

Benjamina umarmte Bahar und sagte:

„Danke, dass du mich hierher gebracht hast! Kanntest du dieses Tal schon vorher?"

„Und ob!" Ich habe doch in Avanos gearbeitet, bevor ich nach Deutschland kam."

„Oh, darum! Lerne ich Avanos auch noch kennen?"

„Ja, meine Liebe, da fahren wir jetzt hin. Komm!"

Sie stiegen den Ziegenpfad hinab, pflückten im Vorbeigehen ein paar Feigen von den Bäumen am Weg und erreichten den Bus, der schon zur Abfahrt bereit stand. Beim Einsteigen wandte sich Benjamina noch einmal um und umfasste das Felsendorf mit einem langen Blick.

Auf der Weiterfahrt schwiegen sie. Es war heiß. Benjamina

schloss die Augen. Wenn sie aufschaute, sah sie die mit einem blauen, zarten Dunstschleier umhüllten Kuppen der Hügel, lose aufgeschichtete Steinmauern in unregelmäßigen Abständen längs der Fahrbahn, Brunnen, aus denen unablässig Wasser in einen Trog floss, über den Rand quoll und seitwärts in einen Graben lief. Alte Männer, den Kopf mit einem Turban umwunden, knieten davor, schöpften das kühle Nass und gossen es sich ins Gesicht, über die Arme, tränkten den Esel, der mit schweren Tragetaschen beladen neben ihnen wartete.

4. Kapitel:

KAPPADOKIEN – IRDENE GEFÄSSE

Sie überquerten die Brücke über den Kızılırmak, den roten Fluss. Sie waren in Avanos. Benjamina war erleichtert, in eine Stadt mit lautem, pulsierendem Leben zurückzukehren. Hier also hatte Bahar gearbeitet! Der Freundin neben ihr war anzumerken, wie sehr sie sich freute, ihr altes Zuhause wiederzusehen.

„Ich bin beeindruckt", sagte Benjamina, „dass du hier, in diesem kleinen Ort, so perfekt Deutsch gelernt hast!"

Bahar lachte.

„Nein, nein, hier nicht, und natürlich nicht in meinem Dorf. Meine Eltern sind nach Deutschland gegangen, bevor ich mit der Schule fertig war. Deshalb schickten sie mich auf eine Internatsschule in Ankara, und dort war Deutsch eines der Hauptfächer. Dann wollte ich Medizin studieren, aber unbedingt vorher testen, ob der Beruf mir liegt."

„Na und? Hast du? Mach's nicht so spannend!"

„Ich musste zuerst einen Job in einem Krankenhaus finden, und ich hatte Glück: Eine Kommilitonin aus Avanos vermittelte mir eine Stelle als Aushilfskraft in der hiesigen Klinik. Was für ein Glück! So konnte ich nebenbei meinem Hobby frönen, dem Töpfern!"

Bahar geriet ins Schwärmen.

„Es war eine schöne Zeit, so unabhängig, so voll mit Aktionen, die mir Spaß machten, ohne lange Diskussionen führen zu müssen, ob es – schicklich – war..."

Benjamina sah ihre Freundin bewundernd an. Täglich entdeckte sie neue Seiten an ihr. Eine künstlerische Ader hätte sie nicht bei ihr vermutet.

Die Abendsonne tauchte die alten Häuser in goldenes Licht. Sie saßen in einem der kleinen Straßencafes und beobachteten das lebhafte Treiben um sie herum, sprachen über die Vergangenheit dieser Region, über Höhlen, über Geister, erdachten Geschichten, lachten, waren übermütig. Schließlich standen sie mit ihrem Gepäck vor einem der historischen Häuser, die an Touristen vermietet wurden.

Die Anspannung von war gewichen – die Nacht blieb traumlos.

Für Benjamina war es immer noch wie ein kleines Wunder, dass an keinem Tag zu dieser Jahreszeit mit Regen zu rechnen war, jeder Morgen strahlte.

Sie schlenderten durch die Gassen der Altstadt. Die meisten Straßen glichen einem Basar. Avanos war bekannt und berühmt für seine Töpferkunst und Teppichknüpferei. Vor den Läden hingen bunt gemusterte Kelims und Teppiche an den Wänden. Jeder Ladeninhaber lud sie zum Tee ein. Benjamina hatte Hemmungen.

„Wir wollen doch gar nichts kaufen!"

Bahar zog sie mit sich in den dämmrigen Laden.

„Komm schon! Das Zeremoniell hier gehört dazu, sie wären

beleidigt, wenn du ablehnst!"

Eine Frau mit Kopftuch und langem Rock hockte vor einem Webstuhl und arbeitete an einem farbenprächtigen Teppich. Während Benjamina und Bahar auf der schmalen, mit Kissen bestückten Bank saßen und süßen Tee tranken, wurde Teppich auf Teppich vor ihren Füßen entrollt. Benjamina brach immer wieder in Begeisterungsrufe aus, was den Inhaber sichtlich freute.

„Tausendundeine Nacht!" dachte sie.

Endlich, nach dem dritten Tee, stand Bahar auf und bedankte sich. Der Händler machte ihnen Zeichen zu warten und verschwand im Hintergrund. Als er zurückkam, lächelte er sie freundlich an und reichte beiden eine reich verzierte Bordüre aus farbiger Wolle, an deren einem Ende bunte Glaskugeln baumelten.

„Damit schmücken wir unsere Kamele, wenn sie in der kalten Jahreszeit zum Wettkampf antreten", sagte er. „Wenn ihr schon keinen Teppich mitnehmt, dann wenigstens dieses kleine Geschenk. Behaltet mich in guter Erinnerung!"

Damit verbeugte er sich und geleitete sie zur Tür. Benjamina war gerührt und stammelte Dankesworte. Bahar lächelte.

„Mein Land mag ja aus eurer Sicht unterentwickelt sein, aber was die Gastlichkeit angeht – da könnt ihr euch eine Scheibe abschneiden!"

Sie bogen in eine steile, schmale Seitengasse ein, die zu einem kleinen Platz führte. Von hier gingen nur noch Trampelpfade ab. Benjamina wischte sich den Schweiß aus dem Gesicht, blickte an den steinernen Fassaden hinauf zu den mit runden Ziegeln gedeckten Dächern. Ein paar Katzen räkelten sich in der Sonne.

„Jetzt fehlt nur noch Ali Babas Höhle, dann bin ich in Scheherezades Reich!"

Bahar zog eine hexenhafte Grimasse und zog Benjamina mit sich zu einem der bunt angestrichenen Häuschen. Sie mussten den Kopf beugen, um unbeschadet durch die niedrige Tür ins Innere zu treten: Ein Gewölbe, nur schwach beleuchtet. Es roch nach Erde. In die Wände waren Regale eingelassen, voll gestellt mit Tonwaren, Vasen, Krügen, Bechern. Überall gab es Nischen, über denen kleine Lampen hingen, die bereits gebrannte, bemalte Stücke beleuchteten. An einer Töpferscheibe saß ein dunkelhäutiger, schwarz gelockter Mann mit Schnurrbart. Mit beiden Händen umschloss er den Rohling auf der sich drehenden Scheibe, der seine Form veränderte, wenn er den Griff lockerte oder fester zudrückte. Die gespreizten Beine ruhten neben der Töpferscheibe, und sobald sich das Tempo verlangsamte, trat er die Scheibe aufs Neue an. Ohne ein Wort zu sagen, stellten sich Benjamina und Bahar vor die drehende Scheibe. Der Töpfer hob den Kopf, schaute verwirrt, überrascht, lächelte.

„Bahar!" rief er, „du hier!"

Er brachte die Scheibe zum Stillstand, schob sich an ihr vorbei, wischte sich die Hände ab.

„Bei Allah – wie lange ist das her – acht Jahre? Oder zehn?"

„Ich freu mich auch, Burak," sagte Bahar und umarmte ihn. „Hier, meine Freundin – sie wollte unbedingt in die Türkei, sie lernt schon seit einem Jahr Türkisch!"

Jetzt umarmte Burak auch sie, küsste sie auf beide Wangen.

„Wie lange bleibt ihr?" fragte er und führte sie zu einem zerschlissenen Sofa, über das er einen bunten Kelim gebreitet hatte. Er schnippte mit dem Finger. Einer der Jungen, die den Ton weich kneteten, rannte los und kam gleich darauf mit einem Tepsi und drei Teegläsern zurück. „Leider müssen wir morgen schon weiter, ich will meine Verwandten in Koyundere besuchen, und ich habe nur drei Wochen Urlaub."

Burak schien enttäuscht und erhob Einwände. Aber das machte keinen Eindruck auf Bahar. Benjamina fand die Werkstatt urig, sie hätte sich gern länger umgesehen und vor allem bei der Herstellung der Kunstwerke zugeschaut. Fieberhaft überlegte sie, wie sie Bahar überzeugen konnte, ein paar Tage in Avanos zu verbringen. Nicht nur das Atelier zog sie an – auch sein Besitzer.

Burak seufzte theatralisch.

„Ich kann euch wohl nicht aufhalten! Aber heute Abend lade ich euch ein – ich dulde keine Ausflüchte!"

Als der Tag in den Abend dämmerte, wachte Bahar auf, die sich nach dem Stadtbummel ein Nickerchen gegönnt hatte. Sie ging ins Nebenzimmer und ertappte ihre Freundin dabei, wie sie ihre Reisetasche durchwühlte, jedes Kleidungsstück hoch hielt und begutachtete. Sie entschied sich für den schwarzen Fransenrock und die ärmellose, rot-weiß gemusterte Bluse. Bahar lehnte am Türrahmen und beobachtete sie.

„Jetzt schminkt sie sich gleich," dachte sie, als sie Benjamina zum Spiegel gehen sah.

„Was ist in dich gefahren?" staunte sie. „Du hast nie Wert auf dein Äußeres gelegt – wir gehen nur essen, es ist keine Modenschau!" Benjamina fuhr zusammen. Sie war so vertieft gewesen, dass sie Bahar nicht wahr genommen hatte. Sie setzte sich auf's Bett und lachte hilflos. „Ich weiß nicht, was los ist mit mir", sagte sie, „Stück für Stück der früheren Benjamina ändert sich, seit ich in dein Land gekommen bin. Gestern wieder. Ich nehme Dinge anders wahr, intensiver. Ich war schon immer sprunghaft – aber nie gab es so einen abrupten, schnellen Wechsel zwischen meinen Empfindungen. Mal bin ich so übermütig, dass ich schreien möchte, und dann wieder ist mir zum Heulen zumute. Und in diesem Augenblick, jetzt ... - ach, ich weiß nicht..."

„Bist du – bist du vielleicht verliebt?"

Benjamina drehte sich um.

„Nimm dich bloß in acht", sagte Bahar, „Burak ist verheiratet! Aber das hindert ihn nicht, anderen Frauen nachzusehen. Türkische Männer sind schnell verliebt, aber nie verlassen sie ihre Frau, das würde die Familie nicht zulassen, sie verlöre ihr

Ansehen – ihr ‚Gesicht‘!"

Benjamina wurde aggressiv.

„Lass mich doch ausreden! Ständig schulmeisterst du mich! Spiel dich nicht auf, als wärst du meine Gouvernante!"

Bahar zuckte zusammen.

„Na schön. Was willst du sagen?"

Benjaminas Hochstimmung war dahin. Plötzlich – ein Umschwung innerhalb von Minuten.

„Ich wollte dir erklären, dass ich in – die Türkei verliebt bin, Burak hat nichts damit zu tun. Verzichten wir auf die Einladung!"

Benjamina merkte, dass ihr Tränen in die Augen stiegen und war wütend auf sich selbst. Bahar schüttelte den Kopf, verließ den Raum und ließ Benjamina sitzen.

„Mein Leben lang gerate ich in Konflikt mit meiner Umwelt", dachte sie, „irgendetwas läuft falsch. Habe ich mir vom heutigen Abend etwas - versprochen?"

Sie nahm ihre Sachen, die sie auf's Bett geworfen hatte, und zog sich um. Ohne Hast, ohne Herzklopfen. Sie holte tief Luft, bevor sie die Tür zum Balkon öffnete. Bahar hatte sich über das Geländer gebeugt und sah hinab in den Hof. Ein paar halbwüchsige Jungen spielten Fußball. Sie hatten die Hemden ausgezogen, auf der braun gebrannten Haut perlte der Schweiß. Benjamina tippte der Freundin auf die Schulter.

„Tut mir Leid. Entschuldige meinen Ausbruch."

Bahar drehte sich um, ihre Augen ungewohnt ernst.

„Wie kannst du nur denken, ich wollte dir irgendeinen Spaß verderben! Ich möchte dich nur vor einer Enttäuschung bewahren. Ich kenne viele ausländische Frauen, die dem Charme der türkischen Männer erlegen sind und dann mit Leid, Tränen und sogar mit finanziellen Verlusten bezahlt haben..."

Benjamina senkte den Kopf, sie kam sich erbärmlich vor. Bahar sah ihr von unten ins Gesicht und grinste.

„Wir gehen trotzdem aus," sagte sie, „allein, dass du dich endlich mal anständig zurechtgemacht hast, muss gefeiert werden. Außerdem bin ich so egoistisch, dass ich auf einen Abend mit meinem alten Freund Burak nicht verzichten will."

Alle Läden waren noch auf, als sie sich auf den Weg zum Restaurant machten. Die Bäume am Straßenrand waren mit bunten Lichterketten umwunden. Vor den Türen saßen die Leute und tranken Tee.

Das Lokal lag oberhalb des Flusses in einer Seitengasse.

„Ein Geheimtipp", sagte Bahar, hierher verirren sich keine Touristen." Eine niedrige, grell blau gestrichene Tür führte in einen schwach beleuchteten Gang, von dem aus man rechts in eine geräumige Gaststube sah. Außer einem bärtigen Mann hinter dem Tresen im Hintergrund erblickten sie niemanden.

„Naja", murmelte Benjamina, „hab' ich mir etwas anders vorgestellt – kein Wunder, dass hierher keine Touristen kommen."

Bahar schnappte nach Luft.

„Solltest du nicht lieber erst abwarten? Wir sind gerade angekommen!" Energisch ergriff sie Benjaminas Hand und zog sie mit sich, vorbei an der Gaststube bis zum Ende des Korridors. Über einer ebenfalls blau gestrichenen Tür brannte eine nackte Glühbirne und beleuchtete die Wände aus großen Natursteinen. Bahar stieß die Tür auf und sah ihre Freundin triumphierend an. Ein weiter, grob gepflasterter Hof, mit Feigen- und Granatapfelbäumen umgeben, fiel sanft zum Ufer des Flusses ab. An dem niedrigen Mäuerchen hinter den Bäumen rankten sich Winden empor, deren Blüten jetzt am Abend vom leuchtenden Blau zu Lila gewechselt hatten. In den Ästen der Bäume baumelten Laternen wie große Früchte. Die Tische waren mit rot oder blau karierten Tüchern und Windlichtern geschmückt. Bis auf ein oder zwei Tische waren alle besetzt. Fröhliches Gelächter und und türkische Volkslieder empfingen die beiden. Benjamina hatte es die Sprache verschlagen. Wieder mal verbarg sich hinter einer unscheinbaren Fassade eine Zauberwelt. Die ausgelassene Stimmung von heute Nachmittag kehrte zurück.

Sie erbllckten Burak am hinteren Rand des Hofes. Er winkte ihnen zu. Benjaminas Herz schlug schneller. Die ernsten Worte von vorhin drängte sie beiseite - den Abend wollte sie uneingeschränkt genießen. Jetzt war sie es, die Bahar mit sich zog. Burak umarmte sie, und seine funkelnde Laune sprang nun auch auf Bahar über. Von ihrem Platz aus sahen sie auf die Böschung zum Fluss hinab, der sich braun und träge, ein Rinnsal fast, dahinschlängelte.

„Ach – wie sehr verwöhnt mich mein Schicksal!" rief Burak pathetisch aus. „Zwei Göttinnen an meinem Tisch!"

„Wie wohltuend Kitsch manchmal sein kann", dachte Benjamina, „aber ich hatte immer schon eine Schwäche dafür..."

Ein Kellner trat an den Tisch, er sah aus wie ein Angestellter in einem Nobelrestaurant.

„Trinken wir einen Rakı?" fragte Burak. „Das Essen habe ich schon geordert – ich denke, ich habe das Richtige gewählt."

„Typisch!" lästerte Bahar, „ihr Männer wisst ja immer, was wir wollen!" „Meistens. Der Mann wurde zuerst erschaffen – es ist also ganz natürlich, dass er euch immer ein Stück voraus ist!"

Benjamina gefiel dieses Geplänkel, obwohl Buraks Sprüche den Macho verrieten, und für diese Sorte Mann hatte sie bisher nichts übrig gehabt. Heute Abend schien alles um sie her einen Zauber auszuüben: Der laue Wind, die Klänge aus dem Lautsprecher, die Gesellschaft am Tisch.

Der Kellner brachte ein rundes Tablett mit Vorspeisen und warmem Fladenbrot. Burak hob das Glas mit dem Rakı – mit der ‚Löwenmilch'. „Seid willkommen, meine Schönen! Auf heute Abend, und auf alles, was wir lieben!"

Die milchig weiße Flüssigkeit rann die Kehle hinunter, brannte.

Im Laufe des Abends gewöhnte sich Benjamina an den Geschmack. Eine ausgelassene Heiterkeit hatte sie ergriffen. Sie lachte, flirtete. Mittlerweile war der Mond aufgegangen.

Vollmond. War der hier größer als in Deutschland? Burak schenkte Rakı nach. Während er sich über den Tisch beugte, begegnete Benjamina seinem Blick, sie fühlte ihre Knie weich werden.

„Ich sollte nichts mehr trinken", dachte sie. Und gleich darauf:

„Na und? Ich will den Abend genießen – und ein kleiner Flirt gehört dazu."

Als sie nach den Servietten griff, berührte sie wie zufällig Buraks Hand. „Ich bewundere deine Werke aus Ton", sagte sie. „Du hast einen wunderbaren Beruf, bist kreativ, schöpferisch!"

„Endlich treffe ich jemanden, der meine Arbeit zu würdigen weiß!"

Bahar lachte.

„Als ob du darauf angewiesen wärst! Du hältst dich doch ohnehin für einen Halbgott!"

Die Zeit verrann mit Scherzen, Lachen, Austauschen von Erinnerungen. Plötzlich sprang Burak auf und sah die Freundinnen an.

„Was haltet ihr davon, wenn wir jetzt in meine Werkstatt gehen? Ihr könntet euch hinter die Scheibe setzen und selbst etwas kreieren. Bahar kann das ja schon, aber für Benjamina wäre es etwas Besonderes." Bahar sah auf die Uhr und schüttelte den Kopf.

„Ich verzichte heute auf die Kunst. Es ist schon spät, und ich sehne mich nach meinem Bett. Morgen haben wir eine lange Tour vor uns." Benjamina war enttäuscht. Sie war noch gar nicht müde und hätte den Abend mit seiner Leichtigkeit gern weiter ausgedehnt.

„Bist du böse, wenn ich ohne dich mitgehe?"

Sie sah Bahar beschwörend an. Bahar sog die Luft ein.

„Bist du sicher? Morgen will ich mir keinen Katzenjammer anhören!" Benjamina wich ihrem Blick aus, nahm ihre Tasche und rief:

„Los, gehen wir! Schlafen kann ich morgen im Bus!"

Bahar sagte leise:

„Davon rede ich nicht!"

Benjamina hörte sie nicht mehr. Sie hatte sich bei Burak eingehakt und strebte dem Ausgang zu. Während Burak sich vom Wirt verabschiedete, flüsterte Bahar:

„Geht es dir wirklich um's Töpfern, oder..."

Da kam Burak zurück, strahlend, unbekümmert. Auf dem Rückweg legte er den Arm um die Frauen und trällerte ein Lied. Vor der Pension trennten sie sich von Bahar.

„Bleib nicht zu lange", sagte sie. „Und du, mein Lieber, übertreibe nicht mit deinem Unterricht!"

Burak schnalzte mit der Zunge, was soviel wie:

„Nein, auf keinen Fall!" bedeutete.

Vor der Werkstatt holte Burak die Schlüssel aus der Jackentasche und schloss die niedrige Tür auf. Drinnen herrschte stickige Hitze und beklemmende Stille. Ernüchternd. Auf einmal fühlte sich Benjamina fehl am Platz und wäre am liebsten umgekehrt. Burak schien ihre Gedanken zu erraten. Er stürzte auf das kleine Radio zu und drückte auf den Knopf. Wilde, aufpeitschende Rhythmen in Moll quollen aus dem Empfänger. Benjaminas Herz hämmerte bis in die Schläfen. Verzweifelt suchte sie nach Worten, um Burak zu sagen, dass sie gehen wollte, aber sie brachte keinen Ton heraus. Da nahm er ihre Hand und führte sie zu dem Hocker vor der Töpferscheibe.

„Zuerst musst du lernen, gleichmäßig zu treten, sonst hast du keine Gewalt über den Ton."

Er legte ihr die Hand auf die Schultern.

„Fang an", sagte er.

Im Rücken spürte sie seinen Körper, von dem ein Strom von Wärme ausging. Bei jedem Tritt auf die untere Scheibe verstärkte sich der Druck. Benjamina genoss es, obwohl sie ahnte, dass das seine Absicht war. Sie fühlte sich zunehmend wehrlos, als stände sie unter Drogen. Sie hörte auf zu treten und schloss die Augen. Burak beugte sich vor, bis sein Gesicht neben ihrem war.

„Canım", flüsterte er, „wie süß du bist!"

Benjamina schwindelte. Seine Hände glitten tiefer und umschlossen ihre Brüste. Sie ließ es zu. Lag es am Rakı, an der entspannten Atmosphäre des Abends – oder war sie verliebt in diesen fremden Mann? Benjamina wünschte sich, dass er fortfuhr mit seinen Liebkosungen, alle Vernunft war ausgeschaltet. Langsam streifte er ihre Bluse über die Schultern, öffnete den BH und berührte ihre nackte Haut. Benjamina warf den Kopf zurück und stöhnte. Burak drehte den Hocker zu sich herum und presste sie an sich. Er hob sie hoch und trug sie zu dem Sofa mit den Kelimdecken...

Die Morgendämmerung sickerte durch das schmale Fenster über der Tür. Benjamina blickte zärtlich auf den schlafenden Mann neben sich. Sie war glücklich.

„Werde ich in Zukunft in diesem Nest – in Avanos leben?" dachte sie. Jetzt schlug Burak die Augen auf und fuhr erschrocken hoch.

„Schon Morgen", stieß er hervor. „du musst gehen!"

Seine Worte trafen Benjamina wie ein Peitschenhieb. Wo waren seine Verliebtheit, seine Zärtlichkeit? Ausgelöscht durch das Morgenlicht. Benjamina griff nach ihren Kleidern, zog sich hastig an und fuhr mit dem Kamm durch ihr zerwühltes Haar.

„Geh über den Hinterhof", sagte Burak, und sah sie dabei nicht an. „Du findest den Weg allein."

Er lächelte sie entschuldigend an.

„Es ist ja schon hell, und die Nachbarn sind auch wach und..."

„Verstehe", murmelte Benjamina.

Sie bemühte sich, gleichmütig zu klingen. Kaum hatte sie einen Schritt ins Freie getan, schlug die Tür hinter ihr zu. Benjamina fühlte sich schmutzig und elend. Sie dachte an Bahars warnende Worte, die sie für spießige Bevormundung gehalten hatte. Wahrscheinlich würde Bahar sie nach diesem Ausrutscher nicht mehr mitnehmen wollen in ihr Heimatdorf.

Auf den Straßen erwachte das Leben. Benjamina meinte, jeder Vorübergehende würde sie anschauen und sich seinen Teil denken beim Anblick einer Ausländerin, die um diese Zeit allein unterwegs war.

Auf Zehenspitzen schlich sie die Treppe ins Obergeschoss der Pension hinauf.

„Wie damals", dachte sie, „wenn mich Mutter mit vorwurfsvollem Blick am Treppenaufgang empfing und mich fragte, wo ich mich herumgetrieben hätte. Jetzt wird Bahar diese Rolle übernehmen."

„Komm rein – ich bin schon wach!"

Bahar. Benjamina schob die Tür auf und trat ein. Mit gesenktem Kopf. Bahar klopfte einladend neben sich auf das Bett. Ohne etwas zu sagen schlüpfte sie unter die Decke. Jetzt endlich flossen die Tränen, die sie bislang erfolgreich zurückgehalten hatte.

„Ich bin ja so naiv – blauäugig wie ein Landei!"

„War's denn wenigstens schön? Bist du geflogen?"

„Hör auf!" rief Benjamina, eine Spur ihres früheren Aufbegehrens in der Stimme.

„Ja, ja. Zuerst. Ich dachte, er sei verliebt in mich, aber dann – hat er mich allein durch die morgendlichen Gassen gehen lassen, ich fühlte mich wie..."

Bahar legte ihr die Hand auf den Mund.

„Nein, denk nicht so schlecht von dir! Freu dich über dein kleines Abenteuer und hak es ab! Ich hab' mir oft gewünscht, dasselbe zu tun, eine Liebelei zu erleben, unbeschwert, leicht, ohne Verpflichtung. Aber meine türkische Erziehung hat mir so etwas verwehrt, mir derartige Vergnügen verdorben."

„Und du verachtest mich nicht? Nimmst mich trotzdem mit in dein Dorf?"

„Wofür hältst du mich? Ich bin kein Moralapostel!"

In Gedanken fügte sie hinzu:
„Und ich beneide dich ein wenig."

5. Kapitel:

NACH OSTEN

Seit mehr als dreißig Stunden hatte Benjamina nicht geschlafen. Jetzt saß sie im Bus, ihre Augen brannten. Sie schaute aus dem Fenster, bis die letzten Häuser von Avanos hinter ihr zurückblieben. Schon jetzt, am frühen Morgen, war es so heiß, dass der Busfahrer die Klimaanlage einschaltete. Sie fuhren nordostwärts. Das nächste Ziel war Trabzon am Schwarzen Meer, die letzte Station vor Kars, wo sie Bahars Onkel treffen wollten. Benjamina starrte auf die trockene, gelbe Landschaft. Unter der sengenden Hitze sammelte ein Trupp Frauen mit Kopftüchern auf einem lang gestreckten Feld Tomaten auf. Die Hitze flimmerte über dem Strauchwerk, Büsche und Menschen verwirbelten sich, und alles verschmolz zu einem roten Klumpen.

Endlich schlossen sich Benjaminas Lider, sie versank in einer weichen, warmen Wolke...

Sie erwachte, als Bahar sich über sie beugte und ihr die feuchten Haare aus dem Gesicht strich. Der Bus hielt. Die Sonne stand tief am blass blauen Himmel.

„Du hast zwei Teepausen verschlafen", sagte Bahar. „heute Abend gehen wir früh ins Bett."

Aber kaum in Trabzon angekommen, kehrten Benjaminas Lebensgeister zurück. Eine leichte Brise brachte Kühlung und trug den Geruch des Wassers herüber. Benjaminas

Augen glänzten, das Meer zog sie magisch an. Sie sah Bahar beschwörend an. Die räumte seufzend ihr Gepäck in eines der Schließfächer, dann stiegen sie die schmalen Gassen hinab ans Gestade. Die Schiffe im Hafen waren beleuchtet, weit draußen am Horizont stieg der Mond auf und zeichnete eine helle Spur auf die stille See. Die beiden saßen auf einer der vielen Bänke.

„Es gibt so vieles, von dem ich bisher keine Ahnung hatte", sagte Benjamina. „Ich habe immer gedacht, ich sei ein guter Beobachter, hätte den Blick für das Wesentliche – vor allem während meiner Journalistenzeit. Aber seit ich mit dir unterwegs bin, merke ich, dass ich mehr als einmal Scheuklappen vor den Augen hatte."

„Ich sehe schon – du gibst keine Ruhe! Gut denn, wir bleiben noch einen Tag hier und fahren morgen weiter. Zum Glück haben wir unser Gepäck im Schließfach gelassen. Aber lass uns ein Hotel im Zentrum nehmen!"

Früh am nächsten Morgen wurden sie durch Stimmengewirr geweckt. Durch das geöffnete Fenster klangen die Geräusche so nah, als befände man sich inmitten einer Menschenmenge. Benjamina rieb sich die Augen, sprang aus dem Bett und lehnte sich dem Fenster. Genau unter ihr türmte sich ein gewaltiger Berg aus goldgelben, grüngelb gestreiften und grünen Melonen. Gegenüber, auf der anderen Seite der Straße, standen Körbe mit länglichen Peperoni, Salatgurken und Okraschoten. Männer und Frauen eilten geschäftig hin und her, spannten Zeltbahnen über die Straße, schoben die leer geräumten Karren in die Nischen zwischen den Häusern. Riesige Sträuße von Petersilie, Dill, Minze in bunten Plastikeimern ergänzten das idyllische Bild.

„Das musst du dir anschauen", rief sie Bahar zu, die sich im Bett räkelte, „es ist Markt! Und was für einer! Ein Farbenmeer!"

Bahar schlüpfte aus den Laken und stellte sich neben sie.

„Höchste Zeit zum Aufstehen! Nimm nur deinen Fotoapparat mit, alle anderen Sachen lassen wir an der Rezeption!"

Benjamina war wie im Rausch, sie fand immer neue Motive, die sie im Foto festhalten wollte. Früchte und Gemüse schienen saftiger, frischer und größer zu sein als anderswo. Von den leuchtend roten Tomaten, die aussahen, als wären sie poliert, machte sie eine Großaufnahme. Die faustgroßen, samtigen Pfirsiche lockten so sehr, dass sie ein Kilo kaufte. Bahar hatte unterdessen Gözleme erstanden, hauchdünne Teigblätter, die über einem gewölbten Blech gegart, mit Käse gefüllt und dann wie ein Tuch zusammengefaltet wurden.

„Jetzt noch ein paar Gurken, dann haben wir genug für ein Picknick und brauchen nirgends einzukehren", sagte Bahar.

Benjamina hörte die letzten Worte nicht mehr, sie zog die Freundin zu einem Tisch, auf dem dünne, gelbliche Fladen lagen, aus denen sich darin verarbeitete Nüsse hervorhoben.

„Das ist Pestil, getrocknetes Mus aus Aprikosen oder Maulbeeren. Sehr lecker! Willst du probieren?"

Keine Frage – Benjamina hätte am liebsten alles probiert. Sie steckten die Papierrolle mit dem Pestil zu den anderen Einkäufen und ließen den Markt hinter sich. Mehrmals blieb Benjamina stehen und schaute zurück. „Ich würde so gern mit dir zum Felsenkloster hinaufsteigen", sagte Bahar, „Sumela ist die größte Attraktion für Touristen. Von unten sieht es aus, als wüchse das Kloster aus dem Felsen heraus. Ein Postkartenmotiv: Die weißen Mauern, eingebettet in das dichte Grün der Wälder."

Benjamina sah sie erwartungsvoll an.

„Und? Worauf warten wir noch?"

„Nein, nein, Auf dem Rückweg vielleicht. Noch einen Tag länger können wir unsere Weiterreise nicht verschieben."

Als sie Benjaminas Enttäuschung sah, versprach sie:

„Wir besuchen stattdessen die Hagia Sophia von Trabzon, eine historische Kapelle. Von dort aus hast du einen Blick über die Stadt und siehst sogar das Meer."

Benjamina nickte. „Egal, wohin du mich führst – für mich ist jede Stunde ein Abenteuer!"

Sie waren die einzigen Gäste, die an diesem heißen Sommertag durch die Räume der alten Basilika schritten. Hier drinnen war es kühl. Ähnlich wie in Göreme schmückten Wände und Gewölbe gut erhaltene Fresken. Durch das östliche Tor kehrten sie zurück nach draußen. Die kleine Kapelle stand inmitten einer mit Hecken umpflanzten Rasenfläche. Obstbäume spendeten Schatten, und die üppigen Büsche saßen voll mit Rosen. Es war so still, dass man den eigenen Atem hörte. In der Luft hing der Geruch von wilden Kräutern, die längs des Weges wucherten. Die beiden Freundinnen setzten sich auf die niedrige Steinmauer am hinteren Ende des Grundstücks. Wie ein Spiegel lag das Schwarze Meer unter ihnen.

„Am liebsten würde ich diesen Augenblick konservieren – alles erscheint mir so, wie es sein soll", dachte Benjamina. „Vollkommen wie am Beginn der Zeit..."

Bahar kniff sie in den Arm. „Denk nicht so viel! Du träumst und vergisst, was wir im Rucksack haben!"

Auf einer großen Papierserviette breiteten sie die Köstlichkeiten vom Markt aus. Mit dem gestillten Appetit verschwanden die melancholischen Gedanken. Bahar sah auf die Uhr.

„Wollen wir uns die Stadt ansehen, oder willst du lieber auf den Russenmarkt?" fragte sie. „Wir haben noch drei Stunden Zeit, bis der Bus abfährt."

„Russenmarkt?" Benjamina bekam große Augen.

„Ich erklär's dir auf dem Weg – komm!"

Sie verließen die friedliche Oase und gingen auf einem Seitenpfad hinab in die Stadt.

„Nun mach schon", drängte Benjamina, „erzähl, spann mich nicht auf die Folter!"

„Na schön. Du weißt, dass die russische Grenze nur ein paar Kilometer entfernt ist? Die wirtschaftliche Lage in Russland ist unbeschreiblich schlecht. Viele Menschen dort leben am Rand des Existenzminimums, einige suchen Abhilfe und kommen als fliegende Händler in die Türkei. Sie kaufen Billigware, bringen sie in riesigen Ballen ins Nachbarland, um sie hier mit Gewinn zu verkaufen. Die Frauen verkaufen sogar – sich selbst. Man nennt sie abfällig: ‚Die Nataschas'. Sei froh, dass du nicht so heißt! Die Polizei ist wie wild hinter ihnen her – in letzter Zeit haben die Erkrankungen an Aids zugenommen."

„Und was sagen die Ehemänner zu diesem Treiben?"

„Ha – die sitzen oft vor den Hotels und warten, bis ihre Frauen mit der ‚Arbeit' fertig sind."

„Mein Gott," murmelte Benjamina, „was für ein Elend. Ich glaube, ich verzichte auf den Markt."

„Deswegen?" Bahar sah sie fassungslos an. „Wenn du ihnen was abkaufst, hilfst du ihnen!"

Benjamina schüttelte den Kopf. „Lass uns durch die Stadt bummeln, die alten Häuser anschauen, einen Kaffee trinken."

Benjamina hatte das Gefühl, in ihrem Kopf dringend Ordnung schaffen zu müssen. Eindrücke lagen herum wie Papiere, Bücher; Kartons in einem unaufgeräumten Zimmer kurz vor dem Umzug.

Sie waren zu früh am Terminal, aber der Bahnsteig war schon voll mit Wartenden. Das übliche Bild: Kisten, Säcke, Pakete, Koffer, Taschen, weinende Kinder, aufgeregt schnatternde Frauen, Männer, die ihrer Familie Anweisungen gaben. Benjamina war schweigsam, fühlte leises Bedauern über den Abschied, sie hatte sich in die alte Stadt mit dem schwarzen Strand verliebt.

Wieder ein Fensterplatz. Eine andere Landschaft als in Zentralanatolien zog vorbei, grün, waldreich. Die Schwarzmeerregion war das Gebiet mit den meisten Regenfällen. Weit bis zum Horizont dehnten sich die Teeplantagen aus. Rize. Den Namen kannte Benjamina, die Teemarke war berühmt und tauchte überall in den Läden auf, Tee gehörte hier zum Alltag wie das tägliche Brot. Benjamina war überrascht von der

Vielfalt der Landschaftsbilder: Schroffe Felsen, die steil in eine Schlucht abfielen, dann wieder weiche Hänge mit Stufen, die wie Faltenwürfe wirkten, als ob jemand ein grünes Tuch hatte fallen lassen.

Im Bus wurde das Licht eingeschaltet. Die Sitze waren unbequem und zerschlissen. Aber Benjamina war froh, dass sie überhaupt einen Sitzplatz hatte. Die Menschen saßen im Gang, auf Kisten, Ballen oder einfach auf dem Boden. Alle Welt schien nach Kars zu wollen. Von der Landschaft war nichts mehr zu sehen. Nur wenn sie durch Dörfer fuhren, blitzten die Lichter der Hütten in die Dunkelheit und die ärmliche, trostlose Umgebung.

In Hopa, direkt vor der russischen Grenze, machten sie Pause, dann bog der Bus nach Süden ab. Benjamina fröstelte, es war deutlich kälter als in der westlichen Region. Vielleicht war auch die Müdigkeit Schuld. Der schlecht gefederte Bus fuhr rumpelnd und holpernd durch die Nacht, und an Schlaf war nicht zu denken. Die Straße war voller Schlaglöcher, kurvenreich und steil. Im Scheinwerferlicht ragten dicht neben ihnen gespensterhaft Felsklippen auf, die drohend aus dunklen Abgründen emporwuchsen. Ein Bühnenbild wie aus einer Wagneroper.

Benjamina war gerade eingenickt, als der Bus plötzlich auf freier Strecke hielt. Zischend öffnete sich die Tür, das Licht ging an, und zwei Männer in Uniform stiegen ein. Die Fahrgäste wurden unruhig, kramten in ihren Taschen. Benjamina verstand nur ‚Pasaport‘.

„Was ist los?" fragte sie ängstlich.

„Passkontrolle", flüsterte Bahar. „In dieser Gegend halten sich Terroristen versteckt, sie überfallen Dörfer, nehmen Geiseln. Jedes Fahrzeug wird kontrolliert. Du sagst am besten nichts. Hol deinen Pass raus und verhalte dich ruhig."

Benjamina tat gleichgültig, obwohl ihr das Herz bis zum Halse schlug. Ihre Hände zitterten leicht, als sie dem Uniformierten

den Pass reichte. Der schaute ihr prüfend ins Gesicht. Sie senkte den Kopf und starrte auf die klobigen Stiefel im Gang vor ihr. Dann war alles vorbei – wie ein Spuk. Die Tür des Busses schloss sich, von draußen hörte man die Stimme der Patrouille: „Devam et!"
Dann rollte der Bus wie vorher durch die Nacht.

Benjamina erwachte, ein neuer Tag brach an. Im Osten schimmerte ein mattes Rosa, wie vom Widerschein eines Feuers. Sie fuhren auf die emporsteigende Sonnenscheibe zu. Kurz vor Kars machten sie noch einmal Pause. Die Luft war perlend klar und kalt. Zitternd standen die Fahrgäste am Dorfbrunnen, umringt von kichernden, neugierigen Frauen. Benjamina steckte sich eine Zigarette an, Bahar lief ein paar Schritte, um warm zu werden.

Um halb acht Uhr hielt der Bus endlich auf dem Terminal in Kars. Nachdem alle Kisten, Säcke und Koffer ausgeladen, Bahars Tasche und Benjaminas Rucksack aus der Tiefe des Kofferraums ans Licht befördert waren, sah Bahar sich nach einem Sammeltaxi um, das sie zu ihrem Onkel bringen sollte. Ibrahim, Ismail und Bahars Vater waren diejenigen der acht Brüder, die außerhalb des Dorfes lebten. Onkel Ibo hatte die Universität besucht und war Straßenbauingenieur geworden. Er war unverheiratet, obwohl ihm sein gesichertes Einkommen eine Ehe erlaubt hätte. Viele seiner ärmeren Mitbürger konnten sich eine Ehe nicht leisten, und schon gar keine Familie ernähren.

Das schäbige Taxi war noch schlechter gefedert als der Bus. Benjamina umklammerte die Lehne vor sich, damit sie nicht mit dem Kopf an die Decke stieß. Während der kurzen Fahrt durch das Randgebiet der Stadt bekam sie einen kleinen Eindruck von der dörflicher Bauweise: Häuser, die aussahen, als seien sie aus der Erde gewachsen, umgeben von locker aufgeschichteten Mäuerchen, auf denen bunte Bettdecken zum Lüften ausgebreitet lagen. Zwischen den Häusern sah man blumenübersäte Rasenstücke, die unbebauten Flächen vermittelten Großzügigkeit, es blieb Luft zum Atmen.

„Wir sind da", seufzte Bahar.

Sie hielten vor einem flachen Anwesen mit zwei Nebengebäuden. Ibrahim hatte schon auf sie gewartet, er stand in der Eingangstür, sein fleischiges Gesicht strahlte, dass die schwarzen Schnurrbartenden bis an die Ohren reichten. Hinter ihm tauchten ein junges Mädchen und ein halbwüchsiger Junge auf. Bahar schloss sie in die Arme.

„Ach! Ferit und Nesrin sind auch da!" rief sie. „Das sind Neffe und Nichte von Onkel Ibo", erklärte sie Benjamina.

Das Umarmen nahm kein Ende, auch Benjamina wurde abgeküsst. Während der liebevollen Begrüßung zuckte ihr der wehmütige Gedanke an Connie durch den Kopf, sie hatten so lange nichts voneinander gehört.

Im Vorraum zogen sich alle die Schuhe aus und stellten sie in Reih und Glied nebeneinander auf den gefliesten Boden. Nesrin brachte für jeden bequeme Latschen und stellte sie den anderen vor die Füße. Sie betraten einen schlichten, weiß gekalkten Raum. Entlang der Wände standen Holzgestelle, bedeckt mit Kelims und prall mit Wolle gefüllten Kissen.

„Zieh deinen Şalvar an", flüsterte Bahar, „den hast du dir doch für diese Reise gekauft! Jetzt weißt du, warum! Wenn du auf diesem Sedir sitzt und die Beine unterschlägst, ist ein Rock nicht das richtige Kleidungsstück! Du könntest nicht auf diesen Kissen sitzen, ohne dass dich alle anstarren."

Benjamina verschwand im Vorraum und kramte die weiten, geblümten Pluderhosen aus dem Rucksack. Kaum war sie auf die Kissen gestiegen und hatte sich zurückgelehnt, da öffnete sich die Tür und ein Schwall von Menschen ergoss sich ins Zimmer. Freunde und Nachbarn hatten von dem Besuch aus Deutschland gehört, ein Ereignis, das sie sich nicht entgehen lassen wollten. Selten genug wurde ihr eintöniger Alltag so angenehm unterbrochen. Viele Male öffnete und schloss sich die

Eisentür, immer wieder erklang der Willkommensgruß:
‚Hoş geldiniz'.

Nesrin war in der Küche verschwunden, jetzt erschien sie mit dem Teetablett. Sie ging die Reihe der Sitzenden entlang und reichte ihnen die schlanken Tulpengläser. Teezeremonie. Sobald ein Glas leer war, wurde es aufs Neue gefüllt. Benjamina hatte das Gefühl, in ihrem Bauch befände sich nichts anderes mehr als Tee.

Nach und nach verzogen sich die Gäste. Zusammen mit Nesrin wuschen Benjamina und Bahar die Gläser und räumten auf. Onkel Ibo trug unterdessen das Gepäck zu seinem Auto, putzte und wischte an ihm herum, als gälte es, zu einem Staatsbesuch zu fahren. Bahar gähnte, Benjaminas Augen brannten. Aber sie waren gespannt auf das Kommende.

6. Kapitel:

BAHARS DORF

Kars lag hinter ihnen, die unebene Straße war zu einem holprigen Sandweg geworden. Zu beiden Seiten, so weit das Auge sehen konnte, erstreckten sich weite, grüne Flächen mit wilden Kräutern und Blumen. Wie von einer Riesenhand ausgestreut lagen kahle Felsbrocken herum.

Plötzlich gab es einen Ruck – der Wagen hielt. Benjaminas Kopf prallte auf die Schulter des vor ihr sitzenden Onkels. Erschrocken blickte sie durch die Windschutzscheibe. Sie hörte das wütende Gebell von Hunden, noch bevor sie die Tiere in der Staubwolke sah. Laut kläffend sprangen sie am Auto hoch. Benjamina duckte sich, als könnten sie trotz der geschlossenen

Wagentür über sie herfallen. Die Hunde gehörten zu einer gewaltigen Schafherde. Von allen Seiten strömten die Tiere herbei und versperrten den Weg. Der dunkelhäutige Hirte, dessen Kopf mit einem turbanartigen Sonnenschutz umwunden war, trat ans Fenster und begrüßte Ibo. Benjamina verstand kein Wort. Natürlich nicht, hier war kurdisches Gebiet. Die Leute unterhielten sich stets in ihrer Muttersprache, wenn sie unter sich waren und es nicht um offizielle Angelegenheiten ging. Bahar lächelte dem Hirten zu.

„Einer aus dem Dorf", erklärte sie. „Das heißt, wir sind bald da."

Ibo hob winkend die Hand, der Hirte entfernte sich und trieb die Herde mit lauten Rufen auf die Seite. Immer enger wurde der Weg, und Benjamina wartete darauf, dass das Gefährt, trotz seines polierten Äußeren auseinanderbrechen würde.

„Das Ende der Welt..." flüsterte Benjamina.

Das Gerumpel des Autos machte ein Gespräch nahezu unmöglich. „Was?" schrie Bahar.

„Dein Dorf liegt jenseits der Zivilisation!" schrie Benjamina zurück. „Fast!"

Bahar flog gegen die Scheibe.

„Auf jeden Fall am Rande der Türkei! Nur wenige Kilometer weiter, und du bist an der Grenze zu Armenien."

Als sie um die nächste Kurve bogen, erschienen, unerwartet in dieser Einöde, viele winzige Häuser, viereckige Kästen aus Stein. Wie in Kars lagen über niedrigen Mauern bunte Tücher und Kelims. Aus den Schornsteinen quoll Rauch, der Benjamina beißend in die Nase stieg. Ein paar holprige Meter weiter hielt der Wagen vor einem der Kästen. Jetzt trat eine Frau vor die Tür, Benjamina konnte nicht schätzen, wie alt sie war. Ihr Gesicht unter dem Turban lächelte, die dunklen Augen strahlten. Sie strich sich die roten Hände am Şalvar ab und winkte aufgeregt. Bahar riss die Autotür auf und stürzte auf sie zu.

„Tante Yasemin! Endlich!"

Die beiden lagen sich in den Armen und vergossen Freudentränen. Benjamina und Ibo warteten geduldig, bis Yasemin auch sie umarmte und küsste. Mittlerweile waren sie umringt von einer Schar barfüßiger Kinder, die sie verlegen und neugierig musterten. Als Benjamina sich ihnen lächelnd näherte, rannten sie kichernd davon und blieben erst in sicherer Entfernung stehen, fingen an zu rufen und zu klatschen. Einige warfen Steine – nicht aus Feindseligkeit - das war ein erprobtes Mittel, um Aufmerksamkeit zu erregen. Erst als Yasemin grelle Kreischlaute ausstieß und der Bande mit erhobenen Händen drohte, suchten die kleinen, flinken Füße das Weite. Yasemin winkte ihren Gästen zu, und sie betraten das Häuschen, auf dessen Dach Gräser und wilde Kräuter wucherten. Man musste den Kopf einziehen, um sich nicht an dem niedrigen Türrahmen zu stoßen. Im Inneren war es so dunkel, dass Benjamina nach Yasemins Hand griff, um nicht zu stolpern. Der Lehmboden war uneben und voller Dellen.

„Ich hätte nie gedacht, dass Menschen in unserer Zeit auf so eine Weise hausen", dachte Benjamina. Sie war nicht sicher, ob sie sich hier wohlfühlen würde.

Voller Stolz zeigte ihnen Yasemin ihre Küche mit der neuen technischen Errungenschaft: Eine nackte Glühbirne baumelte von der Decke und spendete spärliches Licht. Allerhand Kabel rankten sich über die Decke, verdichteten sich da und dort zu einem wirren Geflecht und bildeten neue Ranken. In der Mitte der Küche stand ein kleiner Kanonenofen, in dem ein Feuer brannte und das Wasser in dem aufgesetzten Kessel zum Sieden brachte.

Yasemin klatschte in die Hände.

„Fatma, Emine, los! Wo bleibt ihr denn? Wir brauchen noch Wasser!" Die beiden Mädchen saßen mit Bahar am äußersten Ende des Raumes, wo ein winziges Fenster – das einzige – Licht herein ließ. Nur widerwillig trennten sie sich von ihrer

Cousine, nahmen jede ein Joch, an dem die Eimer herab baumelten und verschwanden nach draußen. Bahar gesellte sich zu Benjamina.

„Tja, hier kommt das Wasser nicht aus der Wand, wie du das aus Deutschland kennst! Jeder Tropfen muss aus der Quelle geholt werden, zum Kochen, zum Waschen…"

„Schschsch", machte Yasemin und scheuchte eine Schar piepsender Gänseküken fort, die sich zu nah ans Feuer gewagt hatten. Bahar winkte Benjamina, öffnete einen Pappkarton, in dem ein gerade geschlüpftes, winziges Küken lag. Die älteren Geschwister watschelten und hüpften ihnen zwischen die Beine, bis Yasemin sie fing und in einen Drahtverhau vor dem Fenster sperrte. Von draußen war ein jämmerliches Blöken zu hören. Yasemin hob den Kopf.

„Ah – unser Essen! Jetzt wird es auch Zeit!"

Fragend sah Benjamina die Freundin an.

„Ein Lamm", sagte Bahar. „Ramazan hat ein Lamm aus der Herde geholt. Uns zu Ehren kommt das Tier unter's Messer. Willst du zugucken?"

Entsetzt wehrte Benjamina ab.

„Was mache ich bloß?" dachte sie. „Bestimmt kriege ich keinen Bissen ‚runter!"

Bahar sah sie spöttisch an.

„Na? Schon genug vom Dorfleben?"

Benjamina schluckte.

„Nein!"

Sie stand auf, guckte Bahar kampflustig an und wandte sich zum Ausgang. Ramazan hatte das Lamm bereits abgezogen und weidete es nun aus. Er winkte den Freundinnen zu, lächelte und machte weiter. Schwatzend und lachend waren ein paar Dorffrauen dabei, den Boden von den Blutlachen zu reinigen. Benjamina zückte ihre Kamera. Wie auf ein Signal posierten Ramazan und die Söhne Ferit und Murat neben dem an einem Haken vom Balken hängenden Lamm. Jeder hielt ein Messer in der Hand. Sie warfen sich in die Brust und entblößten ihr Gebiss mit den zahlreich gähnenden Lücken zu einem breiten Lächeln. Benjamina verkniff sich das Lachen und knipste. Von allen Seiten kamen jetzt Kinder herbei und wollten auch fotografiert werden. Benjamina hatte alle Hände voll zu tun, die Kinder davon abzuhalten, ihr in die Kamera zu fallen. An so etwas wie Momentaufnahme oder Schnappschuss war nicht zu denken.

Bahar hatte amüsiert zugeschaut und drängte sich durch die Schar. Sie hielt die Tasche mit den Gastgeschenken hoch, holte Luftballons, kleine Laterna magica heraus und warf sie den Kindern zu. Im Nu stand Benjamina allein da. Aufatmend setzte sie sich auf das Mäuerchen.

Inzwischen hatte sich das aquarellfarbene sanfte Licht in leuchtendes Rot verwandelt. Schon wieder ein Tag vorbei! Wie ein Glutball lag die Sonne zwischen den Bergen. Fasziniert schaute Benjamina zu, wie schnell der letzte Streifen Rot von dem blau aus den Bergen steigenden Dunst verschluckt wurde. Die Kinder kamen zu ihr, zupften an ihrer Hose und deuteten auf eine Tür im Nachbargebäude.

„Yemek, yemek!"

Dabei fuhren sie mit der Hand zum Mund und schmatzten. Emine und Fatma, in den Händen runde Messingtabletts mit Tulpengläsern, drängten sich durch die Schar der Kinder, kreischten laut auf, als sie nicht Platz machten, und verschwanden nach nebenan.

„Benjamina – wo bleibst du? Komm endlich!"

Bahar winkte ungeduldig, die Kinder stoben davon, am Tisch der Erwachsenen war kein Platz für sie. Als Benjamina eintrat, richteten sich alle Blicke erwartungsvoll auf sie.

„Hoş geldin, Hanım efendi!"

Unzählige Male tönte ihr der Willkommensgruß entgegen. Benjamina neigte den Kopf.

„Hoş bulduk! Ich bin gern gekommen."

An langen, hufeisenförmig aufgestellten Tischen saßen ausschließlich Männer.

„Bahar", flüsterte Benjamina, „wo sind denn die Frauen?"

„Die Frauen essen später, in der Küche. Wir sind Gäste aus Deutschland, wir haben die besondere Ehre, mit den Männern gemeinsam zu speisen."

Sie nahmen auf dem Sedir Platz. Benjamina war verwirrt. Empfanden die Frauen diese rückschrittliche Sitte nicht als Demütigung? Wenn es so war, ließen sie es sich nicht anmerken – sie wirkten so heiter! Bahar stupste sie an.

„Mach nicht so ein Gesicht! Alle haben auf dich gewartet!"

Neben Benjamina saß Onkel Ismail, der eigens aus Ankara angereist war, um den Besuch seiner Nichte im Dorf seiner Kindheit mitzuerleben. Ismail war, wie Ibo, Ingenieur. Die Brüder, die im Dorf geblieben waren, hatten gehofft, dass wenigstens einer von den beiden nach dem Studium zurückkehren und ihnen helfen würde. Aber wie alle, die fortgingen, kehrten auch Ismail und Ibrahim nicht zurück. Was hätten sie auch hier bewirken können? Für große Veränderungen gab es kein Geld.

Jetzt öffnete sich die Tür und Yasemin erschien. Sie balancierte Stapel übereinandergelegter, dünner Fladenbrote, groß wie Fleischplatten. Schwungvoll warf sie vor jeden ein Brot auf den Tisch. Fragend blickte Benjamina zu Bahar.

„Teller gibt's hier nicht. Du packst dir Fleisch oder Käse drauf, reißt ein Stück vom Fladen ab und rollst ihn um das, was du dir aufgefüllt hast. Guck einfach zu, wie's die anderen machen."

Emine und Fatma, die unterdessen die Teegläser abgeräumt hatten, verteilten große Blechtöpfe mit Fleisch, das in einer fetten Soße schwamm. Dazu stellten sie Bretter mit weißem Käse auf den Tisch. „Schau mal", sagte Bahar, „auf dem Käse siehst du noch das Muster des Tuches, in dem er gepresst worden ist!"

Die Frauen kamen und gingen, brachten Wasser und sogar Tomaten. Die musste jemand aus Kars besorgt haben, denn Gemüse wurde im Dorf nicht angebaut. Am liebsten hätte Benjamina nur die saftigen, roten Tomaten in das flache Brot eingerollt, aber unentwegt reichte Onkel Ibo ihr die Schüssel mit dem Fleisch:

„Ye, Benjamina Hanım, ye!"

Ihr gegenüber saß Onkel Nuri. Hatte der wirklich blaue Augen? Er strahlte sie an, und die Fältchen und Risse in seinem Gesicht glänzten. Schwitzte er, oder kam der Glanz von dem Fett, das ihm vom Kinn tropfte?

„Ich esse meist ein ganzes Kilo, du musst auch essen!"

Die andere nickten und sahen sie aufmunternd an. Benjamina konnte sich nicht daran erinnern, jemals so viel Fleisch auf einmal gegessen zu haben. Endlich kam ihr Bahar zu Hilfe.

„Sie hat genug, Onkel Nuri, und es hat ihr gut geschmeckt!"

Sobald die Männer gesättigt waren, sich mit zufriedenen Gesichtern zurückgelehnt hatten, wurde noch einmal Tee serviert. Jetzt entlud sich die Neugier in Fragen, zu denen während des Essens keiner Zeit gehabt hatte.

„Wo ist dein Mann?"

„Wie viele Kinder hast du?"

Bahar flüsterte ihr zu: „Sag ja nicht, dass du ledig bist, sonst bekommst du Anträge. Eine Frau allein - nicht vorstellbar hier!"

„Er ist seit einem Jahr in Amerika – bei einer Ölfirma!"

Möglichst weit weg – das war am besten. Bewundernd, ehrfürchtig, beinahe sehnsüchtig schauten die Männer sie an. Benjamina schämte sich, diese Leute zu belügen, aber einen Heiratsantrag wollte sie nicht riskieren.

„Ach - Amerika – so weit. Ich wollte, ich könnte mal nach Istanbul! Wie es dort wohl ist..."

Dann beugte Onkel Nuri sich zu ihr herüber:

„Erlaubt dein Mann dir, dass du ohne ihn verreist?"

Benjamina schluckte. Das waren ja Ansichten hier! Wieso

Hirten auf der Hochalm (yayla)

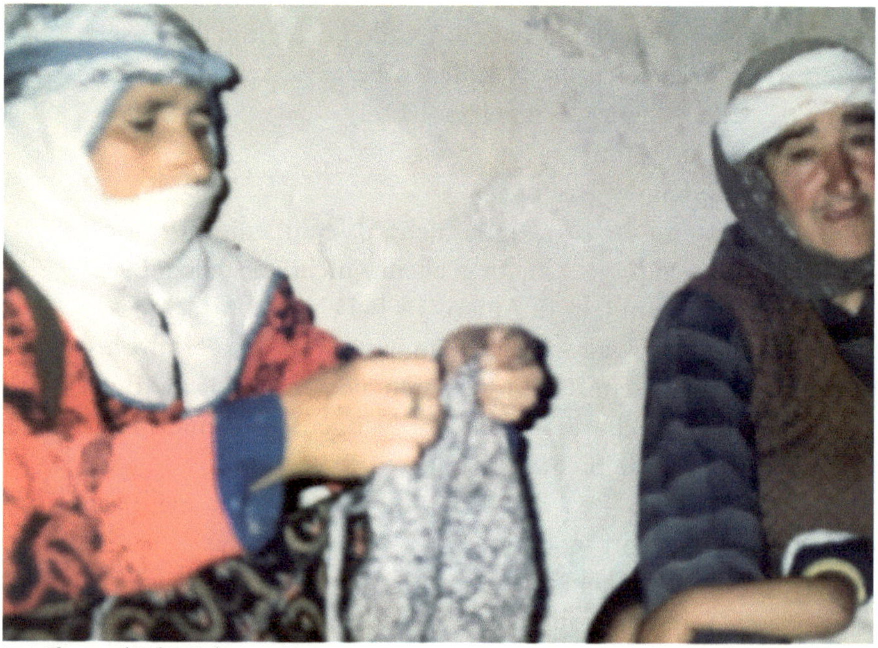

Dorffrauen (auf Sedir)

Käsezubereitung im Dorf

Gehöft im Dorf

Anwesen im Dorf

Markt in Trabzon

Spinnen der Wolle mit Handspindel

Professionelle Käseherstellung

Lagerung von Käse vor dem Verkauf

Dorfbewohner

Wolle wird gewaschen

Haus in Kars

Grenzfluss zwischen Türkei und Armenien

Blick über die Grenze nach Armenien

Kirchenruinen in Ani

Siedlungsüberreste in Ani

Höhleneingang in Göreme

Kirche in Göreme

Löwentor am Eingang in Ani

fragten sie nicht Bahar – die reiste auch allein und hatte auch keinen Mann! Aber natürlich! Die lebte noch im Schoß der Familie, wo sie gegen alle Angriffe auf ihre Unschuld gefeit war! Das Fragen nahm kein Ende, alles wollten sie wissen. Bilder aus ihrer Journalistenzeit schossen ihr durch den Kopf. War hier etwa Sensationslüsternheit im Spiel? Entschlossen stellte sie nun selbst Fragen. Sie fixierte Onkel Ramazan, der sich gerade mit dem Hemdsärmel über die schweißnasse Stirn fuhr.

„Wie steht es denn mit Emine und Fatma? Die beiden sind so hübsch und fleißig...“

Ein zufriedenes Grinsen zog über Ramazans Gesicht.

„Haben die beiden sich schon einen Ehemann ausgesucht?“

„Ts,ts,ts“, machte Ramazan, und sein Gesicht wurde ernst. Die anderen Männer stießen sich an, tuschelten, kicherten.

„Habe ich etwas Komisches gesagt?“ dachte Benjamina.

Onkel Ismail räusperte sich.

„Bei uns suchen sich die Mädchen ihre Ehemänner nicht selbst – das besorgen die Eltern und Verwandten, die wissen am besten, was für die Tochter gut ist. Wenn der Mann nicht trinkt, sein Geld nicht beim Glücksspiel verschleudert, die Frau nicht schlägt, dann sind Aussehen und Alter egal – die Ehe wird funktionieren. Schau dir Yasemin an, sie ist glücklich mit Ramazan, den ihr die Eltern ausgesucht haben. Ihr erstes Kind hat sie schon mit dreizehn gekriegt...“

Benjamina hielt die Luft an. Dafür wäre Ramazan in Deutschland hinter Gitter gekommen.

„Und – und wenn das Mädchen nicht will?“

Ismail zuckte gleichmütig die Achseln.

„Dann bleibt ihr nur, sich entführen zu lassen. Nach einer Nacht mit dem Entführer müssen sie natürlich heiraten. Das Mädchen riskiert, von der Familie verstoßen zu werden, aber meist wird der Schwiegersohn nach einiger Zeit akzeptiert.“

„Und eine andere Möglichkeit gibt es nicht?“

„Doch. Das Mädchen kann sich umbringen."

Entsetzt sah Benjamina Ismail an. Er meinte es ernst! Bei Ismails letzten Worten war Onkel Nuri unruhig geworden. Er rutschte auf seinem Platz hin und her, langte erneut nach einem Stück Käse und stopfte es sich in den Mund. Dabei zitterten seine Hände. Jetzt erinnerte sich Benjamina, dass Bahar ihr erzählt hatte, dass Meltem, Nuris Frau, vor vielen Jahren Selbstmord begangen hatte. Jetzt ahnte Benjamina die Hintergründe. Benjamina sträubten sich die Haare, sie fühlte sich erschöpft und war erleichtert, als Yasemin und ihre Töchter kamen, um den Tisch abzuräumen. Aber zuerst umarmte sie die beiden Mädchen und bedankte sich überschwänglich für die Hautcreme, das Shampoo und das Parfum, das sie ihr in der Küche an das Joch gehängt hatten. Diese Artikel standen hier nie auf der Einkaufsliste.

Einer nach dem anderen verschwanden die Männer.

„Eyvallah", sagten sie beim Hinausgehen.

Die Nacht verschluckte sie, Stille kehrte ein. Benjamina rieb sich die Augen.

„Wo schlafen wir eigentlich? Sowas wie Gästezimmer habe ich..."

Bahar stöhnte.

„Du machst dir schon wieder Sorgen! Hier könnten noch ein Dutzend Gäste aufkreuzen, die fänden alle Platz."

Benjamina schwieg, lehnte sich an das dicke Kissen hinter ihrem Rücken und kämpfte gegen ihre Müdigkeit. Die Augen fielen ihr zu.

Sie schreckte hoch, als die Tür aufgestoßen wurde. Tante Yasemins raues, kehliges Lachen erfüllte den Raum. Mitfühlend sah sie Benjamina an und rief:

„Eyvah – die armen Kleinen! Gleich könnt ihr schlafen!"

Sie winkte Onkel Nuri und seinem jüngeren Bruder Kadir.

„Gel, gel – çabuk! Kommt schnell!"

Sie öffnete die Tür neben dem Sedir. Benjamina spähte neugierig hinein. Wie in der Küche und im Vorraum gab es auch nebenan elektrisches Licht aus einer Glühbirne an der Decke. Der Raum war bis auf ein paar kleine Kommoden an der Wand leer, der Boden mit Teppichen ausgelegt. Rechts neben der Tür sah Benjamina ein Lattengestell, das bis unter die Decke mit aufeinander gestapelten, bunt bezogenen Matratzen gefüllt war: Ein ‚Yüklük‘. Onkel Kadir kletterte hinauf und warf die beiden oberen Matratzen hinunter. Nuri und Yasemin legten sie nebeneinander auf die Teppiche. Dann holte die Tante Laken und Decken aus den Kommoden, und mit wenigen Handgriffen war das Nachtlager fertig. Tasche und Rucksack der beiden Freundinnen standen unter dem Fenster. Benjamina atmete erleichtert auf.

In diesem Augenblick kam Bahar hereingestürmt, sie hielt eine Schüssel mit Melonenstückchen im Arm.

„Noch Nachtisch gefällig?"

Sie reichte Benjamina die Schüssel und warf sich auf eine der Matratzen.

„Na – was habe ich dir gesagt? Platz für viele!"

Yasemin winkte den beiden zu und verschwand. Benjamina knipste das Licht aus.

Durch das Fenster schien Benjamina der Mond ins Gesicht - Vollmond. Wieder einmal musste sie an ihre Familie am Bodensee denken. Ob Connie sich in Frankreich wohl fühlte? Wie weit weg alles war, die Pension, die Obstbäume, die Gärten...... Die Decke war weich und warm. Die Mondscheibe wanderte abwärts, verwandelte sich in gelbe Seide, berührte sanft das Gesicht....

Benjamina erwachte durch einen quälenden Druck in der Blase. Sie wälzte sich von einer Seite auf die andere.

„Hätte ich nur nicht so viel von der Melone gegessen!" dachte sie. „Und vorher nicht diese Unmengen an Tee!"

Es blieb ihr nichts anderes übrig, als in der Dunkelheit den Weg zum Klo zu erahnen. Hätte sie wenigstens eine Taschenlampe! Glücklicherweise leuchtete der Mond. Sie schlug die Bettdecke zurück, stand leise auf und tastete sich zur Tür. Mein Gott! Nebenan schnarchte jemand! Sie öffnete die Tür einen Spalt weit. Auf dem Sedir lagen drei schlafende Gestalten und schnarchten um die Wette. Auf Zehenspitzen schlich Benjamina an ihnen vorbei zur Eingangstür. Sie lugte durch das Fenstergitter in den Hof. Im hellen Mondlicht badeten sich vier riesige Hunde. Wie sollte sie an denen vorbei kommen? Sie waren scharf, abgerichtet zum Schutz vor Wölfen, die sich nachts an die Herden heranmachten. Benjamina fühlte ihr Herz gegen die Rippen hämmern. Es half nichts, sie brauchte Hilfe. Sie konnte nicht erkennen, wer von den Männern auf dem Sedir schlief, so rief sie nur laut:

„Bey Efendi...!"

Einer der Schläfer, der lauteste Schnarcher, fuhr erschrocken in die Höhe.

„Ha? Ne var? Allah Allah!"

„Ibo? Ibrahim amca? Ich bin's, Benjamina! Ich will zur Toilette, aber draußen, die Hunde..."

Onkel Ibo schwang die Beine vom Sedir, schlüpfte in seine Latschen. „Bekle – warte!"

Er trat als erster durch die Tür, griff nach einem Spaten, der an der Hauswand lehnte, und trat den Hunden entgegen, die laut knurrend die Zähne fletschten. Von dem Lärm war Bahar erwacht.

„Ich geh' auch gleich mit, die Gelegenheit ist günstig. Morgen Abend essen wir keine Melonen..."

„Hoşt!" machte Ibo und stieß den Spaten in Richtung der Bestien.

Die wichen zurück, Ibo winkte den Frauen.

„Geht vor mir her, ich bleibe dicht hinter euch."

Langsam, mit unsicheren Schritten, stolperten sie den Hang

hinauf bis zum steinernen Verschlag hinter dem Küchenhaus. Benjamina tastete sich im gewundenen Gang an der Wand entlang, bis sie am Geruch erkannte, dass sie am Ziel war. Durch einen Spalt an der Decke fiel ein Mondstrahl, und sie sah das Loch in der Erde.

Nur zehn Minuten hatte das Spektakel gedauert, Benjamina kam es vor, als hätte sie ein Kapitel in einer Horrorgeschichte gelesen. Von weitem betrachtet ähnelte ihr nächtliches Abenteuer einem Comicstreifen.

7. Kapitel:

EIN ANDERER ALLTAG

Benjamina erwachte von einem unsanften Rütteln. Was war jetzt wieder los? Ihr war, als sei sie gerade erst eingeschlafen. Unwillig schlug sie die Augen auf – die Nacht war vorbei, draußen leuchtete ein neuer Tag. Neben ihr kniete Yasemin und lächelte sie an. In der Hand hielt sie einen Becher mit dampfender Milch.

„Trink das, und dann komm rüber – zieh dich nicht an, nimm deine Sachen mit, banyo, banyo!"

Ein Bad! Es waren wohl vierzig Stunden vergangen, seit sie zuletzt geduscht hatte. Hier gab es kein fließend Wasser - wo sollte sie da baden? Bahars Bett war leer, die konnte sie also nicht fragen. Sie streckte sich noch einmal aus, schloss die Augen. Nichts geschah. Ihr blieb keine andere Wahl, als Yasemin zu folgen. Sie raffte ihre Sachen zusammen, warf sich ein loses Kleid über und trat vor die Tür. Wie friedliche Schoßhunde lagen die Untiere von gestern Nacht in der Sonne und blickten nicht einmal auf, als Benjamina in respektvollem Abstand an ihnen vorbei schlich. Vor dem Eingang zur Küche begegnete sie Emine, die von der Quelle kam und zwei bis an den Rand gefüllte Eimer am Joch trug.

„Gel, gel", forderte sie auf und trat gegen die Tür neben der Küchenhöhle. Heiße Schwaden quollen heraus, die Benjamina die Sicht nahmen. Als ihre Augen sich an das Dämmerlicht gewöhnt hatten, erblickte sie Bahar. Sie saß im Hintergrund auf einem breiten Podest, das von Wand zu Wand reichte. Dicht unter der Decke ließ ein winziges Fenster ein wenig Licht herein. Bahar winkte ihr fröhlich zu.

„Freu dich! Nicht überall und erst recht nicht jeden Tag erlebst du so ein Badezeremoniell! Danach fühlst du dich wie neu geboren, aber vorher..."

Mehr hörte Benjamina nicht, denn Yasemin war hinter sie getreten und begann, sie zu entkleiden. Auf dem runden Kanonenofen mitten im Raum brodelte Wasser in einem gewaltigen Topf, aus dem Fatma ein ums andere Mal schöpfte und einen Plastikbottich neben dem Ofen füllte. Dann stellte sie einen Schemel hinein und forderte die inzwischen nackte Benjamina auf, in den Bottich zu steigen und sich auf den Schemel zu hocken. Widerspruchslos gehorchte sie. Sobald sie saß, begann Yasemin mit beinahe wütendem Eifer ihr Werk. Zuerst goss sie mit einer runden Metallschale das heiße Wasser über Benjamina, wieder und wieder, bis die meinte, keine Luft mehr zu kriegen. Als Yasemin glaubte, es sei genug, griff sie nach einem Handschuh aus Ziegenfell, tauchte ihn in eine glitschige Masse und fing an, ihr Opfer zu schrubben wie ein verdrecktes Wäschestück. Benjamina sprang auf, riss die Hände hoch und gebot mit erstickter Stimme ihrer Foltermeisterin Einhalt. Sie nahm ihr den Handschuh aus der Hand und seifte sich eigenhändig ein. Yasemin stand breitbeinig und mit verschränkten Armen daneben, hielt den Kopf gesenkt und schaute halb beleidigt halb entrüstet zu, wie Benjamina, anders als sie selbst es für richtig hielt, sanft und behutsam über ihren Körper strich. Als Benjamina den Arm bog, um den Rücken zwischen den Schulterblättern zu erreichen, hatte Yasemins Geduld ein Ende.

„Olmaz, olmaz!" stieß sie hervor. „So geht das nicht!"

Sie ergriff von Neuem den rauen Handschuh. Benjamina gab auf und ließ endlich alles resigniert über sich ergehen wie ein artiges Kind. Als Krönung des Zeremoniells wurde sie nochmals mehrere Male mit Wasser überschüttet. Dann schließlich reichte Emine ihr ein großes Handtuch und sie durfte sich neben Bahar auf das Podest setzen. Sie hatte das Gefühl von nie gekannter Sauberkeit, kein Fleck an ihr war verschont worden, die Haut war gerötet und kribbelte.

„Halt, halt, meine Sachen!" schrie sie, als Yasemin ihre Kleidungsstücke zusammenraffte und auf einen Haufen warf.

„Nein, nein – alles schmutzig, waschen, waschen", rief sie ihr zu.

Bahar legte ihr den Arm um die Schulter.

„Beruhige dich, morgen bekommst du alles picobello zurück. Für den Weg zu unserem Schlafgemach nimm das."

Damit reichte sie ihr einen Umhang, den sie vorsorglich mitgenommen hatte. Von draußen hörten sie lautes Klatschen, die Mädchen kippten das Badewasser den Hang hinab. Dabei lachten und alberten sie herum, Worte flogen hin und her wie Spielbälle. Die Frauen hier erinnerten Benjamina zuweilen an eine Schar gackernder Hühner, die aufgeregt mit den Flügeln schlugen.

„Du hattest Recht", sagte sie zu Bahar, „ich fühle mich, als wäre ich einem Jungbrunnen entstiegen! Und jetzt – verspüre ich einen unbändigen Hunger!"

Als hätte Yasemin ihre Worte gehört, sagte sie, während sie sich vorbeugte:

„Yemek? Ja, gleich! Gleich gibt's was zu essen!" Sie trat auf das Podest und nahm aus einem hölzernen Gestell an der Wand Teller und kleine Schüsseln, die schräg hinter einem dünnen

Balken aufgereiht in den Fächern lehnten. Emine und Fatma kamen aus der Küche herein, sie balancierten große, runde Tepsis, auf denen alles vorbereitet war, nach dem ein hungriger Magen sich sehnte. An den Tee hatte Benjamina sich gewöhnt, obwohl sie leidenschaftlich gern Kaffee trank. Dankbar nahm sie das heiße Glas mit dem duftenden Gebräu vom Tablett. Fatma stellte kleine, mit Yoghurt gefüllte Schüsseln auf das vor ihnen ausgebreitete Tuch. Dazu gab es frisches Fladenbrot, Schafskäse, Oliven und Tomaten.

„Das müsste Mutter erleben", dachte Benjamina, und im Geist sah sie die sorgsam gedeckten Tische in der Pension und die Gesichter der Gäste. Wie oft gab es Beschwerden wegen irgendwelcher Kleinigkeiten: fehlende Servietten, zu kalte Suppe, zu trockenes Brot. Sie sah sich selbst, unzufrieden, weil ihr nicht genügend Beachtung geschenkt wurde. Die beiden Mädchen hier wurden nicht gelobt, was sie taten, war selbstverständlich.

Sie schwieg, als sie mit Bahar über den Hof zu ihrer Schlafkammer ging. Vor der Küche saß Yasemin in Hockstellung vor dem Bottich und wusch die abgelegte Kleidung. Sie lächelte den beiden zu und summte ein Lied.

„Hast du was?" fragte Bahar. „Du sagst gar nichts!"

Es war Benjamina noch nie gelungen, ihre Gedanken zu verbergen. Sie sagte:

„Ich bin nur etwas müde, das Badefest ist Schuld..."

„Glaub' ich dir nicht! Was geht dir im Kopf herum? Spuck's aus!" Verlegen wischte sich Benjamina ein paar Tränen fort, die zu ihrem Ärger die Wangen herunterliefen und vom Kinn tropften.

„Ich habe immer, zu Hause, eigentlich mein Leben lang – ich habe immer für Gleichberechtigung gekämpft, gegen festgelegte Rollenmuster protestiert. Und hier sehe ich Yasemin, und sie bedient uns, wäscht unsere Wäsche, und sie lacht und singt trotz des täglichen Einerlei und der zusätzlichen Arbeit durch uns. Wie kommt es, dass sie sich gar nicht ausgebeutet oder gedemütigt fühlt?"

„Sollte sie? Willst du ihr klar machen, dass sie Frondienste verrichtet und sie sich wehren sollte?"

Benjamina schüttelte wild den Kopf.

„Nein, nein! Ich glaube, ich bin diejenige, der etwas klar geworden ist..."

In der Schlafkammer angekommen, hatte Benjamina keine Gelegenheit mehr, ihre Überlegungen vor Bahar auszubreiten. Es klopfte stürmisch an der Tür, und eine rotbackige rundliche Frau platzte herein, eilte auf Bahar zu und fiel ihr um den Hals. War dieses temperamentvolle Wesen noch eine Cousine von Bahar? Unmöglich, sich alle Namen und Verwandtschaftsverhältnisse zu merken! Bahar stellte sie vor.

„Meine Freundin aus Deutschland, sie ist zum ersten Mal in der Türkei!" Jetzt wurde Benjamina umarmt und abgeküsst.

„Makbule, adım Makbule, ich heiße Makbule!"

„Eine Cousine von dir?" fragte Benjamina.

Bahar wurde ernst.

„Diesmal nicht. Sie ist die zweite Frau von Onkel Nuri, du weißt schon..."

Ach so. Sie war an die Stelle Meltems getreten, der Frau, die sich aus diesem Dorfleben heraus gestohlen hatte. Benjamina hätte gern mehr erfahren, aber die beiden ließen ihr keine Zeit zu Fragen.

„Beeilt euch", drängte Makbule, „die Männer sind bei der Schafschur, das wollt ihr doch nicht verpassen?"

Benjamina und Bahar zogen sich ihre Şalvars an – mit Pluderhosen bewegte man sich leichter auf dem unebenen Dorfpflaster – schlüpften in ihre Latschen und folgten Makbule, die den Hang hinunter zur Quelle gelaufen war und sich mit beiden Händen Wasser ins Gesicht spritzte. Hinter der Quelle stiegen sie hinauf zu einer mit spärlichen Grasbüscheln bewachsenen Ebene, auf der mehrere niedrige Häuser lagen. Das Gebäude in der Mitte hatte größere Türen als die übrigen. Makbule trat dagegen – sie sprang auf. Das Blöken der Schafe hatten sie schon von weitem gehört, jetzt klang es lauter und voller Angst, man konnte sein eigenes Wort nicht mehr verstehen. Etwa zwei Dutzend Schafe waren in einen Bretterverschlag gesperrt, sie zappelten und wehrten sich.

„Das hier sind unsere Schafe", sagte Makbule, „heute sind wir endlich dran."

Nuri und sein Sohn Halil arbeiteten Hand in Hand. Nuri klemmte ein Schaf zwischen die Beine, so dass der Kopf des Tieres unter seinem Hinterteil hervorlugte. Halil hielt die Hinterbeine fest, während Nuri mit einem Messer die Wolle dicht über der rosa Haut abtrennte. Er machte das so geschickt, dass kein Tropfen Blut floss. Das nackte Schaf kam wieder zu seinen Artgenossen.

„Nach der Schur kehren alle zurück in die Dorfherde, morgen sind die Schafe von Eyüp amca an der Reihe", erklärte Makbule und machte sich daran, den Berg von Wolle in Säcke zu pressen. Schließlich hatte auch das letzte der Tiere die lästige Prozedur hinter sich. Halil entließ die Schafe aus dem Verschlag und trieb sie vor sich her in das eingezäunte Gehege an der Rückfront des Schuppens, das sich den Hang hinunter bis ins Tal und wieder hinauf auf den gegenüber liegenden Hügel zog. Mehr als zehn Yutesäcke lehnten prall gefüllt an der Wand des Schuppens. In der Luft tanzte der Staub, brannte in den Augen und mischte sich mit dem Schweiß auf der Haut. Benjamina wäre gern mitsamt ihrer Kleidung in den hölzernen Trog an der Quelle gesprungen, alle Poren schienen verstopft von Staub. Die Haut juckte und brannte.

„Wir hätten besser heute Abend das Badefest gefeiert", dachte sie.

„Jetzt kommt ihr mit zu uns!"

Makbule wartete keine Antwort ab, sie schritt voran wie jemand, der gewohnt ist, dass man ihm folgt. Nuris und Makbules Haus lag im Osten, am Ausgang des Dorfes auf einer Anhöhe.

„Dies ist Nuris neues Haus, vorher hat er mitten im Dorf gelebt, aber..." Sie zuckte die Achseln.

„So ist das eben."

Das Haus stand neben drei spitzen, glatten Felsen. Dicht unterhalb des mittleren entsprang eine Quelle, ein schmales Rinnsal bahnte sich den Weg ins Tal. Freudig überrascht tauchte Benjamina beide Arme bis zu den Schultern in das eiskalte, klare Nass. Bahar und Makbule folgten ihr.

„Ihr habt das schönste Haus im Dorf", sagte Benjamina, „eine Quelle in Reichweite, frischen Wind und die Aussicht über das Tal..."

„Wenn ich hier leben würde, müsste es hier oben sein", dachte sie und wunderte sich über ihre sonderbaren Gedanken.

Das Haus war ein Schmuckkästchen, blank geputzt, als käme hoher Besuch. Vor den kleinen Fenstern hingen gehäkelte Gardinen. Neben der Eingangstür lehnte eine Flinte an der Wand, die das idyllische Bild störte. Makbule bemerkte die erschrockenen Blicke.

„Nuri ist unser Dorfschützer", erklärte sie. „In den Bergen treiben Guerillas ihr Unwesen, viele Dörfer sind schon überfallen worden. In jedem Dorf wird ein Mann gewählt, der die Aufgabe hat, das Dorf zu verteidigen. Viel genutzt hat es bei den verwüsteten Dörfern ja nicht." Benjamina dachte an die Begegnung mit den Soldaten auf dem Weg nach Kars, und auf ihre heitere Stimmung fiel ein Schatten. Leben unter täglicher Bedrohung – wie konnte man da noch lachen? Makbules Geschäftigkeit drängte ihre Fragen beiseite. Anders als im Haushalt von Yasemin wurde Benjamina einbezogen in die Essensvorbereitung. Sie holten Brotfladen aus dem Fliegenschrank, eingerollte Weinblätter, Yoghurt, Oliven und Essiggemüse aus einer kleinen Höhle im Felsen, in der es so kalt war wie in einem Kühlschrank. Anders als Benjamina gewohnt war, bestanden die Mahlzeiten hier vorwiegend aus kalten Speisen.

Wie von einer inneren Uhr getrieben, erschienen Nuri und

Halil pünktlich zum Essen. Benjamina beobachtete die beiden durch's Fenster, wie sie breitbeinig und mit bloßem Oberkörper vor der Quelle standen und sich wuschen. Makbule eilte nach draußen und brachte ihnen Handtücher.

Nach dem Essen gab es, wie üblich, ‚çay'. Bei heißem Wetter löschte kein Getränk besser den Durst als der aromatische Tee. Die Frauen saßen in der Küche, die Männer hatten es sich im Salon bequem gemacht Behaglich lehnten sie sich zurück und gähnten. Nuri legte sich auf die Sitzbank und war sofort eingeschlafen. Der junge Halil machte sich davon.

In der Küche räumten die Frauen auf. Makbules Mund stand nicht still. „Morgen müsst ihr auch kommen, da wird unsere Wolle gewaschen! Und heute Nachmittag – da besuchen wir Onkel Abdul und Tante Sevim. Sie haben uns eingeladen! Meine Nichten Nesrin und Zehra helfen mir morgen bei der Wolle."

Benjamina schwirrte der Kopf, die verwandtschaftlichen Verhältnisse waren nicht so leicht zu durchschauen, kein Wunder bei acht Brüdern! Bahar und Makbule schwärmten in Erinnerungen, Benjamina ergriff die Gelegenheit und verschwand nach draußen. Sie legte sich neben der Felsenquelle ins Gras und genoss den frischen Wind und die Stille.

Vor Abduls Haus empfing sie Alev, die jüngste Tochter. Sie küsste die Hände der drei Besucherinnen, wie es die Tradition den Älteren gegenüber vorschrieb. Dann führte sie die Gäste in den Salon, der auch hier mit weichen Teppichen ausgelegt war. Benjamina verschlug es den Atem: Auf den Mindern, den dicken Sitzkissen, saßen wohl zwanzig Frauen im Halbkreis, Männer waren – wie üblich – nicht anwesend. Sevim, die Hausherrin, erhob sich, umarmte und küsste ihre Schwägerin, Nichte und Benjamina und führte sie zu drei freien Plätzen.

„Buyrun! Hoş geldiniz!"

Das Gespräch der Frauen war beim Eintritt der Neuankömmlinge ins Stocken geraten, alle Augen waren auf die ‚yabancı'

155

gerichtet. In ihren dunklen, wettergegerbten Gesichtern las man Befangenheit und Neugier. Doch sobald Zehra und Nesrin mit dem Teetablett kamen und jeder eines der Tulpengläser reichten, verflog ihre Scheu, und das lebhafte Schwatzen wurde lautstark fortgesetzt. Es wurde Kurdisch gesprochen, für Benjamina unverständlich. Die gutturalen Laute ließen diese Sprache noch exotischer klingen. Doch Benjamina verspürte keinen Augenblick Langeweile, zumal ihr Bahar das meiste übersetzte. Sie beobachtete die Frauen in ihren bunten Şalvars und den Turbanen, die mit einem weißen Tuch umschlungen waren. Jede Linie in den bronzefarbenen Gesichtern erzählte eine Geschichte, zeigte Spuren von harter Arbeit, von Kummer und ausgestandenem Leid. Von diesem Dorf aus zogen sich Fäden in die lauten, hektischen Städte einer anderen Welt, Fäden, die manchmal schmerzhaft abrissen. Da war Berna, deren Mann in Trabzon während eines Bebens unter einem zusammenstürzenden Hotel begraben wurde, einen Monat vor der Geburt ihres Sohnes. Da war Firuze, die ihren Sohn nach Istanbul gehen ließ, weil er das viel beneidete Glück gehabt hatte, bei einer Baufirma Arbeit zu bekommen. Nur wenige Monate später brachte man ihr den Sohn zurück – querschnittsgelähmt. Er war von einem mangelhaft gesicherten Gerüst in die Tiefe gestürzt. Man beweinte das Unglück dieser Familien, man sprach von ‚kader' und Allahs Willen. Immer wieder war Benjamina berührt von der Tapferkeit, mit der die Menschen hier ihren Alltag meisterten, keine Energie mit Selbstmitleid verschwendeten. Eben noch waren sie in tiefer Trauer versunken, wenig später konnten sie wieder lachen. Es blieb keine Verbitterung zurück, das Leben ging weiter.

Die Töchter des Hauses saßen neben der Tür und beteiligten sich nicht an den Gesprächen. Dafür wachten sie mit scharfem Blick darüber, ob bei irgendjemandem das Teeglas leer war. Immer wieder sprangen sie auf und füllten nach. Es dauerte eine Weile bis Benjamina begriff, dass man den kleinen Löffel quer über das Glas legen musste, um zu zeigen, dass man genug hatte. Nach dem Tee zündete sich zu Bemjaminas Erstaunen die Älteste aus der Runde eine Zigarette an. Andere Frauen taten es ihr nach.

„Jetzt darfst du auch", flüsterte Bahar.

Erleichtert kramte Benjamina ihre Zigarettenschachtel hervor und rauchte, sah mit Wohlbehagen dem blauen Dunst nach, der sich nach oben kringelte.

Am späten Nachmittag verabschiedeten sich die Frauen wortreich und mit Umarmungen. Nesrin zupfte Bahar am Ärmel.

„Kommt ihr jetzt? Ich will euch doch – wie versprochen – meine Aussteuertruhe zeigen!"

Bahar zwinkerte Benjamina zu und zog sie mit sich. Sie folgten Nesrin in einen Raum hinter der Küche, zu dem es schräg nach oben durch einen niedrigen Korridor ging. Der Raum diente als Vorratsspeicher. An den Balken hingen runde Käselaibe, an den Wänden standen Yutesäcke mit Getreide. Nesrin zerrte eine schwere Truhe in die Mitte, wo das meiste Licht war. In den Verzierungen des Deckels und auf den Messinggriffen lag dicker Staub. Benjamina wurde an Nachmittage ihrer Kindheit erinnert, als sie auf dem Dachboden in alten Sachen gestöbert hatte und ungestört in ihren Büchern lesen und von einer bunten Zukunft träumen konnte.

Nesrin blies über den Deckel, eine graue Wolke stieg hoch. Quietschend und knarrend öffnete sich die Truhe, die randvoll mit Nesrins Schätzen war.

„Alles Handarbeit", sagte sie stolz.

Auf einem sauberen Tuch breitete sie eine Unmenge von gestrickten Strümpfen in allen Farben aus, Jacken, Pullover, gehäkelte Decken und mit Spitze besetzte Bettwäsche. Die Frauen zollten ihr ungeheuchelte Bewunderung.

„Mutter hätte ihre Freude daran", dachte Benjamina.

Sie sah die gefüllten Wäscheschränke vor sich, das ‚gute'

Porzellan. Hörte die Ermahnungen, etwas für ihre Zukunft zu tun. Sonderbar, dass sie die heutige Darbietung nicht als spießig empfand.

Gedankenverloren streichelte sie ein Paar wollene Kniestrümpfe. Als Makbule ihr die Teile aus der Hand nahm, schaute sie verwirrt auf. Sie kam von weither.

In dieser Nacht schlief Benjaina tief und wurde von keinem bösen Traum gequält. Abends hatten sie auf Tee und Melone verzichtet.

Früh am nächsten Morgen waren sie mit Makbule verabredet. Sie liefen den Hang hinunter zum Trog, wuschen sich das Gesicht und putzten sich die Zähne. Sie frühstückten bei Yasemin in der Küche. Die Hausherrin war schon seit Tagesanbruch auf den Beinen.

„Morgen habe ich eine Überraschung für euch", sagte sie, „kommt nicht zu spät heute Abend!"

Schon von weitem sahen sie die Wollsäcke vor den Felsen. Die Männer hatten sie am Vorabend hergebracht. Jetzt waren sie dabei, mit großen Feldsteinen das Bächlein zu stauen, das sich aus dem Felsen ergoss. Bald hatte sich ein flacher See gebildet, aus dem das Wasser langsam durch die Steine bergab rann. Makbule winkte Bahar und Benjamina zu. Gemeinsam leerten sie die Säcke neben dem kleinen See aus. Wie Gewölk am Sommerhimmel häufte sich die Wolle im Gras. Nesrin und Zehra hatten zwei Kannen Tee mitgebracht, die in einer Felsnische abgestellt wurden. Hier geschah nichts ohne Unterstützung durch Tee! Die fünf Frauen krempelten sich die Hosenbeine ihres Şalvars hoch, griffen sich einen Armvoll Wolle und stiegen in den See.

Die Arbeit war schwerer, als Benjamina gedacht hatte. Schmutz und Tierkot klebte in den wolligen Locken und ließ sich nur mühsam entfernen. Bald tat ihr der Rücken weh, und die Haut an den Händen war rot und wellig. Die drei Dorffrauen und Bahar waren diese Arbeit gewohnt, sie arbeiteten schnell, riefen sich Scherzworte zu, lachten und spritzten sich nass. Die Körbe der anderen waren schon randvoll, während Benjamina noch mit ihrem ersten Batzen beschäftigt war.

Es war später Nachmittag, als die Wolle gereinigt war. Zwischendurch hatten sie reichlich Tee und kühles Quellwasser getrunken und mittags Makbules Käsepasteten verspeist. Benjamina fühlte sich, als hätte sie Steine geschleppt. Sie trugen die Körbe mit der sauberen Wolle hinter die Felsen und breiteten sie an den Vorsprüngen und auf dem Mäuerchen um das Anwesen aus.

Die Sonne stand tief, als Bahar, Benjamina und Abduls Töchter sich auf den Heimweg machten. Unterwegs sahen sie vor vielen Häusern die zum Trocknen ausgelegten Wollfladen. Die anderen Familien hatten es nicht so bequem wie Makbule, sie wuschen die Wolle im Bach, der mitten durch's Dorf floss. Auch bei Eyüp war die Schafschur überstanden, die Wolle lag gewaschen in Bündeln auf der Mauer, strähnig und filzig.

Yasemin hatte eine deftige Mahlzeit gekocht: Hammelfleisch mit Zwiebeln und ‚nohut' – Kichererbsen. Emine und Fatma hatten etliche flache, runde Holztische, ‚honcas', auf das Podest gestellt, wo sie gestern nach dem Baden gesessen hatten, und brachten jetzt die Töpfe mit dem Essen. Die Frauen hockten sich im Schneidersitz um den Tisch.

„Und Ramazan?" flüsterte Benjamina.

„Der hat vorher was bekommen, er und die Söhne", sagte Bahar. Nachdem der Hunger gestillt, der Tee serviert war, rief Yasemin ihren Mann.

„Haydi – anlat! Los – erzähl!"

Ramazan lächelte seine Gäste an. Es machte ihm sichtlich Freude, in seinem Dorf etwas Besonderes anzubieten. (Obwohl für Benjamina alles hier außergewöhnlich und abenteuerlich war.)

„Habt ihr Lust, morgen auf die ‚Yayla‘ , unsere Alm zu fahren? Morgen brauchen wir den Traktor nicht."

„Kannst du alles verstehen?" flüsterte Bahar ihrer Freundin zu.

„Kein Problem – Ramazan spricht ja Türkisch, wahrscheinlich verzichtet er mir zuliebe auf Kurdisch. Bis auf ein paar Brocken habe ich alles mitgekriegt. Schsch – hör zu!"

Ramazan sprach weiter.

„Die Schafschur ist erledigt – da dürfen wir uns einen Ausflug gönnen. Auf dem Anhänger ist reichlich Platz! Wir nehmen Melonen mit und – was meint ihr?"

Keine Frage - die Überraschung war gelungen, Ramazan rieb sich zufrieden die Hände, als seine Zuhörer Beifall klatschten, sich anstießen und um die Wette schnatterten.

Als Bahar und Benjamina von der morgendlichen Katzenwäsche am Trog zurückkamen, sahen sie Yasemin in Hockstellung oben am Hang sitzen. Vor ihr drängten sich ihre schwarzen oder weißen nackten Schafe, die gemolken werden wollten. Sie klemmte sich ein Tier nach dem anderen zwischen ihre Knie, und ein dünner Strahl gelblicher Milch ergoss sich in den Eimer zu ihren Füßen. Benjamina schaute gebannt zu. Yasemin grinste sie von unten an.

„Willst du auch mal?" Benjamina hob abwehrend die Hände.

„Kommst du nicht mit auf die ‚Yayla‘?" fragte Bahar.

Yasemin schüttelte heftig den Kopf.

„Eh? Ich? Tsss! Das ist was für die jungen Leute. Lasst mich ruhig hier, ich hab‘ zu tun."

Benjamina schluckte. Es fiel Yasemin nicht ein zu murren oder aufzubegehren, ihre Aufgaben waren vorgegeben, selbstverständlich und notwendig, und sie trug die Verantwortung für den reibungslosen Ablauf.

Auf dem Hof war Murat voller Eifer dabei, den Traktor zu

polieren. Die Ladefläche des Leiterwagens bot mindestens dreißig Personen Platz. Ferit hatte den Boden blank gefegt und ein
paar Kissen ausgelegt. Benjamina verzog den Mund zu einem
Grinsen. Gitte hätte gespottet: „Ein Ausflug auf eine Wiese?
Mit einem Leiterwagen? Tolle Idee – für ‚Landeier'!"
Für die Dörfler war es ein Urlaubstag, ein seltenes Vergnügen. Die Ausgelassenheit der jungen Männer und Frauen
steckte an. Die Kinder versuchten, auf den Traktor zu klettern,
wurden aber von Murat mit gutmütiger Schelte zurückgehalten. Nach und nach füllte sich der Hof, einige der älteren Männer und Frauen nahmen auch teil, sie führten ihre Enkel an der
Hand. Benjamina trug ihren Şalvar, ein ungemein praktisches
Kleidungsstück. Um die Haare hatte sie ein buntes Tuch geschlungen, es wehte ein heftiger Wind. Die Männer trugen
Körbe mit Melonen, die Mädchen brachten Brot und Käse mit
– in Plastiktüten, die würde man später für den Abfall brauchen. Es war noch Platz auf der Ladefläche, aber als niemand
mehr kam, schwang sich Murat auf den Fahrersitz, drückte ein
paarmal kräftig auf die Hupe und startete den Motor. Sobald sie
das Dorf hinter sich gelassen hatten, stimmten die Frauen ein
Volkslied an, und alle stimmten ein. Wie viele Lieder die Menschen hier kannten! Murat genoss die Fahrt auf seine Weise: Er
fuhr mit halsbrecherischer Geschwindigkeit über den holprigen
Weg. Der Wagen schaukelte bedrohlich, und die Gesellschaft
auf der Ladefläche auch. Die Mädchen kreischten und hielten
sich an den Sprossen des Leiterwagens fest. Einer der Onkel
schrie Murat ermahnend zu:
„Yavaş, yavaş, oğlum! Delirdin mi sen?"
Murat dämpfte seinen Übermut, auch wenn es ihm sichtlich
schwer fiel. Benjamina stellte sich diese Situation in Deutschland vor: Die Jugendlichen hier zeigten trotz der rauen Rüge
Respekt vor den Älteren, und der schien nicht geheuchelt.
Die weite, stille Landschaft verzauberte Benjamina: Saftige
Grasflächen zu beiden Seiten des Weges, begrenzt von flachen

Hügeln, darauf steile, bizarr gemusterte Felsen. Der Wind wehte den Duft von Kräutern und wilden Blumen herüber. Irgendwo mitten in der Graslandschaft hielt der Traktor. Als der Motor verstummt war, hörte man das Plätschern einer Quelle. Sie erblickten drei junge Männer aus dem Dorf, die auf sie zukamen: Hirten, die eine weitere Herde bewachten. Sie führten einen Esel mit sich, ein großer Schäferhund sprang kläffend hin und her. Die Hirten freuten sich, sie bekamen selten Besuch in ihrer Einsamkeit. Die Kinder hüpften vom Wagen und rannten laut schreiend mit weit ausgebreiteten Armen durch das hohe Gras. Die Männer legten die Melonen unter den Wasserstrahl, der aus der Quelle schoss. Benjamina konnte der Verlockung nicht widerstehen, zog die Schuhe aus und tauchte die Füße in das klare Wasser. Nach kurzer Zeit musste sie dies Vergnügen abbrechen – das Wasser war so kalt, dass sie kein Gefühl mehr in den Zehen hatte. Nach und nach fand sich Jung und Alt am Ufer des Bächleins ein. Abdul ‚schlachtete' die erste Melone und schnitt sie in Stücke. Begierig streckten alle die Hände aus, Kinder und Erwachsene. Sobald sie einen Schnitz erobert hatten, bissen sie hinein und ließen den roten Saft unbekümmert über's Kinn tropfen. Die Schalen ließ sich der Esel schmecken. Die Frauen breiteten Tücher aus und leerten den Inhalt ihrer Tüten.

„Nirgendwo sonst ist Picknick so beliebt wie hier in der Türkei", dachte Benjamina. „Und wer hätte das gedacht! Bei Ausflügen dürfen wohl alle gemeinsam schlemmen, die Geschlechtertrennung gilt hier nicht!"

Benjamina ließ sich ins weiche Gras fallen, streckte die Arme aus und sog die klare Luft tief in sich ein. Seit sie hier war, fühlte sie sich frei von Ängsten, fern von Ehrgeiz, losgelöst von den Problemen mit ihrer Familie und den Zwistigkeiten mit Kollegen.

Sie wurde jäh aus ihren Gedanken gerissen – Makbule hatte sie heftig in die Wade gekniffen. Sie setzte sich auf, hielt die Hand schützend über die Augen und blinzelte sie an. Makbule zog sie auf die Füße. „Komm, lass uns ein bisschen gehen. Blumen pflücken oder so." Benjamina wäre lieber liegen geblieben, andererseits brannte sie schon lange darauf, ungestört mit Makbule zu reden. Makbule hatte vom ersten Augenblick an ihre Aufmerksamkeit erregt. Sie hätte zu gern mehr über Nuris Frau erfahren, aber wusste nicht, wie sie es anstellen sollte, dass Makbule von ihrer Familie erzählte. Sie fürchtete sich davor, mit ungeschickten Fragerei unwissentlich ein Tabu zu verletzen. Hatte Makbule intuitiv gefühlt, was sie, Benjamina, beschäftigte? Jetzt kniete sie sich ins Gras neben den Gast aus dem fernen Deutschland.

„Du sagst ja nichts. Ich ahne schon lange, dass du dich fragst, warum ich Nuri geheiratet habe – der Altersunterschied ist groß."

Benjamina fühlte sich ertappt.

„Das beschäftigt mich tatsächlich schon eine Weile. Hat man dich zu dieser Heirat gezwungen? War es nicht deine eigene Entscheidung?" Makbule sah sich um.

„Komm. Die anderen Frauen vergnügen sich ohne uns. Sie flechten Kränze – guck mal! Wir setzen uns in den Schatten, dort unter den Felsen."

Benjamina folgte Makbule, stapfte durch das hohe Gras, sprang über den Bach, setzte sich neben Makbule in die Felsnische, zog ihre Zigaretten hervor und wartete.

„Eigene Entscheidung? Du weißt inzwischen, dass bei uns so gut wie nie ein Mädchen frei über sein Leben entscheidet. Aber ich war damals fest entschlossen, niemals mit einem ungeliebten Mann zusammen zu leben. Ich hatte eigene Pläne für die Zukunft, wollte nach Kars zu einem Schneider in die Lehre, später vielleicht in eine große Stadt, nach Ankara, Istanbul oder Izmir. Ich träumte von einem eigenen Laden, wo ich meine selbst entworfenen Modelle anbieten wollte. Aber es kam alles anders."

Makbule schloss die Augen und lehnte sich rückwärts an die

Felswand. Sie verschränkte die Arme hinter dem Kopf atmete heftig, stieß die Luft mehrmals geräuschvoll aus, als wollte sie sich von etwas befreien, was sie lange verdrängt hatte. Lange Zeit schwieg sie, und Benjamina wagte nicht, diese Stille zu stören. Es schien, als habe Makbule vergessen, dass jemand neben ihr saß und als spreche sie zu sich selbst. „Subatan..." seufzte sie, „manchmal habe ich Heimweh nach meinem Dorf. Aber ich muss zuerst von Meltem erzählen. Sie war die älteste von uns elf Geschwistern, die älteste und klügste. Aber den Eltern gefiel es nicht, dass sie sich mehr und mehr für alles Geschriebene interessierte, nicht für Schafzucht, Käseherstellung oder für häusliche Arbeit. Wie oft hat Mutter sie aus einer Ecke in der Scheune gezogen, wo sie versunken über einem Buch saß. ‚Hätten wir die Mädchen nur nicht zur Schule geschickt,' sagte sie immer. Meltem sehnte sich danach, ein Studium aufzunehmen, mit Gleichgesinnten zu diskutieren und zusammen zu sein.

Aber dann hielt Nuri aus diesem Dorf um sie an. Er hatte sie auf einer Hochzeit gesehen und verpasste seitdem keine Gelegenheit, ihr zu begegnen. Ohne Meltem zu informieren, wurde alles Nötige besprochen und Meltem anschließend vor vollendete Tatsachen gestellt. Für meine große Schwester brach eine Welt zusammen. Sie schrie nicht, protestierte nicht. Sie war wie gelähmt, hockte stumm auf ihrem Bett, starrte vor sich hin, redete mit niemandem. Manchmal stöhnte sie und murmelte unverständliches Zeug. Sie tat mir Leid, und sie war mir unheimlich. Wenn niemand es sah, schlich ich mich zu ihr, streichelte sie. Sie sah mich an, als sehe sie durch mich hindurch. ‚Sie ist von einem Dschinn besessen,' sagte meine Mutter. Der ‚Hoca' kam und sprach mit ihr – oder mit dem Dschinn – was weiß ich. Der ‚Hoca' beruhigte meine Eltern und sah – wie sie – die Heilung in Ehe und Mutterschaft. Willenlos ließ Meltem die Hochzeitsvorbereitungen über sich ergehen. Nuri bezahlte die Mitgift: eine Herde Schafe und zwei Kühe. Meine Schwester wurde für ein paar Tiere verkauft. Meltem wurde auf einen Esel gesetzt und unter lauter Musik und in Begleitung ausgesuchter Verwandter nach Koyundere gebracht. Ihr Gesicht konnte ich nicht sehen, es war unter einem roten Schleier verborgen. Ich war erst acht Jahre alt und konnte mir nicht erklären, warum jemand dieses Schauspiel nicht genoss. Aber ich spürte die Traurigkeit, die unter Meltems Schleier hervorwehte wie ein kühler Hauch. Er vermischte sich mit meiner Trauer, die Schwester verloren zu haben.

Nachdem der pompöse Zug endlich in einer Staubwolke verschwunden war, begann die Feier bei uns. Meltem und Nuri würden – wie es die Tradition wollte – in Koyundere feiern, nachdem der ‚Hoca' sie getraut hatte. Bei uns in Subatan waren alle vergnügt, Berge von Essen wurden aufgetischt, alle lachten, tanzten. Und je später es wurde, desto anzüglicher wurden die Scherze.

Irgendwann bekam ich Bauchschmerzen, ich zog mich zurück in Meltems Kammer, in der nur noch ihr Bett und eine leere Truhe standen. Ich legte mich auf's Bett und weinte."

Makbules Stimme verlöschte. Benjamina nahm scheu ihre Hand und schwieg mit ihr. Die Blumenpflückerinnen hatten die beiden entdeckt und kamen angerannt. Sie hatten bunte Kränze im Haar, hielten sich an den Händen tanzten und alberten herum, ausgelassen wie Kinder, die schulfrei haben. Makbule blickte auf, wischte sich die Erinnerungen aus dem Gesicht und winkte ihnen zu. Benjamina fiel die Rückkehr in die Gegenwart schwer. Sie lächelte mühsam und hoffte, dass man ihr die Befangenheit nicht ansah. Übermütig kreischend liefen die Frauen weiter, sprangen in den Bach und spritzten sich gegenseitig nass. Benjamina wandte sich um und ließ ihren Blick über die Felsenkuppen schweifen. Irgendwo dahinter lag das Dorf, in dem Makbule daheim gewesen war. Die Bilder, die Makbules Geschichte herauf beschworen hatte, schienen den Tag zu verdunkeln.

8. Kapitel:

BEDROHLICHE SCHATTEN

Drei Tage waren seit dem Ausflug auf die Hochalm vergangen. Benjamina hatte nicht zu ihrer vorherigen Hochstimmung zurückgefunden – im Gegenteil. Sie litt auch körperlich, hatte Bauchschmerzen, ihr war übel. Bisher hatte sich noch keine Gelegenheit gefunden, das unterbrochenes Gespräch mit Makbule fortzusetzen. Obwohl jeder Tag ausgefüllt war mit Aktivitäten, dachte sie an nichts anderes. Gestern hatten sie Yasemin geholfen, die trockene Wolle von der Mauer zur Wiese oberhalb ihres Anwesens zu tragen. Die harte, filzige Masse häufte sich zu grauen, weißen oder braunen Bergen.

Wabernde, heiße, mit Staub getränkte Luft machte Benjamina träge und müde. Sie sehnte sich nach der kühlen Felsenquelle auf der Anhöhe vor Makbules Haus. Immer wieder blickte sie hinauf. Bahar sah sie von der Seite an, sie merkte, dass die Freundin etwas bedrückte. Aber bevor sie fragen konnte, erschien Yasemin mit einem langen Knüppel.

„Kommt, helft mir die Wolle ausbreiten, oder wollt ihr bloß Löcher in die Luft starren?"

Schwerfällig erhoben sich die beiden und folgten Yasemin. Sie zogen und zupften die Wolle auseinander, bis sie als flache Schicht auf dem Boden lag. Yasemin nahm den Knüppel, schwang ihn über den Kopf und hieb mit aller Kraft auf die Wolle ein, dass der Staub aufflog und die Wolle hüpfte. Es sah ganz leicht aus, aber als Benjamina und Bahar es versuchten, gaben sie schnell erschöpft auf, unter ihren Schlägen bewegte sich die Wolle nicht von der Stelle. Allmählich lösten sich die verfilzten Strähnen; die Wolle wurde so weich und flauschig, dass fünf Säcke voll wurden.

„Was macht ihr mit all der Wolle?" fragte Benjamina.

Yasemin kehrte Handflächen und Gesicht nach oben, als würde sie so eine Begriffsstutzigkeit nicht verstehen.

„Ooh – Wir können gar nicht genug davon haben! Die Hälfte geht drauf für Kissenfüllungen, der Rest wird weiter behandelt – aber nicht heute!"

Am Nachmittag zog sich Benjamina hinter's Haus zurück und füllte Seite auf Seite ihres Tagebuchs. Sie wollte die Zeit nutzen, ungestörte Augenblicke gab es selten hier. Sie blieb auch jetzt nicht lange allein. Auf dem Weg zu seinem Haus sah Nuri sie sitzen und kam voller Neugier näher.

„Was machst du da? Wo ist deine Freundin?"

„Ich schreibe auf, was wir erlebt haben, damit ich mich später an alles erinnere."

„Zum Beispiel?"

„Na, die Einladungen zum Tee, der Ausflug zur ‚Yayla', die Schafschur..." „Aber das ist doch nichts Besonderes – wozu musst du dir das merken?"

„Für mich ist das alles neu, anders als bei uns in Deutschland. Es ist fast wie – in einem Museum."

„Hmm..." Er kratzte sich den Kopf. „Darf ich meinen Namen in dein Buch schreiben?"

Benjamina lachte und reichte ihm den Stift. Nuri nahm ihn und fing an zu schreiben, langsam und unbeholfen, wie ein Schulanfänger. Er beugte sich tief über das Buch, seine Zunge fuhr über die Lippen, von rechts nach links, von links nach rechts... Nach vollbrachtem Werk hielt er das Buch vor sein Gesicht und strahlte vor Stolz. Dann kramte er in seiner Tasche und brachte eine runde Glasscheibe mit einem aufgemalten Auge hervor: ein Glücksbringer gegen den bösen Blick.

„Da – es gehört dir – jetzt kann dir keiner mehr etwas tun!"

Verlegen wandte er sich ab, drehte sich kurz um, als wollte er noch etwas sagen, und verschwand hinter der Ecke.

Benjamina lag mit verschränkten Armen auf ihrem Lager und ließ den Nachmittag noch einmal an sich vorüberziehen. Was hatte Nuri auf dem Herzen gehabt und nicht ausgesprochen? Es schien ihr beinahe, als habe er sie warnen wollen – wovor? Sie starrte durch das Fenster über dem Fußende. Vollmond. Sie konnte nicht einschlafen. Neben sich hörte sie Bahars gleichmäßige Atemzüge. Erst zehn Uhr! In Deutschland säße sie um diese Zeit wohl mit Freunden in einer Kneipe, hier schlief man stattdessen.

Plötzlich hörte sie Stimmen vor dem Fenster. Männerstimmen. Was hatte das zu bedeuten? Für gewöhnlich gingen die Dorfbewohner früh schlafen, denn morgens um fünf war die Nacht zu Ende. Die Männer setzten sich schnaufend auf die steinerne Bank an der Hauswand. Benjamina erkannte Ismail an seinem guten Türkisch. Ihn konnte sie am besten verstehen, bei den anderen musste sie sich manches aus dem Zusammenhang erklären. Sobald Ismail zu sprechen begann, wurde ihm das Wort abgeschnitten. Aggressiv, in übertrieben akzentuiertem Türkisch:

„Du hast gut gelernt! Warum sprichst du nicht Kurdisch? Ist das nicht mehr deine Muttersprache?"

Die anderen brummten zustimmend. Ismail wehrte ihren Vorwurf ab.

„Ich bin Kurde – da hast du Recht. Aber was in letzter Zeit im Namen der Kurden passiert, gefällt mir nicht. Dank Atatürk genießen wir Ansehen in der Welt. Er hat alle kleinen Völkergruppen vereint und Reformen durchgeführt. Ich bin in erster Linie Türke, und dann Kurde. Und wenn ihr weiter mit mir reden wollt, dann Türkisch!"

„Was fällt dir ein?"

Das war Eyüp, der jüngste der Brüder. Dann wurde eine Weile Kurdisch gesprochen, erregt und ziemlich laut. Jetzt wieder Eyüp, diesmal Türkisch.

„Du vergisst die Feindseligkeiten, die Arroganz und die

Benachteiligungen. Wir werden niemals gleichberechtigt sein!"

„Du hast auch was vergessen! Ist Özal nicht auch Kurde? Und? Wie heißt unser Ministerpräsident?"

Schweigen. Jemand räusperte sich. Ein anderer hustete ein paarmal, dann sagte er:

„Ihr quatscht mir zu geschwollen daher. Die Frage ist doch, ob wir Apo und seine Guerillas unterstützen wollen, oder feige abwarten, wie andere Entscheidungen für oder gegen uns treffen."

Jetzt ergriff Nuri das Wort.

„Hast du nicht zugehört? Özal hat jetzt das Sagen, Kerl – ein Kurde, einer von uns! Und Öcalan, der behauptet, unsere Interessen zu vertreten, ist mir zu radikal. Habt ihr die Überfälle auf unsere Dörfer vergessen? Auf Busse? Auf Polizeistationen? Wer von uns sich ihm nicht anschließen will, muss mit sonst was rechnen, aber mit nichts Gutem. Nee – Leute, ich bin Dorfschützer, und das will ich auch weiter sein."

Benjamina wurde es heiß und kalt. Sie erinnerte sich an das Gespräch in der Küche bei Bahars Eltern. War das erst ein paar Monate her? Sie rüttelte ihre Freundin wach, die sich verschlafen aufrichtete.

„Was ist denn? Hast du wieder einen deiner verrückten Träume?"

„Das ist leider kein Traum – draußen reden deine Onkel über die PKK, über Öcalan und den Zwist zwischen Kurden und Türken. Ich habe Angst, Bahar!"

Bahar stand auf, ging zum Fenster und sah gerade noch, wie die Männer im Dunkel der Nacht verschwanden.

„Kennst du denn die Zusammenhänge? Öcalan ist schon seit den Sechzigern aktiv. Er paktierte anfangs mit den links orientierten Studenten, aber distanzierte sich später von ihnen. Hast du von der Niederlage der Linken gehört? 1980?"

Als Benjamina schwieg – sie hatte keine Ahnung – fuhr Bahar fort. „Damals verschwanden auch Kader der PKK in den

Gefängnissen. Zu Beginn gehörten viele Intellektuelle zur Partei, später, nach der intensiven Propaganda unter der ländlichen Bevölkerung im Osten, kamen mehr und mehr Anhänger aus ärmeren Schichten ohne ausreichende Schulbildung hinzu. Oft wurden die Leute mit Waffengewalt ‚überzeugt‘"

Benjamina schwieg betreten. Trotz ihres Engagements für die Benachteiligten der Gesellschaft hatte sie diese Zusammenhänge nicht recherchiert.

„Ich weiß nur, dass die PKK in Deutschland als legale Vertretung der kurdischen Minderheit gilt."

„Ach ja!" Bahar lachte bitter auf. „Die Deutschen arbeiten immer noch ihr schlechtes Gewissen wegen des Völkermordes im zweiten Weltkrieg ab... Entschuldige – du bist auch Deutsche. Aber mir kommt es hoch, wenn ich sehe, wie sie alles verteidigen, was nur im Entferntesten nach Verfolgung riecht, ohne dass sie genaue Informationen darüber haben, was wirklich vorgeht. Oder glaubst du, dass es unter allen Kurden, Juden, Schwarzen oder Karierten niemanden gäbe, der im Unrecht ist? Und statt sich umfassend zu informieren, werden lustig Demonstrationen, Protestkundgebungen und was weiß ich noch – abgehalten."

Bahar wurde leise.

„Ich habe auch Angst, Benjamina. Die PKK übt Druck aus. Sie will möglichst viele Anhänger gewinnen. Was soll's. Nächste Woche fahren wir zurück nach Deutschland. Unser Urlaub geht zu Ende."

Benjamina sank, sank, sank, wurde erfasst von einer schwarzen, kalten Spirale wie ein wehrloser Fetzen Papier...

Als sie zu sich kam, lag sie neben der Matratze, und Bahar rüttelte sie an der Schulter.

„Benjamina! Wach auf! Was ist denn mit dir?"

Benjamina atmete schwer.

„Es ist so stickig hier – mein Bauch... Was hast du gesagt?"

Bahar nahm sie in die Arme und streichelte sie.

„Schsch... Alles ist gut. Bald sind wir wieder zu Hause."
Benjamina fuhr hoch.
„Wir sind weg – und das Dorf? Sind sie alle hier in Gefahr?"
„Beruhige dich, lass uns morgen reden."
Bahar hielt die Freundin, bis sie erschöpft eingeschlafen war.

Als der Morgen durch die Fenstergitter schien und in jeden Winkel leuchtete, waren die nächtlichen Gespenster verschwunden. Die Versammlung der Männer und das Gespräch mit Bahar schienen Benjamina unwirklich wie ein Traum.

Als erstes gab es wieder mal ein Badefest, und nach einem ausgiebigen Frühstück schickte Yasemin die beiden in den Raum mit dem breiten ‚sedir', wo schon ein paar ältere Frauen warteten. Einige schmale Tische waren aufgestellt, auf denen Geräte aus Eisen standen, die wie riesige Kämme aussahen, deren Zinken nach oben ragten. Etliche Säcke mit Wolle lagerten zwischen den Tischen. Jeder im Dorf wusste, dass Bahars Freundin sich für alles Tun und Treiben im Dorf interessierte, wenn es auch niemand nachvollziehen konnte.

Bahar und Benjamina wurden lächelnd begrüßt und auf eine Bank gedrückt.

„Jetzt kämmen wir die Wolle", erklärte Bahriye, „daraus weben wir Teppiche, oder wir stricken Jacken, Strümpfe, Pullover."

Bei den letzten Worten griff sie in den Sack neben sich, holte eine Handvoll Wolle heraus und zog sie durch die Zinken, wieder und wieder. Die letzten Schmutzreste fielen auf den Tisch, und die Wolle wurde immer feiner, bis zuletzt ein flaumweiches Gespinst übrig blieb, das in einen hohen Korb geworfen wurde.

Benjamina war nicht so begeistert bei der Sache wie sonst. Gedanken schossen ihr durch's Hirn und ließen sich nur schwer vertreiben.

„Sollten jetzt nicht eigentlich die Männer hier sitzen und ihren Tee trinken? So wie an den anderen Tagen auch?"

Die alte Bahriye sah sie forschend an.

„Woran denkst du jetzt? Deine Augen fliegen herum wie ängstliche Vögel..."

„Wo sind denn die Männer?"

Die Frage platzte heraus, ohne dass Benjamina es verhindern konnte. Bahriye räusperte sich und schaute die anderen Frauen an.

„Die Männer. Sie wollten... sie sind heute nach Kars gefahren. Bankgeschäfte. Markt... wir brauchen frisches Gemüse!"

Benjamina schalt sich wegen ihres Misstrauens. Trotzdem hatte sie das Gefühl, als verschwiegen die Frauen etwas. Aber ging es sie, die Fremde, etwas an? Bahriye war aufgestanden, streckte die Arme in die Luft, gähnte.

„Haydi, kızlar", rief sie, „los, Mädchen, es ist so still hier, kennt ihr keine Lieder?"

Damit stimmte sie ein altes ‚türkü', ein Volkslied an. Zögernd erst, dann mit mehr und mehr Inbrunst fielen die anderen ein. Auch Bahar sang mit. Wie so oft seit ihrer Ankunft hier fühlte sich Benjamina, als befände sie sich mitten in einer improvisierten Theaterszene. Sie klatschte Beifall, aber die quälenden Gedanken ließen keine Begeisterung aufkommen.

Am liebsten wäre sie davongelaufen, aber das war unmöglich. So wartete sie ab, bis die Frauen ihre Arbeit beendet hatten, trug mit ihnen die Körbe in einen Verschlag neben der Küche und winkte ihnen noch einmal zu, bevor sie endlich Bahar mit sich fortziehen konnte. Die konnte kaum Schritt halten, so schnell strebte Benjamina dem Hügel über dem Dorf zu. Bahar blieb stehen und schnappte nach Luft.

„Seit gestern bist du nicht mehr die alte. Was ist denn vorgefallen?" „Das fragst du noch?"

Benjaminas Stimme zitterte.

„Zuerst die Konferenz der Männer gestern Nacht vor unserem Fenster, heute die auffällige Geheimniskrämerei um ihre ausgefallene Teezeremonie. Ich fühle doch, dass etwas nicht stimmt!"

Bahar winkte ärgerlich ab.

„Musst du deine Nase überall reinstecken? Manche Dinge gehen dich nichts an, begreif das endlich!"

„Soll ich denn tatenlos zusehen, wenn..."

„...sie einem Irrtum unterliegen? Na wenn schon! Das Recht auf eigene Irrtümer hast du in der Vergangenheit eindrucksvoll verteidigt!"

Benjamina schwieg betroffen. Bahar hatte einen wunden Punkt berührt. Sie fühlte sich zerschlagen wie nach harter, körperlicher Arbeit.

Oben auf dem Hügel ließ sie sich ins Gras fallen und legte die Arme über die Augen.

Bahar war bestürzt über die heftige Reaktion der Freundin. War sie zu schroff gewesen?

„Vielleicht... vielleicht versperren dir deine idealistischen Vorstellungen vom Leben die Sicht auf die Realität, das Machbare", sagte sie leise. „Sprich doch in Deutschland mal mit einem Psychologen, der hat mehr Ahnung als ich von Konflikten und ihrer Bewältigung."

Benjamina nahm die Arme vom Gesicht und starrte in das dunkle Blau über sich.

„Realität", dachte sie, „wer weiß schon, was das ist? Und – kennen wir nur eine, oder gibt es mehrere? Spielt die Perspektive eine Rolle? Haben sie die gleiche Existenzberechtigung? Und welche Realität ist für mich gültig?"

Mit einem Mal durchströmte sie Ruhe, ihr Kopf wurde klar, als tauchte sie empor aus trübem Wasser. Sie richtete sich auf und lächelte Bahar an, in deren Augen sich Unsicherheit spiegelte.

„Nein", sagte sie, „ich brauche keinen Psychologen, keinen Therapeuten, und ich will auch nicht nach Deutschland zurückkehren. Fahr du allein, ich bleibe. Ich bin noch nicht fertig hier."

9. Kapitel:

BAHAR DENKT AN BENJAMINA

Seit mehr als vier Wochen bin ich wieder hier. Von Benjamina fehlt jede Nachricht. Onkel Ibo in Kars hat kein Telefon, und das Dorf ist so abgeschnitten, dass ein Brief nur mit Glück sein Ziel erreicht. Ich sorge mich um meine Freundin. Nicht allein ihre ungewöhnliche und völlig unerwartete Entscheidung macht mich unruhig, auch sonst ist etwas mit ihr nicht in Ordnung. Hat sie Herzprobleme? Sie war so häufig von Schwindelanfällen geplagt. Einen Arzt gibt es nicht in Koyundere, und wenn sie nach Kars will, ist sie auf den Dolmuş angewiesen, der nicht jeden Tag fährt. Was bewegt sie dazu, in diesem Dorf fern aller Zivilisation zu bleiben? Mit den Guerillas in unmittelbarer Nähe... Benjamina ist eine starke Frau, darum befremdet es mich, dass sie in ihren Träumen Hinweise für die Gestaltung ihres Lebens sucht. Sie wirkt überzeugend, sogar mich hat sie mehr als einmal mitgerissen. Ihre Begeisterung und Unerschrockenheit lassen sie Dinge anpacken, die andere für aussichtslos halten. Oft gibt ihr der Erfolg Recht, aber wenn sie mit ihrem Engagement scheitert, ist sie am Boden zerstört und zweifelt an sich. Doch diese Phase dauert nur so lange, bis sie ein neues Projekt in Angriff nimmt.

Nachts kann ich oft nicht schlafen, wie ein Film zieht unsere Reise an mir vorüber, und mehr und mehr erkenne ich, wie sehr Benjamina sich verändert hat. So leichtsinnig, übermütig und verdreht war sie noch in Avanos! Und dann kam das Dorf. Sie wurde ernst, nachdenklich, interessierte sich mehr als üblich für die Belange des Dorfes, für die Bewohner und ihre Sorgen. Es war nicht das Exotische, was sie anzog. Manchmal denke ich, sie lebte in dem Wahn, verantwortlich für das Schicksal dieser

Menschen zu sein – sie entwickelte ‚Mit-Gefühl' im Übermaß. Besonders stark ist sie mit Makbule verbunden. Das wundert mich nicht, sie ist so offen wie sonst keiner dort, intelligent und ohne Vorurteile. Sie hat ein untrügliches Gespür dafür, wann man stillhalten und wann man sich wehren muss. Mir kommt es vor, als stehe Makbule ihr näher als ihre eigene Familie in Deutschland.

Ach ja – nächste Woche muss ich unbedingt zu ihrer Mutter gehen. Und vor allem mit Connie sollte ich Kontakt aufnehmen. Benjamina hat mir Geschenke und einen Stapel Briefe mitgegeben. Auf Connie freue ich mich, aber vor der Begegnung mit Gitte und ihrer Mutter habe ich Angst. Sie werden Benjamina nicht verstehen, sie ablehnen, vielleicht verurteilen.

Teil V
(August 1989 – September 1992)

1. Kapitel:

LÜGEN

Die Tage und Wochen nach Bahars Abreise flossen an Benjamina vorbei wie ein lautloser, dunkler Strom. Eine gleichgültige Ruhe hatte sie ergriffen, als wäre sie Zuschauerin am Rande des Geschehens. In den Nächten weinte sie oft vor sich hin und fragte sich, ob ihre Entscheidung richtig gewesen war. In der ersten Woche war sie nach Kars gefahren und hatte bei der Polizeibehörde ihre fällige Aufenthaltsgenehmigung beantragt, die sie inzwischen erhalten hatte. Auf der Bank hatte sie ein Konto eröffnet und sich Geld aus Deutschland überweisen lassen. Es ließ sich jetzt nicht mehr vermeiden, das Guthaben anzugreifen, das ihr Vater ihr hinterlassen hatte.

Sie lebte wie bisher bei Yasemin und ihrer Familie, hätte aber gern in einer eigenen Hütte gewohnt, am liebsten auf dem Hügel über dem Dorf, in der Nähe der Quelle. Oft besuchte sie Makbule, mit ihr fühlte sie sich mehr verbunden als mit jedem anderen. Mit ihr konnte sie offen reden, denn Nuris Frau kannte keine Vorurteile. Als Benjamina bei einem ihrer Besuche von ihren Wünschen erzählte, sprang Makbule auf und tanzte durch's Zimmer.

„Warum hast du nicht mit mir darüber gesprochen? Ich wollte dir schon längst einen Wohnungswechsel vorschlagen, aber ich dachte, du fühlst dich bei Yasemin zu Hause. Was hältst du davon, wenn du bei uns wohnst? Bis Dezember ist Halil noch beim Militär, bis dahin steht sein Zimmer leer!"

Welch ein Angebot! Auf dem dunklen Strom zeigten sich silberne Punkte – seit langem konnte Benjamina wieder lachen.

„Und wenn er zurückkommt?"

„Bis dahin haben unsere Männer nebenan eine neue Hütte

gebaut, wo du deine eigene Wirtschaft führen kannst."

Benjamina zog um, und kurze Zeit später fingen die Männer mit dem Bau des neuen Hauses an. Sie schaute oft aus dem Fenster und freute sich, wie rasch der Bau Gestalt annahm. Zum Jahreswechsel konnte sie vielleicht schon einziehen.

Sie blätterte oft in ihrem Tagebuch. Bei manchen Eintragungen wurden ihre Emotionen sogar äußerlich sichtbar: Die Sätze waren mehrmals dick unterstrichen. Der Tag, an dem die Männer aus Kars zurückgekehrt waren... Sie hatte Ramazan gefragt, was es Neues in der Stadt gäbe und scherzhaft hinzugefügt, sie hätten sich wohl ausgiebig amüsiert. Ramazan hatte sich abgewandt, krampfhaft gekichert und etwas von Einkäufen gefaselt. Benjamina war frustriert und wäre beinahe geplatzt vor hilflosem Zorn.

Als sie Makbule in der Küche mit den Töpfen klappern hörte, klappte sie ihr Tagebuch zu und stieg die schmale Treppe hinab, um ihr zur Hand zu gehen.

Jeden Tag aufs Neue bewunderte sie Makbule. Trotz der vielen Arbeit, den unerfüllt gebliebenen Wünschen strahlte sie Lebensfreude aus, haderte nie mit ihrem Schicksal, hatte immer ein Lied auf den Lippen. Als sie jetzt Benjamina erblickte, verstummte ihr Trällern. Sie fasste Benjamina bei den Schultern und sagte:

„Du siehst immer noch so blass aus, und deine Augen – ich weiß nicht... Sag mal, könntest du... kann es sein, dass du schwanger bist?" Benjamina lachte kurz auf.

„Ach was – woher denn? Du weißt doch, dass meine Geschichte von dem Ehemann im Ausland erfunden war, und wann..."

Sie hielt abrupt inne, stolperte rückwärts, setzte sich auf die Treppenstufen und legte den Kopf auf die Knie. Sie hatte das Gefühl, zu Eis erstarrt zu sein.

„Avanos", dachte sie. „Avanos. Die Nacht mit Burak.

Mein Gott – das ist doch nicht wahr!"

Die Übelkeit, das Ziehen im Bauch, alles passte zusammen. Sie hatte das Ausbleiben ihrer Periode auf den Klimawechsel geschoben und nie in Betracht gezogen, dass ihr Abenteuer Folgen gehabt haben könnte. Was jetzt? Makbules Gesicht verschwamm, die Treppe unter ihr schwankte...

Als sie zu sich kam, lag sie oben in ihrem Bett und wunderte sich, dass sie ihre Kleider noch trug. Dann kam die Erinnerung. Panik. Ein Kind ohne Vater. Weit weg von Deutschland. Im Geist sah sie die Dorfbewohner mit Fingern auf sie zeigen. Seltsamerweise kam sie nicht auf den Gedanken, in ihre alte Heimat zurückzukehren oder das Kind abzutreiben. Als wäre ein Sektor in ihrem Kopf ausgeblendet. Unten hörte sie die Stimmen von Makbule und Nuri. Alles war wie immer. Sie versank aufs Neue in Schlaf.

Beim nächsten Erwachen schien die Sonne ins Zimmer. Benjaminas Panik war einer Art von Betäubung gewichen, als stände sie unter Drogen. Selbst als sie Makbules Schritte auf der Treppe hörte, änderte sich das nicht. Leise öffnete Makbule die Tür, spähte ins Zimmer, und als sie Benjamina wach fand, eilte sie zu ihr, nahm sie in die Arme. „Alles wird gut", flüsterte sie, „merak etme - mach dir keine Sorgen!" Benjamina sah sie mit großen Augen an.

„Wenn du wüsstest..." Sie senkte den Kopf, sprach dann entschlossen weiter. Die Worte quollen heraus wie Wasser aus einem vollen Fass. „Ich war so verliebt, und so blauäugig..."

Sie erzählte, erzählte, lieferte sich freiwillig aus und und verspürte Erleichterung. Als sie nichts mehr zu sagen hatte, ging sie zum Fenster, sah hinaus, wartete. Nach einer Weile – Benjamina schien es eine Ewigkeit – trat Makbule zu ihr. In ihren Augen las sie weder Ablehnung noch Entrüstung. Sie schimmerten dunkel vor Bewegung. Da wusste sie, dass Makbule ihr helfen würde.

„Hast du mit Nuri über mich gesprochen?"

Makbule schüttelte den Kopf. „Geheimnisse sind gut aufgehoben bei mir. Ohne dein Einverständnis gerät nichts nach außen. Du entscheidest. Aber ich will dir einen Weg zeigen – wenn du es zulässt."

„Wenn ich das Kind behalten will, werden sie mich davonjagen..."

„Hör zu! Du kannst weiter hier leben, aber du und ich, wir beide müssen uns eine Menge einfallen lassen. Ich hoffe, du kannst gut lügen?"

Als Benjamina hochfuhr, legte Makbule ihr beschwichtigend die Hand auf den Mund.

„Nein – nicht! Lüge ist die einzige Alternative. Die Wahrheit würde alle Tabus brechen, Zuneigung und Vertrauen wären dahin – und niemand hier würde dich im Dorf dulden. Also müssen wir deine Schwangerschaft verheimlichen und alle Veränderungen mit Lügen erklären."

Makbule lächelte ihr zu. „Du wirst dich kleiden wie eine von uns, weite Pluderhosen und lose Umhänge. Niemand wird sich wundern. Wenn der Dolmuş das nächste Mal kommt, fahren wir beide nach Kars, und du lässt dich untersuchen."

Benjamina erschien der Tag mit einem Mal heller und wärmer. Sie war nicht allein.

Während der nächsten Monate wuchs Benjaminas Zuversicht. Sie war erfüllt von stiller Freude. Die Dorfbewohner hatten ihre äußerliche Veränderung mit wohlgefälligen Blicken gutgeheißen und akzeptierten sie.

Als die Herbstwinde einfielen und der Nebel ins Dorf kroch, als die Kälte sich in jeden Winkel einnistete und die Tage kurz wurden, freute sich Benjamina auf den Winter – im Gegensatz zu früher. Zudem ließ sich unter der warmen Kleidung ihr Zustand weitaus besser verbergen. Ihr Haus war beinahe fertig, nur das Dach fehlte noch. Aber ein Ofen war schon da, auf dem sie nicht nur kochen, sondern mit dem sie auch heizen konnte. Ein besonderer Luxus war ein überdachter Gang an der Rückseite, der zu einem Abtritt führte. Die gemauerten Wände hatten oben breite Schlitze, so dass für Lüftung gesorgt war. An Einrichtung brauchte sie nicht viel, ein Bett, einen Tisch mit Stühlen, ein Sedir mit dicken Kissen, einen Schrank für ihre Sachen und ein Regal für das Geschirr. Sie freute sich darauf, einen Bereich für sich zu haben, für den sie verantwortlich war. Gegen die Einsamkeit gab es die Nachbarschaft mit Makbules Familie, die Frauennachmittage und die Feiertage, die man hier immer gemeinsam verbrachte.

Sie hatte lange nach einer Aufgabe gesucht, um sich nützlich zu machen. Die zündende Idee kam ihr eines Nachts, als sie nicht einschlafen konnte. Es gab so viele Kinder im Dorf, die tagsüber herumstreunten, die zu klein waren, um bei der Tagesarbeit zu helfen. Es gab niemanden, der sich um die Gestaltung ihrer Freizeit kümmerte. Gleich am nächsten Tag sammelte sie die Kinder ein – keine leichte Aufgabe, ohne die Hilfe von Fatma und Emine hätte sie keinen Erfolg gehabt. Trotz der Unterstützung kamen nur wenige, nur die mutigsten und neugierigsten.

Benjamina spielte alte Kindergartenspiele mit ihnen, sang einfache Lieder, zeigte ihnen Zaubertricks. Sie war überrascht, wieviel Freude ihr diese Tätigkeit machte. Es dauerte nicht lange, da kamen mehr Kinder, standen erst schüchtern am Rand der Wiese, guckten zu und fassten irgendwann Zutrauen, machten mit und gewöhnten sich sogar an Spielregeln. Von ihrem letzten Besuch in Kars hatte sie Hefte, buntes Papier und Stifte mitgebracht. Sobald ihr Haus fertig war, wollte sie mit den Kindern in ihrer Küche arbeiten und spielen, basteln, malen, und ihnen vielleicht das Lesen beibringen. Jeden Tag hatte sie eine neue Idee. Die Eltern der Kinder versorgten sie mit Fleisch, Käse, Eiern und Brot. Oft brachten die Kinder sogar Essen in kleinen Töpfen mit und freuten sich, wenn Benjamina sich freute.

Eines Abends saßen Makbule und Benjamina wie so oft in der Küche und spannen Wolle. Nuri war früh ins Bett gegangen. Benjamina war stolz darauf, dass sie in so kurzer Zeit gelernt hatte, mit der Handspindel umzugehen. Sie rollte den dünnen Stab mit der Holzscheibe am oberen Ende über ihren Oberschenkel und zupfte mit der anderen Hand ein Büschel Wolle, zwirbelte es zwischen ihren Fingern und ließ den dünnen Faden um den Stab laufen, der sich weiter drehte, während sie ihn oben an der Holzscheibe hielt. Sie sprachen nicht viel, jede hing ihren Gedanken nach.

„Eigenartig", sann Benjamina. „Ich fühle mich hier zu Hause, obwohl meine Familie in Deutschland ist. Aber Makbule ist hier – und die ist wie eine Schwester für mich."

Bestürzt ließ Benjamina die Spindel fallen. Schwester. Makbules Schwester war tot, und noch immer nicht hatte sie erfahren, wie es dazu gekommen war.

Es dauerte eine Weile, bis Makbule merkte, dass Benjaminas Hände im Schoß lagen und ihre Augen ins Leere starrten. Makbule stand auf, strich sich die Flusen vom Şalvar und nahm die Teegläser aus dem Regal. Forschend sah sie Benjamina an.

„He, was ist los? Hast du was auf dem Herzen?"

Benjamina ergriff Makbules Hand.

„Deine Schwester. Ich musste plötzlich an Meltem denken. Du wolltest mir seit langem von ihr erzählen!"

Makbule stellte die Teegläser ab, ohne sie zu füllen, ging zum Fenster und sah hinaus in die Dunkelheit. Sie schwieg. Lange. Benjamina schien es, als ginge die Freundin auf dem Weg zurück in die Vergangenheit durch mit Leid gefüllte Täler. Als sie endlich sprach, klang ihre Stimme heiser.

„Canım Meltem! Sie fehlte mir so sehr! Egal was ich tat – ich sah sie ständig vor mir. Sie war nicht freiwillig gegangen, niemand wusste, ob sie mit ihrem aufgezwungenen Los zurechtkam."

Makbule schlug die Hände vor's Gesicht und stöhnte.

„Mein Gott – fünf Jahre ohne Kontakt zu ihr! Wie oft habe ich meine Eltern angebettelt, sie in dem fremden Dorf zu besuchen – vergeblich. Für sie war das Kapitel ‚Meltem‘ abgeschlossen: Die Tochter war versorgt, hatte einen guten Mann, und der war jetzt verantwortlich für sie. Manchmal trafen die Eltern in Kars Mitglieder von Meltems neuer Familie, die sagten dann das Übliche: ‚Merak etme – her şey yolunda!‘ Ich wäre verrückt geworden, wenn ich nicht meinen Montagsunterricht und später meine Arbeit in der Schneiderwerkstatt in Kars gehabt hätte.“

Makbule stützte sich auf die Fensterbank und lehnte die Stirn gegen die Scheibe. Benjamina hätte sie am liebsten in die Arme genommen, aber sie spürte, dass sie jetzt nicht stören durfte. Es war sicher das erste Mal, dass sie aussprach, was sie schon so lange quälte. Dann drehte sie sich um, sah Benjamina mit großen Augen an.

„Endlich – endlich kam ein Brief. Der Dolmuşfahrer brachte ihn meiner Mutter, die gerade draußen am Dorfbrunnen war. Aufgeregt riss sie den Umschlag auf und las. Dann kreischte sie und fuchtelte mit den Armen. Die Frauen um sie herum sprachen laut durcheinander, man konnte kein Wort verstehen.

Meine Mutter hatte sich auf den Brunnenrand gesetzt, hielt den Briefbogen in der Hand und las vor. Immer wieder wurde sie durch Gelächter und Händeklatschen unterbrochen.

Da hielt es mich nicht länger im Haus. Ich ließ den Brotteig, den ich gerade bearbeitete, auf den Tisch fallen und rannte auf den Hof. Und da erfuhr auch ich die ungeheure Neuigkeit: Meltem hatte eine Tochter geboren, die kleine Gül. Allah sei Dank – jedermann hatte die Hoffnung auf Nachwuchs beinahe aufgegeben. Ich war außer mir vor Freude und Erleichterung. Vielleicht war die Geburt des Kindes der Wendepunkt, und Meltem würde sich nun doch in der Fremde zu Hause fühlen.“

Makbule lächelte vor sich hin, versunken in Erinnerung. Dann nahm sie die Teekanne, goss die Gläser voll und setzte sich neben Benjamina.

„Von jetzt an war das neue Enkelkind das einzige Gesprächsthema. Ah – Canım, wie sehr hoffte ich auf einen Besuch bei Meltem!

Und dann passierte es:

Beim Abendessen sagte meine Mutter: ‚Übermorgen fährt der Dolmuş über Açıkova nach Koyundere, bis Açıkova können wir laufen, sind doch nur zwei Stunden Fußmarsch!‘

Da hab‘ ich gewusst, dass Meltem ihr nicht egal war, sonst hätte sie den Weg nicht in Kauf genommen – sie hasste Wanderungen. Mir schlug das Herz, überlegte fieberhaft, wie ich die Eltern überzeugen könnte, dass auch ich mit dabei sein müsste. Als hätte mein Vater mir in die Seele geschaut, sagte er:

‚Makbule soll mitkommen, vielleicht wird sie endlich vernünftig und heiratet auch, wenn sie das Glück ihrer Schwester sieht!‘“

Makbule stand auf, goss neuen Tee ein, trank hastig ein paar Schlucke und fuhr erregt fort.

„Am nächsten Tag packte ich alles in mein Bündel, womit ich Meltem eine Freude machen konnte: eine Muschel, die Onkel Ismail ihr geschenkt hatte, als er uns nach seiner Reise ans Schwarze Meer besucht hatte, meine Briefe, die ich ihr geschrieben und nicht abgeschickt hatte, ein Buch mit Gedichten, das sie sich in Kars gekauft hatte und das ich unter dem Bett gefunden hatte, das blaue Seidentuch, um das sie mich immer beneidet hatte. Meine Mutter buk Unmengen an Kuchen, füllte Tepsi um Tepsi mit Pasteten und anderen Leckereien.

Die Nacht vor der Fahrt konnte ich nicht schlafen und wartete sehnsüchtig auf die Morgendämmerung. Als sich das graue Gewölk endlich rosa färbte, war ich längst angezogen und bereit zum Aufbruch.“

Draußen schlugen die Hunde an. Makbule hielt inne, nahm eine Fackel von der Wand, entzündete sie an der Glut im Ofen und stürzte aus dem Haus. Das wütende Gekläff drang ins Haus wie eine Angriffswelle. Benjamina duckte sich automatisch. Makbules Geschichte hatte ein Gefühl von drohendem Unheil in ihr ausgelöst. Für einen Augenblick sah sie ihr behütetes Elternhaus vor sich. In Deutschland wäre ein Schicksal wie das von Meltem nicht vorstellbar. Aber kaum jemand wusste die zur Selbstverständlichkeit gewordene Freiheit zu schätzen, stattdessen vergällte man sich das Miteinander durch Nichtigkeiten und sinnlose Zänkereien.

Benjamina überlegte, ob sie Nuri wecken sollte, vielleicht waren draußen bewaffnete Bergbewohner unterwegs und das Dorf war in Gefahr. Aber da verstummte das Bellen und Makbule kehrte zurück ins Haus.

„Nur ein paar Wölfe. Ihre Schatten verschwanden hinter den Felsen, als sie das Feuer sahen. Der Winter kommt, da kehren sie öfter bei uns ein, auf der Suche nach unbewachten Herden."

Makbule setzte sich wieder an den Tisch.

„Hab keine Angst", sagte sie, „solange es keine zweibeinigen Wölfe sind..."

Doch Benjaminas Beklemmung blieb.

„Erzähl weiter," bat sie.

„Ach ja – Meltem. Enttäuscht war ich - so enttäuscht. Es schien, als freute sie sich nicht, mich zu sehen. Sie begrüßte mich nur knapp mit der üblichen Umarmung und benahm sich nicht anders als andere Gastgeberinnen, eifrig, freundlich... Tee... bitte, aber gern... gut geht es mir... so glücklich... Mir war, als sei ich bei einer Fremden zu Besuch. Nachdem wir das rosige, winzige Baby bestaunt hatten, zog ich mich zurück. Ich flüchtete zum Dorfbrunnen, setzte mich so, dass ich vom Haus aus nicht gesehen werden konnte und blieb dort, bis der Abend anbrach. Niemand schien mich zu vermissen.

Plötzlich hörte ich hinter mir ein Rascheln und sah mich um. Ein Schatten schob sich an der Hausmauer entlang und kam direkt auf mich zu. Dann eine Stimme:

‚Makbule – bist du hier?‘

Meltem! Ich sprang auf, eilte auf sie zu, und dann lagen wir uns in den Armen. Sie weinte nicht, aber ihr Atem ging schwer.

‚Endlich‘, seufzte ich, ‚meine liebe Schwester! Wie erträgst du das alles hier?‘

Meltem schob mich fort, beinahe heftig.

‚Gut geht es mir. Ich habe alles, was ich brauche. Nuri ist ein guter Mann...‘

Und dann kamen die üblichen Klischees von einem idealen Ehemann. Sie redete ohne Unterlass, als hätte sie Angst, ich könnte sie unterbrechen. Aber trotz aller Mühe, die sie aufwandte, mich zu überzeugen, glaubte ich ihr nicht. In der Dunkelheit tastete ich nach ihrer Hand. Sie war kalt wie Eis, zitterte.

‚Meltem,‘ flüsterte ich. Immer wieder, beschwörend: ‚Meltem!‘

Da verstummte sie endlich, seufzte tief auf, als schnappte sie nach Luft und sank gegen meine Schulter.

‚Erzähl mir von früher, von dir,‘ sagte sie, ‚willst du immer noch Schneiderin werden? Hast du jemanden aus meiner alten Schulklasse getroffen?‘

Sie trauerte wohl immer noch ihren verpassten Chancen nach. Ich erzählte von unserem Dorf, sprach über meine Arbeit in Kars. Bei jedem Wort achtete ich darauf, keine Wunden aufzureißen. Ich gab ihr meine Geschenke, die im Bündel neben mir an der Erde lagen. Sie presste die Sachen an sich, steckte die Nase in das Buch mit den Gedichten und sog den Geruch nach altem Papier in sich auf. Ich war glücklich und traurig zugleich. Die Fremdheit war der früheren Vertrautheit gewichen. Nein – nicht völlig. Meltem beklagte sich über nichts, aber ihre geheimsten Regungen offenbarte sie mir an diesem Abend nicht.“

Benjamina hielt die Hände gefaltet über ihrem Bauch, fühlte Zärtlichkeit bei jeder Bewegung ihres Kindes. Hatte die Geburt von Gül tatsächlich bewirkt, dass Meltem ihre Enttäuschung vergessen und die erzwungene Heirat überwunden hatte? Irgendwann musste etwas geschehen sein, was all ihre Schutzwälle eingerissen hatte, sonst hätte ihr Leben kein so tragisches Ende gefunden.

Makbule hatte aufgehört zu erzählen, und als Benjamina sie schweigend ansah, schüttelte sie den Kopf.

„Nein. Ich bin müde und traurig.Lass uns ins Bett gehen. Den Rest erfährst du ein anderes Mal. Morgen gehen wir zu Yasemin, du wolltest doch dabei sein, wenn sie wieder Brot backt."

Der Wind heulte, tobte, als schlüge er mit Peitschen um sich. Benjamina konnte nicht schlafen. Früher hatte sie Träume gehabt. Seit langem blieben ihre Nächte traum- und auch schlaflos. Stattdessen glitten die Erinnerungen an die hier verlebten Tage vorbei wie ein Film, so tiefe Eindrücke, so viel lebendige Geschichte... Dachte sie an Deutschland, wurde sie oft von Schuldgefühlen geplagt. Sie bereute manches. Jeder von Begeisterung und Überzeugung getragene Kurswechsel in ihrem Leben hatte sich als Irrweg erwiesen. Sie hatte den Menschen in ihrem Umfeld die Schuld an ihrem Scheitern gegeben – jetzt bat sie in Gedanken um Verzeihung. Ohne Groll dachte sie an ihre Mutter, versuchte, sich in Gitte hinein zu versetzen und sie zu verstehen. Doch immer, wenn sie kurz davor war, eine Verbindung zu ihr aufzubauen, dämmerte sie ein und erwachte erst, wenn es Tag war.

Am Morgen nach dem Sturm fühlte sie sich matt und lustlos. Alle Muskeln schmerzten, als hätte sie schwere körperliche Arbeit verrichtet.

„Nächste Woche muss ich nach Kars", dachte sie, „ich war schon lange nicht mehr beim Arzt. Hoffentlich begleitet mich Makbule – sie gibt mir Sicherheit."

Je heftiger das Kind in ihrem Leib sich bemerkbar machte, desto mehr fürchtete sie sich vor der Geburt und vor dem, was danach kam. Mit Makbule konnte sie nicht darüber sprechen, sie wischte ihre Sorgen weg. „Überlass das mir, mir wird schon was einfalllen." Was plante sie? Sollte sie das Kind weggeben? Nein, unmöglich. Benjamina wollte es bei sich haben, mit jeder Bewegung des Ungeborenen wuchs die Zuneigung zu ihm.

Die klare, kalte Luft draußen vertrieb die Schatten und Grübeleien. Benjamina ging gern zu Yasemin, ihre derbe Fröhlichkeit tat ihr gut. Wie immer, wenn sie den Kopf einzog und durch die niedrige Tür in die Küche trat, gewöhnten sich ihre Augen nur langsam an das Dämmerlicht in dem höhlenartigen Raum.

„Kommt rein!" rief Yasemin, „Der Ofen ist schon angeheizt!" Sie durchquerten die Küche der Länge nach, bis sie Yasemin hinten auf dem um eine Stufe erhöhten Lehmboden neben dem zwei Meter tiefen Ofenloch hocken sahen. Noch vor Tagesanbruch hatte sie das Feuer in dem Erdloch entfacht, das jetzt zu dunkler Glut zusammengesunken war. Neben ihr lagen auf ausgebreiteten Tüchern runde Teigbälle. Yasemin klatschte in die Hände, Mehl stob auf und tanzte in dem schmalen Sonnenstreifen, der durch das rückwärtige winzige Fenster fiel. Ihre Augen blitzten Benjamina an, stolz, ihr wieder etwas zeigen zu können, wovon sie bisher keine Ahnung gehabt hatte. Jetzt nahm sie ein längliches Kissen, legte es auf die Knie, griff nach einem Teigballen und drückte ihn auf das Kissen. Dann zog sie ihn auseinander wie Gummi, bis er das Kissen als flache, hauchdünne Platte bedeckte. Vorsichtig nahm sie das zarte Gebilde auf die Hand, beugte sich in das Feuerloch und klatschte den Teig an die heiße, gemauerte Innenwand. Bald waren die Wände gepflastert mit Fladen, die an der Mauer hafteten, als seien sie festgeklebt. Sobald die letzte Teigplatte in der Feuerhöhle verschwunden war, langte Yasemin nach einem Eisenstab, der an einen Schürhaken erinnerte, holte die ersten, leicht braun gefärbten Fladen heraus und warf sie auf ein Tuch zu ihrer anderen Seite. Die freien Stellen im Ofen füllten sich bald mit neuen Teigplatten. So ging es weiter, bis alle Bälle verschwunden waren. Der Stapel mit dem fertigen Brot wuchs - Vorrat für mindestens vier Tage. Während all der Zeit hatte Yasemin unentwegt in der Hocke gekauert, was Benjamina eine sportliche Glanzleistung dünkte, sie hätte nur kurze Zeit durchgehalten, ihre Muskeln und Sehnen hätten protestiert. Der Geruch des duftenden Brotes weckte Benjaminas Appetit. Sie konnte nicht widerstehen, holte sich einen Fladen vom Stapel und biss genussvoll hinein. Frisch schmeckten sie am besten, nach zwei Tagen glichen sie einem Stück Gummi. Gemeinsam trugen sie das Tuch mit dem Brot in die Vorratskammer und legten es auf ein Holzgestell. Zurück in der Küche, setzten sie sich auf ein Kissen vor dem kleinen Kanonenofen, auf dem der Teekessel summte. Benjamina hatte sich an das braune, starke Getränk gewöhnt und vermisste den Kaffee nicht mehr.

„Fährst du morgen nach Kars?" fragte Yasemin. Benjamina nickte und überprüfte hastig den Umhang über ihrem gewölbten Leib.

„In nächster Zeit sollte ich besser auf Besuche verzichten", dachte sie. Sie legte Makbule die Hand auf die Schulter.

„Ja. Wir fahren beide. Ich will Hefte für die Kinder kaufen, und Makbule will zum Gemüsemarkt." „

„Aha", lächelte Yasemin, und Benjamina meinte, einen Hauch von Misstrauen zu spüren.

„Soll ich dir etwas mitbringen?" fragte sie schnell. Als Yasemin überlegte, fuhr sie fort: „Lass dich überraschen – ich finde etwas Schönes für dich, ein kleines Dankeschön für den Unterricht im Brotbacken!"

Die Spannung war verflogen, und als sie den Hügel hinaufstiegen, blieb nichts als Freude zurück.

2. Kapitel:

GESPRÄCHE IN KARS

Der klapprige Dolmuş verlangte eine robuste körperliche Verfassung von seinen Insassen. Mit verkrampftem Gesicht stützte sich Benjamina von dem zerschlissenen Sitz ab, um die Stöße zu dämpfen, die bei jeder Bodenvertiefung den Dolmuş zum Wanken brachten. Makbule hatte ihr den Arm um die Hüfte gelegt und sprach beruhigend auf sie ein. Beide seufzten erleichtert auf, als der holprige Weg auf eine geteerte Straße mündete und die ersten Häuser von Kars auftauchten. Sie fuhren an den alten, aus der russische Herrschaft übrig gebliebenen Gebäuden vorbei zum Busterminal. Makbule sah auf die Uhr.

„Es ist noch zu früh für einen Besuch im Krankenhaus, lass uns etwas trinken und eine Kleinigkeit essen, willst du?"

Nur wenige Gaststuben hatten geöffnet, denn die meisten Touristen waren längst abgereist. In der Hauptstraße fanden sie ein Lokal, das zwar nicht Benjaminas Vorstellung von Gemütlichkeit entsprach, aber es war geheizt – und ohnehin das einzige in der Nähe, das geöffnet hatte. „Ich habe Angst", sagte Benjamina, „wie vor jedem Arztbesuch."

„Nicht schon wieder!"

Makbule stöhnte leise. „Argumenten bist du nicht zugänglich, also musst du eben mit Angst gehen - basta! Mich wundert, dass du in Deutschland im Krankenhaus gearbeitet hast!"

„Das war was anderes," flüsterte Benjamina, „es war – so eine Art Buße..."

Makbule schlug die Hände zusammen. „Aman Allahım – mein Gott! Wer soll das verstehen?"

Sie schwieg, als der Gastwirt an den Tisch trat.

„Noch etwas: Du gehst allein – ich habe noch etwas zu

191

erledigen." Benjamina zuckte zurück und sah sie ungläubig an.

„Es wird Zeit, dass du merkst, dass du auch Unangenehmes und Lästiges allein bewältigen kannst - außerdem habe ich wirklich etwas zu tun."

Benjamina wurde neugierig, schubste Makbule an.

„Und was? Red schon!"

Makbule schüttelte den Kopf. „Nein, nein, vielleicht später, wenn du zurück vom Arzt bist."

Seit jeher lösten Krankheiten, Wartezimmer, der Geruch von Äther und Arztkittel Todesängste bei Benjamina aus. Unerklärlich, denn sie war immer kerngesund gewesen. Auch jetzt hatte sie Herzklopfen und das Gefühl, zum Richtplatz geführt zu werden, wo die Guillotine auf sie wartete. Als sie den langen Krankenhausflur betrat, der mit wartenden Menschen voll gestopft war, verstärkte sich ihre Panik. Rauchende Männer, blasse Gesichter von verhärmten Frauen, die ihre quengelnden Kinder zu beruhigen suchten. Dazwischen Putzmänner, die mit Eimern schmutzigen Wassers die Korridore entlang schlurften. Über allem schwebte der Geruch nach alten Kleidern und körperlichen Ausdünstungen. Benjamina ging hastig an den Wartenden vorbei und klopfte an die Tür, die Privatpatienten vorbehalten war. Abschätzende und neidische Blicke folgten ihr. Sie schämte sich dafür, Privilegien in Anspruch zu nehmen, die andere sich nicht leisten konnten. Anfangs hatte sie aus Solidarität eine Sonderbehandlung abgelehnt, sich aber dann Makbules Argumenten und ihrer Hartnäckigkeit gebeugt. Jetzt war sie ihr dankbar. Ihr behandelnder Arzt hatte sein Studium in der Schweiz absolviert, seine Praxis blitzte vor Sauberkeit, seine Untersuchungen waren kompetent. Dass er Deutsch sprach, war ein zusätzliches Geschenk. Benjamina hatte große Hochachtung vor ihm, er gehörte zu den wenigen, die nach einem Studium im Ausland und nach jahrelanger Tätigkeit dort in die Heimat zurückgekehrt waren. Seine Ehefrau arbeitete mit ihm zusammen in der Praxis. Sie war eine erfahrene Hebamme, und

Benjamina hatte volles Vertrauen zu ihr.

Auf ihr mehrfaches Klopfen antwortete niemand. Zaghaft öffnete sie die Tür. Doktor Derman stand am Schreibtisch, den Telefonhörer in der Hand, starrte seine Frau an, die beide Hände auf den Mund presste, als wollte sie verzweifelte Worte zurückhalten. Als der Arzt schließlich den Hörer auflegte, sank er auf den Stuhl, sein Gesicht fahl. Benjamina hatte das Gefühl zu stören und wandte sich zum Gehen. Frau Derman hielt sie zurück.

„Nein, bleiben Sie – es hat nichts mit Ihnen zu tun – oder mit der Praxis hier..."

„Was ist denn passiert?" stotterte Benjamina, „etwas mit Ihrer Familie?" „Diese verdammte Bürokratie", stieß der Arzt zwischen den Zähnen hervor, „sie wollen uns die Zuwendung für das Waisenhaus streichen, weil der Antrag nicht rechtzeitig eingegangen ist!"

„Das Waisenhaus? Welches Waisenhaus?"

Benjamina hörte zum ersten Mal davon.

„Das Waisenhaus ist unser eigenes Projekt", erklärte Feride Hanım, „wir wollten von unserem im Ausland verdienten Geld wenigstens ein bisschen abgeben. Hier leben so viele Frauen, die keine Ahnung von Verhütung haben, jedes Jahr erneut schwanger werden, nicht wissen, wie sie ihre Familie durchbringen sollen. Sie vernachlässigen ihre Kinder, setzen sie aus – oder bringen sie gar um. Deswegen das Waisenhaus. Natürlich brauchen wir Unterstützung. Besonders finanzielle. Damals waren die Herren von der Gemeindeverwaltung voll des Lobes – sie versprachen uns regelmäßige Gelder. Und jetzt – alles vergessen, wegen eines Formfehlers..."

Benjamina überlegte. Es musste ein Ausweg gefunden werden! Während der Untersuchung kreisten ihre Gedanken nicht wie sonst um ihre Schwangerschaft und die Zeit danach, sondern waren unterwegs auf der Suche nach einer Lösung für das anstehende finanzielle Problem des Arztehepaares. Sie sollte mit

Bahar sprechen.

„Alles in Ordnung bei Ihnen", sagte Doktor Derman, „es gibt nichts zu meckern!"

Benjamina spürte hinter der freundlichen, professionellen Zuwendung die Anspannung. Es sprudelte aus ihr heraus: „Vielleicht kann ich Ihnen helfen!"

Der Doktor hob den Kopf.

„Sie? Wie wollen Sie es schaffen, mit den hiesigen Behörden..."

„Nein, in diesen Gefechten sind Sie mir überlegen, im nächsten Jahr treten Sie rechtzeitig auf den Plan! Ich dachte an etwas anderes: Ich habe Freunde in Deutschland, eine Freundin stammt aus dem Dorf, in dem ich lebe. Sie wird zu einer Spendenaktion aufrufen!"

Feride schüttelte den Kopf. „Gute Idee. Aber das dauert, wenn es überhaupt Erfolg hat."

„Ich weiß", sagte Benjamina. „Ich überlege mir etwas und komme später nochmal vorbei!"

Benjamina verließ das Krankenhaus, beschwingt und voller Tatendrang. Sie sah auf die Uhr, sie hatte noch Zeit bis zum Treffen mit Makbule. Kars war nicht groß, und die Post lag in der Nähe, die konnte sie gut zu Fuß erreichen.

Wie erwartet, war Bahar Feuer und Flamme für ihren Plan mit den Spenden. Schon am Telefon begannen sie, Strategien zu entwickeln. Benjamina wollte schon den Hörer auflegen, da sagte Bahar:

„Hör zu, so eine Aktion braucht Zeit, es kann dauern, bis wir genug zusammen haben. Wahrscheinlich brauchen die beiden Ärzte sofort Geld!"

Benjaminas Euphorie bekam einen Dämpfer. Plötzlich fiel ihr das Konto ein, das ihr Vater für sie eingerichtet hatte. Sie zögerte nur wenige Sekunden, dann war ihr Entschluss gefasst.

„Ich helfe den beiden mit meinem eigenen Geld aus!"

Bahar stieß einen kleinen Schrei aus.

Dann sagte sie: „Du bist mal wieder viel zu spontan! Überleg dir das gut!"

„Ich vertraue Yaşar und Feride", sagte sie, „mach dir keine Sorgen!"

Die Formalitäten mit ihrer Bank in Meersburg waren schnell geklärt. In der nächsten Woche schon würde der Doktor die zehntausend Mark zur Verfügung haben. Um die Rückzahlung machte sich Benjamina keine Sorgen, Geld war ihr nie wichtig gewesen; aber jetzt war sie ihrem Vater dankbar für seine Großzügigkeit.

Sie sah auf die Uhr. Jetzt wurde die Zeit doch knapp. Sie hastete zurück zum Krankenhaus. Nun, wo alles geklärt war, brannte sie darauf, ihre guten Nachrichten loszuwerden.

Feride öffnete ihr, sah sie erwartungsvoll an.

„Alles wird gut", sagte Benjamina. Mit strahlenden Augen verkündete sie ihren Rettungsplan.

Als Feride ungläubig den Kopf schüttelte, nahm Benjamina sie in die Arme und sagte:

„Sie brauchen sich keine Sorgen um die Rückzahlung zu machen, wir warten damit, bis die Behörden zahlen oder die Aktion in Deutschland Erfolg hat! Ist das Darlehen von zehntausend Mark ausreichend?"

„Das ist mehr als genug", flüsterte Feride mit belegter Stimme.

„Yaşar", rief sie, „das Waisenhaus wird nicht zugemacht!"

Im Café wartete Makbule auf sie. Besorgt sah sie der Freundin entgegen.

„Was war denn los? Warum kommst du so spät? Ist alles in Ordnung mit dir?"

Es dauerte eine Weile, bis Benjamina sich alles vom Herzen geredet hatte. Dann blickte sie Makbule erwartungsvoll an. Aber die schwieg, schien bestürzt.

„Ich fürchte, dein Geld kannst du auf die Verlustliste setzen – du kennst Behörden und Bürokratie hierzulande nicht. Und wenn das Geld dann doch wider Erwarten kommt, sind ganz bestimmt neue Löcher da, die gestopft werden müssen. An den Erfolg der Spendenaktion glaube ich nicht. Außerdem…"

„Los – rede – was außerdem?"

Benjamina war enttäuscht und verärgert. Sie mochte sich ihre Freude über die Rettung des Waisenhauses nicht verderben lassen. Makbule sah sie an.

„Ich sagte dir ja, dass ich etwas zu erledigen hätte. Es war ein Besuch im Waisenhaus. Das hatte ich als Ausweg erwogen, für dich, dein Kind…"

Und als Benjamina empört auffuhr:

„…wenn uns nichts anderes einfällt."

Benjamina schwieg. Es gab so manches, was Makbule realistischer sah als sie, aber ihre Empfindungen für das Ungeborene kannte sie nicht. Benjamina war klar, dass sie eine Entscheidung treffen musste, doch sie fühlte sich wie gelähmt, litt unter Angst bekam Schweißausbrüche, wenn sie an die Zukunft dachte. Sie klammerte sich an Makbule mit ihrer Lebensklugheit, aber die ließ keine Zweifel aufkommen, dass sie nichts davon hielt, das Kind hier von seiner leiblichen Mutter aufziehen zu lassen.

Es hatte zu regnen begonnen. Der Himmel verdüsterte sich zusehends. Der Staub auf der Straße verwandelte sich in Matsch. Benjamina starrte durch die schmutzverschmierten Fenster nach draußen.

„Wenn sie wüsste, dass der mögliche Verlust des Geldes mir nichts bedeutet", dachte sie.

Irgendwer hatte ihr mal gesagt, dass man ohne Vertrauen nicht leben könnte. Oder war das ihre eigene Erkenntnis?

Gedankenverloren strich sie über ihren gewölbten Bauch. Makbule stieß sie liebevoll an.

„He – lass mich teilhaben an deinem Innenleben!"

„Ich glaube nicht, dass ich mein Kind weggeben kann", sagte sie leise. „Warum hast du eigentlich keine Kinder?"
Benjamina bereute ihre Frage sofort – aber jetzt stand sie im Raum. Makbule errötete und senkte den Kopf.

„Mit meinem Vorschlag von der Unterbringung im Waisenhaus wollte ich dir nicht wehtun – jetzt bist du verletzt und stellst mir die Frage, die ich schon viel früher erwartet habe." Sie schwieg eine Weile und fuhr dann fort. „Gern hätte ich eigene Kinder gehabt, aber nach vier Fehlgeburten haben wir es aufgegeben. Jetzt sind Gül und Halil meine Kinder."

„Gül habe ich noch nicht zu Gesicht bekommen, wo lebt sie, in welchem Dorf?"

„Du konntest ihr nicht begegnen – Gül studiert in Ankara, lebt bei der Familie eines Freundes von Onkel Ibo."

„Und was sagen die Dörfler dazu?"

„Im Dorf erwähnt man Gül nicht. Du weißt, wie man hier über Emanzipation denkt. Aber ich bin froh, dass jetzt Meltems Tochter vergönnt ist, was ihr selbst verwehrt war."

„Neulich Abend, nachdem du mir von Eurem Besuch bei Meltem erzählt hast, schien mir, deine Schwester hätte ihr Leben – so wie es war – schließlich doch akzeptiert", sagte Benjamina.

„Das dachten wir auch, vor allem, als zwei Jahre später Halil zur Welt kam. Alles war so, wie es sein sollte – jedenfalls meinten das unsere Eltern."

Makbule starrte vor sich auf den Tisch, wischte ein paar Krümel beiseite.

„Aber der Schein trog. Neun Jahre nach der Hochzeit bekam Meltem Besuch von ihren ehemaligen Klassenfreundinnen. Ich weiß nicht, was sie zu diesem Besuch bewogen hat. Doch – vielleicht. Eine der Frauen war Lehrerin, wollte wohl mit ihren Schülern kommen und ,das Leben auf dem Land' demonstrieren. Die zweite Freundin war Ärztin, die dritte Rechtsanwältin bei der Menschenrechtskommission. Nach diesem Besuch veränderte sich Meltem. Sie saß nur noch herum, weinte, kümmerte sich um nichts mehr. Gül war gerade vier, Halil zwei. Irgendwann erschien Nuri bei uns im Dorf und klagte uns sein Leid. Er war so hilflos, so verzweifelt, dass er seinen Stolz beiseite geschoben hatte und uns um Hilfe bat. Er liebte seine Frau aufrichtig und war unglücklich, weil er nicht wusste, wie er die Mauer, die sie um sich errichtet hatte, einreißen konnte. Es war Wochenende und nur Zufall, dass ich zu Hause war. Ich arbeitete längst in Kars und sparte auf eine eigene Werkstatt. Mein Erfolg und meine Zukunftsträume vernebelten mir wohl den Blick, denn Meltem und ihr Schicksal waren in die zweite Reihe zurückgedrängt worden. Als Nuri bei uns in der Küche saß, war ich beinahe böse, dass er seine Probleme bei uns ablud. Ich fuhr nicht mit ihm in sein Dorf, obwohl er mich inständig darum gebeten hatte. Nur zu bereitwillig überließ ich die Verantwortung meinen Eltern. Noch heute plagt mich mein Gewissen. In meinen Träumen sehe ich meine Schwester, wie sie in einem dunklen Teich versinkt und lautlos meinen Namen schreit." Makbule war aufgestanden und ging in der Gaststube umher, ohne sich darum zu kümmern, dass der behäbige Wirt hinter dem Tresen sie mit abschätzenden Blicken musterte. Als sie sich schließlich wieder an den Tisch setzte, schien sie Benjamina gealtert. Die Haut war blass, ihre Augen schwarz gerändert. Die Hände lagen wie leblos in ihrem Schoß.

„Meine Eltern fuhren mit Nuri ins Dorf. Meltem lag im Bett, wie so häufig nach dem Besuch ihrer Freundinnen. Als sie die Eltern sah, hob sie nur kurz den Kopf und ließ ihre Augen suchend durchs Zimmer gleiten.

,Makbule?' fragte sie.

Als die Eltern den Kopf schüttelten, sank sie in die Kissen zurück, schloss die Augen sprach kein Wort mehr."

„Deine Eltern hätten dir nichts davon erzählen sollen!"

„Es macht keinen Unterschied – ich hätte mich so oder so schuldig gefühlt. Ich wusste ja, dass sie vor allem an mir hing –

und mich gebraucht hätte."

Benjamina ergriff Makbules Hände und rückte ein Stück näher an sie heran.

„Abends saßen alle beieinander, es wurde nicht viel gesprochen. Meine Mutter hielt den kleinen Halil auf dem Schoß. Da hörten sie plötzlich einen gellenden Schrei.

„Gül!" rief Nuri. „Das war Gül! Mein Gott, nicht auch noch meine Tochter!"

Sie sahen Gül an der Tür stehen.

Sie stammelte: „Mama – in der Scheune..."

Nuri und die Eltern stürzten nach draußen, rissen die Scheunentür auf. Meltem, meine schöne, traurige Schwester – an einem Balken. Der Wind, der durch die offene Tür drang, schaukelte ihren leblosen Körper hin und her, hin und her... Ich sehe alles vor mir, als wäre ich dabei gewesen, und ich kann diese Bilder nicht loswerden. Als ich erfuhr, was geschehen war, fuhr ich in ihr Dorf – zu spät, viel zu spät..."

Benjamina hätte gern etwas Tröstendes gesagt, aber was? Makbules Versäumnis hatte ihr eine Schuldenlast hinterlassen, niemand konnte sie ihr nehmen.

„Bist du deswegen nach Koyundere gezogen und hast Nuri geheiratet?" Makbule nickte. „Für mich gab es keinen anderen Weg. Die Sorge um Meltems Kinder war meine Aufgabe. Sicher, er hätte auch eine andere Frau gefunden, aber ich wollte diejenige sein, die für sie sorgt, wollte die Verantwortung für sie übernehmen und vielleicht auf diese Weise einen kleinen Teil meiner Schuld abtragen."

„Aber du leidest immer noch darunter, dass du deine Träume aufgeben musstest", meinte Benjamina.

Makbule schüttelte den Kopf, ihre Augen schwarz vor Traurigkeit.

„Nein, nein. Meine verpasste Karriere als Schneiderin quält mich nicht mehr. Und das Zusammensein mit Nuri ist leicht, er hat mich nie zu etwas gedrängt, was ich nicht wollte.

Die Kinder zu erziehen war mir eine Freude. Mit Gül war es anfangs schwer, und ich glaube, dass sie zuweilen heute noch unter der Erinnerung an jenen Abend leidet. Es ist gut, dass sie nicht mehr hier im Dorf lebt. Zum Glück konnte ich durchsetzen, dass sie studieren durfte. Wir telefonieren regelmäßig. Wenn sie erzählt, spüre ich, dass sie den richtigen Weg gewählt hat." „Und Halil? Wollte der nicht an die Uni?"

„Halil ist zufrieden mit seinem Leben hier. Er hängt an dem Dorf, er würde es nicht verlassen wollen. Und – er ist so geschickt bei allen handwerklichen Arbeiten. Wenn eine Maschine nicht funktioniert, wenn bauliche Veränderungen anstehen, ruft man Halil. Nuri ist so stolz auf ihn..."

In der Gaststube drehte der Wirt am Schalter. Kaltes, bläuliches Licht fiel auf die mit gemustertem Wachstuch bedeckten Tische und machte die Atmosphäre noch ungemütlicher. Makbule sah auf die Uhr.

„Erst halb fünf – und schon dunkel! Und die Tage werden noch kürzer. Der Dolmuş fährt um sechs, was machen wir so lange? Wir haben doch alles erledigt!" Benjamina schlug sich an die Stirn.

„Ich wollte Yasemin etwas mitbringen - ich hab's versprochen!"

„Schau mal!"

Makbule wies mit dem Daumen nach hinten. Eine dunkelhäutige Frau mit Kopftuch stand dort, und auf dem Tresen hatte sie Häkelarbeiten und bestickte Decken ausgebreitet. Wie lange mochte sie schon hier sein? Sie versuchte vergeblich, dem Wirt ihre Sachen zu verkaufen. Schließlich gab sie auf, murmelte etwas vor sich hin und packte alles in eine große Plastiktasche. Die beiden Freundinnen sahen sich an. „Warte, teyze", rief Makbule, „zeig mal her! Die Kopftücher sind schön! Hast du sie selbst umhäkelt?"

Über das Gesicht der Alten zog ein befriedigtes Lächeln. Sie öffnete ihren Mund und enthüllte einen einzigen grauen Zahn. „Natürlich, kızım, alles selbst gemacht!" Banjamina wählte ein dunkelrotes, geblümtes Tuch, umrandet mit Rosen und schwarzen, winzigen Perlen. Das würde Yasemin gefallen.

Der Weg zum Terminal war zum Glück nicht weit. Die Straßen glänzten vor Nässe, und der feine Regen überstäubte die Gesichter. Die letzten Händler räumten eilig ihre Waren zusammen und ließen Berge von Müll zurück. Neben aufgetürmten Bretterkisten hatte jemand einen Haufen zermatschter Tomaten, Blumenkohlstrünke und merkwürdige kleine Zwiebeln ausgekippt. Benjamina bückte sich und sammelte die Zwiebeln auf. Zum Kochen taugten sie wohl nicht mehr, aber vielleicht waren sie noch gut genug, um im nächsten Frühjahr zu treiben.

„Wo bleibst du denn?" schrie Makbule ungeduldig. „Lass doch die Abfälle liegen und komm endlich, ich bin schon völlig durchnässt!"

Während der Rückfahrt durch die mondlose Dunkelheit dachte Benjamina an ihre alte Heimat – mit leichter Wehmut. In Deutschland wurden die trüben Tage aufgehellt von der Vorfreude auf das Lichterfest. In allen Städten gab es Weihnachtsmärkte mit Spielzeug, heißem Glühwein und gerösteten Mandeln. Sie sah die leuchtenden Kinderaugen, die Ketten aus bunten Lampen, sog den Duft frisch gebackener Kekse ein... Irgendwann würde sie ihrem Kind all das zeigen. Benjamina stieß einen tiefen Seufzer aus. Auf einmal war sie wieder in der Gegenwart – ratlos. Gab es denn wirklich keine Möglichkeit, mit ihrem Kind zusammen im Dorf zu bleiben?

Makbule neben ihr war eingeschlafen, das Holpern und Rattern des alten Kleinbusses störte sie nicht. Am Ziel angelangt, schlug sie die Augen auf und war ganz die Alte, keine Spur von Schlaftrunkenheit.

Sie griffen nach den Tüten und Taschen und stiegen die Anhöhe zu ihrem Haus hinauf. Die Fenster waren hell, Nuri hatte auf sie gewartet. Als sie die Tür öffneten, schlug ihnen der Duft von gebratenem Fleisch und frischem Brot entgegen. Überrascht schaute Benjamina den schmächtigen Mann an. Nuri lachte.

„Nein – nicht ich! Yasemin hat Essen gebracht, ich hab's nur aufgewärmt!" Benjamina fand selbst diese kleine, liebevolle Geste beachtlich für einen Mann aus einer Gesellschaft mit altgewohnter Rollenverteilung. Es wunderte sie nicht mehr, dass Nuri und Makbule so harmonisch zusammenlebten. Sie begriff, wie Nuri gelitten hatte, als ihm bewusst wurde, dass seine geliebte Frau nicht glücklich mit ihm war. Er hatte nichts davon geahnt, wie sehr Meltem sich ein Studium wünschte. Hätte er sonst vielleicht auf die Heirat verzichtet?

Eine Frage, die für immer ohne Antwort blieb.

3. Kapitel:

DIE TULPE

Die dunklen Wintertage mit ihrer Stille bedrückten Benjamina. Vielleicht war das der Grund, warum sie mehr als sonst an Deutschland dachte, vor allem an Connie. Sie beschloss, ihr zu schreiben. Da sie nicht wusste, wo Connie sich aufhielt, schluckte sie ihre Bedenken hinunter und schrieb die Adresse ihrer Mutter auf den Umschlag. Von ihrer Schwangerschaft erzählte sie nichts, wusste sie doch selbst nicht, wie es weiterging.

Draußen gab es nicht mehr viel zu tun. Die Tiere waren von der Hochalm ins Dorf zurückgekehrt, die Pflege übernahmen die Männer. Die Frauen hatten mehr Zeit als im Sommer, sie trafen sich reihum zu Teenachmittagen, wo erzählt, getratscht, geklagt und gestrickt wurde. Seit Benjamina an diesen Treffen teilnahm, hatte sich etwas verändert. Schüchtern zuerst, dann zutraulicher stellten sie Benjamina Fragen. Besonderes Interesse galt dem Leben der Frauen im fernen Europa. Benjamina spürte, dass sich hier eine Gelegenheit bot, ihren Geschlechtsgenossinnen einen Blick aus ihrer dörflichen Abgeschiedenheit hinaus über den Horizont zu ermöglichen.

Viele Stunden am Tag saß Benjamina in Makbules Küche und überlegte sich Beiträge zu Themen, die für die Frauen Bedeutung hatten. Daneben bereitete sie den Unterricht für die Dorfkinder vor. In der dunklen Jahreszeit würden mehr als sonst den Weg in das kleine Schulgebäude finden. Vielleicht könnte sie den Unterricht sogar in ihre eigene Küche verlegen, wenn ihr Haus endlich fertig war.

An einem der Teenachmittage sah Benjamina das neue Tuch, das sie in Kars gekauft hatte, um Yasemins Schulter. Sie lächelte, als sie sich an jenen Nachmittag erinnerte. Plötzlich dachte sie an die Zwiebeln, die sie damals aufgesammelt und dann vergessen hatte. Sie fragte Makbule danach.

„Die habe ich weggeworfen", sagte sie, „was willst du mit dem Zeug? Ich glaube, sie liegen irgendwo neben der Baustelle."

Benjamina zuckte die Achseln. Sie gab der Freundin im Stillen Recht – sie sollte sich besser abgewöhnen, alles aufzuheben, was ihr ins Auge fiel.

Kurz vor der Jahreswende wurde ihr Haus fertig, rechtzeitig vor dem Einsetzen der zu erwartenden Schneefälle. Mit Feuereifer ging Benjamina daran, ihr Heim einzurichten. Die Dorfbewohner brachten allerlei Hausrat, den sie übrig hatten.

Benjamina und Makbule heizten zum ersten Mal den Ofen an. Nuri und Ramazan hatten in der Felshöhle neben dem Haus Brennstoff gelagert, getrocknete Dungfladen, die aussahen wie Torfstücke. Benjamina war froh darüber, jetzt einen Rückzugsort zu haben, ein Bedürfnis, das ihre türkischen Freunde nicht kannten. Tage ohne Besuch waren für sie gleichbedeutend mit Langeweile und erzeugten ein Gefühl quälender Leere. Niemand brauchte hier seinen Besuch vorher anzukündigen, Besucher waren jederzeit willkommen und wurden bewirtet wie Könige. Zu Benjamina war bislang kaum jemand gekommen – das würde sich ändern nach der Einweihungaparty für ihr Haus.

Makbule hatte allen im Dorf Bescheid gegeben. Benjamina war voller Tatendrang und Energie, dass ihr selbst der zu erwartende Ansturm an Besuchern keinen Schrecken einjagen konnte. Sie würden kommen und wieder gehen, um dem nächsten Platz zu machen. Von Kars hatte sie Tüten voller Lebensmittel heim gebracht, buk und kochte zwei volle Tage. Sie wollte die Freunde verwöhnen, und was war besser dazu geeignet als gutes Essen und natürlich Unmengen von süßem, schwarzen Tee. Sie wollte allen das Gefühl geben, ein geehrter Gast zu sein. Zum Glück ließ sich ihre Schwangerschaft noch durch die weiten Röcke und Umhänge verbergen.

Am Tag der Einladung war sie schon ab sechs Uhr auf den Beinen. Sie heizte den Ofen an, was sie inzwischen perfekt beherrschte, stellte den Teekessel auf die Platte, Teller, Schalen mit Süßigkeiten und Gebäck auf die Kommode. In einem Laden hatte sie sogar bunte Servietten gefunden. Ständig schaute sie auf die Uhr – sie war aufgeregt wie vor einer Prüfung.

Endlich war es Zeit, die Speisen bereitzustellen: Pasteten, gebratene Hühnerschenkel, Schüsseln mit Essiggemüse, gerollte Weinblätter, verschieden gewürzte Yoghurtdips, Naschwerk und Nüsse. Ein langes, breites Brett, über zwei Böcke gelegt, diente als Tisch, auf dem ein großes, weißes Laken ausgebreitet war. Benjamina hatte der Versuchung nicht widerstehen können und Kerzen gekauft, die sie zwischen den Speisen aufstellte.

„Mutter und Gitte würden sich wundern über mich", dachte sie, „so etwas fand ich immer spießig. Warum macht mir das auf einmal Spaß?"

Sie wartete. Ungeduldig. Und dann kamen sie – alle kamen. Benjamina fiel ein Stein vom Herzen: Die Dörfler zeigten ihr heute, dass sie ein Teil ihrer Gemeinschaft war. Sie saßen auf dem Sofa, auf Kissen am Boden, oder sie standen an der Tür, ein Teeglas in der Hand, schwatzten, lachten und tauschten mit den Sitzenden die Plätze. Einige gingen auch zum benachbarten Haus – Makbules Tür war nur angelehnt. Benjamina genoss die Gesellschaft, und die Anerkennung. Wann hatte sie je gehört, sie sei begabt, fleißig, phantasievoll? Die Worte waren Kostbarkeiten, die sie sammeln wollte, um sie an trüben Tagen neu zu hören.

Winter. Benjamina hätte darauf verzichten können. Sie erinnerte sich, dass sie als Kind oft am Fenster gestanden und dem Tanz der weißen Flocken zugeschaut hatte, während andere Kinder sich draußen jubelnd im Schnee wälzten oder sich mit Schneebällen bewarfen. Widerwillig ließ sie sich damals von der Mutter gegen die Kälte vermummen und zu verhassten winterlichen Ausflügen mitschleppen. Das weiße Leuchten brannte in ihren Augen, und die Kälte kroch trotz der vielen Hüllen an ihrem Körper hoch, bis sie sich fühlte wie eine Figur in dem Märchen von der Schneekönigin. Was mochte sie hier erwarten, in dieser östlichen, hoch gelegenen Region, wo man schon im Oktober heizen musste? Von Makbule wusste sie, dass der Winter sie von aller Zivilisation abschneiden würde.

Benjamina machte sich Sorgen um ihre Niederkunft. Nach ihrer Berechnung hatte sie zwar noch drei Monate Zeit, aber was sollte sie tun, wenn das Kind früher kam oder Komplikationen auftraten. Sie wollte sich auf jeden Fall in die Obhut des

Arztehepaares begeben. Eine Geburt im Dorf verbot sich von selbst. Die Leute hier hatten keine Ahnung von ihrem Zustand – und das sollte auch so bleiben.

Benjamina hatte Mühe, ihre Sorgen zu verdrängen. Sie lenkte sich mit Schreiben ab, vertraute ihrem Tagebuch alles an, was sie seit Beginn ihrer Türkeireise in diesem faszinierenden Land erlebt hatte, vor allem ihre Erfahrungen im Dorf. Sie füllte Seite um Seite und vergaß dabei, was sie bedrückte.

Während sie schrieb, wanderte ihr Blick gelegentlich zum Fenster, vor dem ein großer Topf mit Erde stand, in die sie einige der Zwiebeln gesteckt hatte, die sie schließlich doch noch neben ihrem Haus entdeckt hatte. Sie wartete gespannt darauf, ob sich irgendetwas Grünes durch das Braun schob.

Eines Abends im Februar kam Makbule zu ungewohnt später Stunde in ihr Haus. Sie schien beunruhigt. Benjamina wusste inzwischen, dass hier niemand mit Neuigkeiten herausplatzte. Sie zügelte darum ihre Neugier und wartete. Makbule erzählte von Halil, dessen Militärzeit zu Ende ging, sprach von Nuri, der das Reißen hatte wie jeden Winter, von Gül. Endlich konnte Benjamina nicht mehr an sich halten.

„Aber du bist doch nicht gekommen, um mir zu erzählen, wie es deiner Familie geht! Was ist los? Du hast doch was!"

Makbule schluckte.

„Die alte Hatice war bei mir. Sie ist die Älteste im Dorf, unsere zuverlässigste Wetterprophetin. Sie sagt, dass ein Unwetter kommt, Kälte, heftige Schneefälle. In anderen Jahren waren wir schon im Dezember eingeschneit. Jetzt kommt das Wetter umso heftiger – Hatice hat sich noch nie geirrt. Du musst nach Kars! Wenn hier erst alles dicht ist, kommst du nicht mehr weg. Morgen kommt der Dolmuş – pack deine Sachen!"

Benjamina fiel ein Stein vom Herzen, trotz der unverhofft schlechten Wetterprognose. Sie bat Makbule im Stillen um Verzeihung. Die Freundin hatte ihre Besorgnis geteilt, ohne viel Aufhebens davon zu machen. „Aber wo soll ich hin? Ins Hotel?"

Makbules Augen funkelten.

„Hör auf mit deiner Panik! Dr. Derman hat es dir zu verdanken, dass er sein Waisenhaus nicht schließen muss, meinst du nicht, er ist dir etwas schuldig? Er und Feride sollten einen Ort finden, an dem du bleiben und dich wohlfühlen kannst. Und jetzt pack endlich deine Sachen!"

Als Makbule gegangen war, kam so etwas wie Abschiedsweh auf. Wann würde sie zurückkehren? Wäre das überhaupt möglich? Sie hatte noch immer keine Vorstellung davon, wie sie das anstellen sollte – mit einem Kind im Arm. War ein Leben in Deutschland die einzige Alternative? Hier in diesem Dorf hatte sie sich nie einsam gefühlt...

Ihr Blick wanderte zum dunklen Fenster, zum Topf mit den eingesetzten Zwiebeln. In der letzten Woche war die Erde geborsten, als stieße jemand von unten dagegen. Heute Morgen hatte sie eine helle, zart grüne Spitze entdeckt. Wie sehr Makbule auch protestieren mochte – der Topf musste mit nach Kars!

Es war noch dunkel, als die beiden Frauen den Hügel hinab dem Ausgang des Dorfes zustrebten. Der Wind wehte schneidend kalt, so dass ihnen das Wasser aus den Augen lief. Niemand begegnete ihnen. Im Winter konnten auch die Dörfler länger unter der warmen Schlafdecke bleiben.

„Was sagst du den anderen, wenn sie merken, dass ich fort bin?" fragte Benjamina.

„Mir wird schon was einfallen", sagte Makbule unbekümmert. „Zum Beispiel, dass du an die harten Winter nicht gewöhnt bist und für eine Weile in wärmere Gegenden reist, nach Antalya vielleicht. Oder – könnte es sein, dass du dir gestern den Arm gebrochen hast?"

Benjamina nickte. Schon wieder Lügen!

Sie hörten den klapprigen Dolmuş näher kommen. Benjamina sah sich noch einmal um. Die niedrigen Hütten tauchten allmählich aus der Dämmerung empor. Vereinzelt stieg beißender Rauch aus den Schornsteinen und wehte über die Dächer.

Als sie endlich einstiegen, hatte Benjamina Mühe, die Tränen vor der Freundin zu verstecken, die ihr über's Gesicht liefen. Es begann zu schneien. Dichte Flocken fielen lautlos auf die schwarze Landschaft, blieben an den Fenstern kleben, der Scheibenwischer quietschte. Makbule legte den Arm um sie.

„Hoffentlich komme ich heute Abend noch zurück, sonst muss ich dir Gesellschaft leisten, in Kars oder wo auch immer!"

Ihr Lachen klang nicht überzeugend. Als der Kleinbus in einem Weiler hielt, um weitere Fahrgäste aufzunehmen, stieg Makbule aus. Durch das Fenster beobachtete Benjamina, wie sie heftig gestikulierend mit dem Busfahrer sprach. Der sah auf seine Uhr und zuckte mit den Schultern. Benjamina wurde unruhig, stand auf und wollte nach draußen. Makbule drehte den Kopf – ihre Blicke begegneten sich. Dann standen sie voreinander.

„Sei nicht böse, Benjamina", sagte Makbule, „aber du musst allein nach Kars. Ich kehre um."

Erschrocken sah Benjamina die Freundin an. Makbule nahm ihre Tasche aus der Ablage und umarmte Benjamina.

„Ich kenne unser Wetter. Das wird mehr als das bisschen Schnee auf unseren Dächern. Heute Abend ist alles zu, und bei uns wird nicht geräumt. Wahrscheinlich wird der Verkehr in die Dörfer erst mal eingestellt. Von hier aus fährt mich ein Traktor heim, aber von Kars aus..."

Benjamina fühlte Panik aufsteigen, aber Makbule war schon den Gang entlang geeilt und ausgestiegen. Durch die beschlagene Scheibe winkte sie ihr noch einmal zu, dann verschwand sie in einem der Steinhäuser.

Benjamina sank in sich zusammen und fühlte sich, als hätte man sie am Ende der Welt ausgesetzt. Vor kurzem erst hatte sie gemeint, hier könnte man nicht einsam sein. Sie war nicht in der Lage, einen klaren Gedanken zu fassen und nahm das Stimmengewirr der Mitreisenden wie durch Watte wahr. Hilfesuchend spähte sie durch die Scheibe. Die wenigen Menschen, die mit hoch gezogenen Schultern über den schneebedeckten Platz zwischen den Häusern eilten, schenkten dem anfahrenden Kleinbus keine Beachtung. Die alte Frau neben ihr legte den Arm um sie.

„Canım – ist was mit dir? Alles gut?"

Benjamina nickte und schaute sie dankbar an. Die liebevolle Geste der fremden Frau, ihre Anteilnahme und die wenigen warmen Worte hatten ihre Lebensgeister mobilisiert. Jäh erkannte sie, wie abhängig sie sich in der kurzen Zeit schon von Makbule gemacht hatte. So etwas war ihr früher oft passiert: Sobald sie sich in einer Beziehung eingerichtet hatte, verlor sie ihre Selbständigkeit und Entscheidungsfähigkeit. Vielleicht war dies der tiefere Grund für die Scheu vor einer festeren Bindung.

Benjaminas Schultern strafften sich.

„Es ist mein Leben. Ich allein wähle den Weg, auf dem ich weitergehen will."

Als der Wagen auf dem Terminal in Kars hielt, war es schon Mittag. Streckenweise war der Dolmuş nur im Schritttempo vorangekommen. Benjamina nahm ihre Tasche, die Plastiktüte mit dem Topf voller Erde und stieg vorsichtig aus. Es schneite immer noch, die Straßen waren glatt. Eine dicke, weiße Schicht bedeckte Dächer und Teile des Gehsteigs. Der Verkehrslärm klang gedämpft, wie durch Watte. Das fahle Licht erweckte den Eindruck, als ginge der Tag bereits zur Neige. Die Straßenlaternen brannten.

Am Ausgang des Terminals stand nur noch ein Taxi, alle anderen waren unterwegs. An Tagen wie heute gönnten sich viele Menschen den Luxus, nicht zu Fuß zu gehen. Benjamina hatte eiskalte Füße und war froh, im warmen Wagen zu sitzen. Die Privatadresse der Dermans kannte sie nicht, also ließ sie sich zum Krankenhaus fahren. Wahrscheinlich war jetzt ohnehin keiner von beiden zu Hause. Die ängstlichen Gedanken verscheuchte sie: Und wenn die beiden Urlaub hatten und gar nicht in Kars waren?

Der Geruch im Korridor des Krankenhauses war noch stickiger als sonst, der Fußboden bedeckt mit schmutzigen Fußspuren. Husten – schweres Atmen – Stöhnen. Benjamina bahnte sich den Weg durch die wartenden Menschen, wieder dieses Spießrutenlaufen – wie Pfeile im Rücken spürte sie die argwöhnischen und feindseligen Blicke der Leute. Als die Tür des Sprechzimmers sich öffnete, sah Benjamina ein unbekanntes Gesicht.

„Buyrun – bitte?" fragte eine kühle Frauenstimme.

Benjamina war verunsichert und stotterte: „Feride Hanım … Wo ist... Ich wollte..." Dann wurde ihr schwarz vor Augen.

Sie erwachte in einer mit einem Vorhang abgeschirmten Kabine. Sie lag auf einem Bett, hielt die Augen geschlossen und sträubte sich gegen das Erwachen. Hinter dem Vorhang hörte sie Stimmen. Dr. Derman! Er sprach mit einer Patientin. Benjaminas Anspannung ließ nach. Der Vorhang wurde beiseite geschoben, Dr. Derman beugte sich über sie und lächelte ihr zu.

„Da sind Sie ja wieder! Was machen Sie bei diesem Wetter allein in Kars?"

Als sie schwieg, stieß der Arzt sie aufmunternd an.

„Wovor haben Sie Angst? Meine Frau und ich sind Ihre Freunde!" Benjamina schossen Tränen der Erleichterung in die Augen, und sie sprudelte alles heraus, was sie quälte.

„Ich suche eine Unterkunft, ein Hotel oder eine Pension. Bis das Baby kommt..."

In gespielter Entrüstung schlug der Arzt die Hände über dem Kopf zusammen.

„Ein Hotel? Wo denken Sie hin! Selbstverständlich bleiben sie bei uns! Wir haben Platz genug, und Feride wird sich freuen."

Als Benjamina nicht antwortete, nahm er ihre Hand und sah sie aufmunternd an.

„Wenn Sie wollen, können Sie im Waisenhaus helfen – und für Ihr Baby wäre dort auch Platz – falls wir keine andere Lösung finden."

Als die Sprechstunde vorbei war, nahm Dr. Derman Benjaminas Tasche, sie selbst hängte sich die Tüte mit dem Zwiebeltopf über den Arm, und sie verließen das Krankenhaus.

Feride Hanım war weniger überrascht als ihr Mann, Benjamina zu sehen, aber hielt es auch für selbstverständlich, dass sie bei ihnen blieb. Sie führte Benjamina die Treppe hinauf und zeigte ihr das Zimmer, in dem sie die nächste Zeit wohnen würde. Der Boden war bedeckt mit einem flauschigen Teppich, über das Bett war ein buntes Tuch gebreitet, und an den Wänden reihten sich Regale mit Büchern. Sogar ein eigenes Bad hatte sie – eine Dusche und eine Toilette. Benjamina hätte sich nicht träumen lassen, dass sie solche Dinge je als Luxus empfinden würde.

Der Aufenthalt bei den Dermans schien Benjamina wie Urlaub. Was sie früher mit bourgeoiser Dekadenz gleichgesetzt hatte, akzeptierte sie jetzt als unverhofftes, willkommenes Geschenk. Sie revanchierte sich durch Mitarbeit im Waisenhaus, wann immer Feride Hilfe brauchte.

Längst war sie keine Patientin mehr, sondern eine Freundin, Vertraute, Partnerin. Es machte ihr Freude, ihre beiden Gastgeber abends, wenn sie heim kamen, mit einem guten Essen zu verwöhnen.

Schon in der ersten Woche ihres Aufenthaltes bei den Dermans hatte sie eines Abends auf ihrem Nachttisch einen von beiden unterschriebenen Schuldschein gefunden. Nichts dergleichen hatte sie verlangt. Dass Yaşar und Feride trotzdem daran gedacht hatten, bewies ihr, wie Recht sie mit ihrem Vertrauen gehabt hatte.

Benjamina genoss es, täglich unter der warmen Dusche zu stehen, in einem weichen Bett zu schlafen, in leichter Kleidung herumzulaufen, ohne zu frieren. Auf dem Fensterbrett stand der Topf mit dem grünen Spross, der von Tag zu Tag kräftiger wurde und sogar schon Ansätze zu Blättern zeigte. Sie war neugierig, zu welchem Wunder sich das grüne Gewächs entwickeln würde.

Es war Mitte März, und Benjaminas Bauch hatte solch einen Umfang angenommen, dass sie selbst den kurzsichtigsten Dorfbewohner nicht mehr hätte täuschen können.

Eines Tages kam Feride schon mittags nach Hause. Als Benjamina sich wunderte, sagte sie:

„Heute Nachmittag nehme ich dich mit auf unsere Babystation. Schließlich musst du endlich den Ort kennenlernen, wo dein Kind wahrscheinlich zu Hause sein wird."

Als Benjamina sie erschrocken anstarrte, fuhr sie fort:

„Komm schon! Es wird dir gefallen! Schließlich bin ich dort für alles zuständig, die Schwestern sind liebevoll und zuverlässig. Es wundert mich, dass du mir nie auf dieser Station deine Hilfe angeboten hast!" Benjamina zweifelte nicht an dem perfekten Zustand der Einrichtung, vielmehr quälte sie der Gedanke, sich entscheiden zu müssen.

Das Waisenhaus, leuchtend gelb getüncht, lag am Stadtrand, unterhalb der ehemaligen russischen Kathedrale. Das Gelände war bewachsen mit alten Obstbäumen und Ziersträuchern. Vor den Fenstern des Gebäudes hingen bunte Gardinen, und an den Scheiben klebten Papiersterne. Als die Tür sich öffnete, fühlte sich Benjamina auf seltsame Weise geborgen. Die Atmosphäre hier war nicht zu vergleichen mit dem städtischen Krankenhaus. Feride führte sie zuerst zur Station mit den Krabbelkindern. In einem abgetrennten Raum daneben lagen zwei Neugeborene. Rosig und zufrieden schliefen sie in ihren Bettchen. Wie würden sie später reagieren, wenn sie erfuhren, dass ihre Mütter sie weggegeben hatten? Benjamina beugte sich über eines der kleinen Betten und betrachtete gerührt das Gesicht mit dem Kranz schwarzer Locken. Sie sog den Geruch nach Milch und Babycreme ein, strich behutsam über das Ärmchen. Keine Frage, hier würde ihr Kind gut aufgehoben sein. Forschend sah Feride sie an.

„Bist du beruhigt? Zufrieden?"

Benjamina nickte und schwieg. Dann drehte sie sich um und ging zur Tür. Feride verstand sie falsch und sprach weiter auf sie ein.

„Sei unbesorgt, ich persönlich werde mich um das Wohl deines Kindes kümmern."

Benjamina schaltete ab. Wäre sie nicht schon so schwerfällig, hätte sie jetzt am liebsten einen Spaziergang gemacht, hinauf auf den Berg zur alten Zitadelle. So sagte sie nur: „Danke, Feride. Ich bin so müde. Lass uns nach Hause gehen – ich möchte mich hinlegen."

Feride sah sie erschrocken an.

„Verzeih, dass ich so viel geschwatzt habe. Natürlich – du brauchst Ruhe, die vielen Eindrücke..."

Endlich war sie allein in ihrem Zimmer, lag auf dem Bett, die Augen geschlossen, hörte entfernt ein Rauschen wie von einer Brandung. Dunkle Traurigkeit schlug über ihr zusammen. Sie musste eine Entscheidung treffen, fühlte sich jedoch außerstande dazu. Sie wischte sich über's Gesicht und setzte sich auf. Sie durfte nicht den dritten vor dem ersten Schritt tun. Zuerst sollte sie sich auf die Geburt konzentrieren.

Von ihrem Konflikt ahnte niemand etwas. Mit Makbule hatte sie nur gelegentlich telefonischen Kontakt. Feride war eine Freundin geworden, eine Vertraute, eine ältere Schwester. Benjamina bewunderte sie, wollte nichts weniger, als sie zu enttäuschen oder sich ihrer Fürsorge als unwürdig erweisen. Deshalb wich sie einem klärenden Gespräch mit ihr aus. Längst hatte sie entschieden, ihr Kind zu behalten und schweren Herzens nach Deutschland zurückzukehren. Diese Wendung würde Feride treffen, denn Benjamina ahnte, dass Feride, da ihre beiden Söhne in einem Schweizer Internat lebten, sich darauf freute, das Neugeborene in ihre persönliche Obhut zu nehmen. Unmerklich hatte sich bei Benjamina die Bindung an ihr Kind gefestigt. Sie war gewachsen wie der Spross der Zwiebel vor dem Fenster. Mittlerweile hatten sich breite, schwertförmige

Blätter gebildet, am oberen Ende des kräftigen Stieles zeigte sich eine Verdickung.

„Es wird eine Blume", dachte Benjamina, „ich habe Blumenzwiebeln aus dem Abfall gerettet!"

Seit ihre Entscheidung gefallen war, hatte sich der Sturm in ihrem Inneren gelegt, Ruhe war eingekehrt.

Als der Kalender den Frühlingsanfang zeigte, herrschte in Kars noch tiefer Winter. Vor den Häusern türmte sich der Schnee bis zu den Fenstern, und es hörte nicht auf zu schneien. Die Luft war schwer von Qualm, der aus Schornsteinen und Ofenrohren in den trüben Himmel stieg. Benjamina vermisste die Farben. Ungeduldig und voller Erwartung beobachtete sie ihre Pflanze. An den dicken Knospen zeichneten sich jetzt schon deutlich die Kelchblätter der Blüte ab.

Die letzten Tage der Schwangerschaft verliefen so beschwerdefrei wie die Zeit vorher. Benjamina fühlte sich kräftig und gesund wie nie. Nur der drohende Abschied von der Türkei machte ihr zu schaffen. Ihr war, als müsste sie einen sicheren Pfad verlassen und sich auf ungewisses Gelände begeben. Ob sie Makbule vorher noch einmal sehen konnte?

Benjamina fuhr erschrocken hoch. Sie befühlte das Bettlaken – es war nass, als hätte jemand einen Eimer Wasser ausgeleert. Sie sah auf die Uhr: Es war erst drei Uhr früh. Feride brauchte ihren Schlaf – sie wollte sie nicht wecken. Leise stand Benjamina auf und zog das nasse Laken ab. Sie stellte fest, dass unter dem Laken ein Gummituch ausgebreitet war. Feride hatte vorgesorgt. Benjamina war beschämt. Jedes Dorfkind wusste besser Bescheid als sie. In welcher Welt hatte sie gelebt? Als sie in den Korridor schlich, um frische Wäsche aus dem Schrank zu nehmen, wurde ihr Leib von einer Schmerzwelle durchflutet. Sie klammerte sich ans Treppengeländer und schrie. Unten wurde eine Tür aufgerissen, und gleich darauf kniete Feride neben ihr. Sie sah das nasse Bettzeug.

„Es geht los", sagte sie, „die Fruchtblase ist geplatzt."

Benjamina fühlte sich fern jeder Realität und überließ sich Ferides Führung. Die Wehen folgten jetzt so dicht hintereinander, dass ihr keine Zeit zum Denken blieb. Feride hockte am Fußende des Bettes und drückte Benjaminas angewinkeltes Knie nach oben. Schweiß, Tränen der Anstrengung, Stöhnen, Ächzen, Schreien... Benjamina nahm Ferides Stimme wie von weitem wahr.

„Streng dich an – pressen – ich sehe den Kopf!"

Dann merkte sie, wie das Kind aus ihr herausglitt und wunderte sich, wie wenig schmerzhaft das war. Sie sank zurück, hörte das kräftige Quäken des Neugeborenen, vergaß ihre Erschöpfung, richtete sich auf, nahm das Kleine in die Arme.

„Ein Mädchen! Mit schwarzem Kraushaar!"

Benjamina legte ihr Gesicht auf den winzigen Körper. Kopfschüttelnd, beunruhigt sah Feride auf Mutter und Kind herab.

„Benjamina", warnte sie, „du verliebst dich in deine Tochter! Besser, ich bringe sie gleich auf unsere Säuglingsstation!"

Benjamina schüttelte heftig den Kopf.

„Niemals – ich gebe sie nicht weg! Sie bleibt bei mir, wo sie hingehört." Zärtlich umschloss sie den kleinen Kopf. Feride setzte zum Sprechen an, aber Benjaminas Versunkenheit sperrte sie aus. Sie räumte, ordnete, säuberte und verließ das Zimmer.

Benjamina fühlte sich wohl. Das Baby neben ihr schlief ruhig.

„Es ist so vollkommen," dachte sie, „ein Wunder!"

Als sie erwachte, schien die Sonne und Feride saß an ihrem Bett. Sie lächelte.

„Schau mal zum Fenster!"

Benjamina stieß einen kleinen Schrei aus: Die Pflanze zeigte ihr Gesicht, die Knospen hatten sich zu drei leuchtend roten Blüten geöffnet.

„Tulpen! Es sind Tulpen!" rief sie leise. „Mein Mädchen soll ihren Namen tragen: Lale!"

Benjamina erholte sich rasch, Lale war zufrieden, gedieh und schrie nur dann, wenn es Zeit zum Trinken war. Bald ging Benjamina ihren früheren Aufgaben im Haus nach wie vor der Geburt. Bis jetzt hatte sie die Zukunft erfolgreich verdrängt, zumal Feride sie nicht mehr darauf angesprochen hatte. Doch als ihr eines Tages bewusst wurde, dass in einer Woche der April zu Ende ging, erschrak sie. Es war nicht mehr kalt draußen, und ab Mai verkehrten die Kleinbusse in die Dörfer wieder regelmäßig. Es war Zeit, ihren Abschied vorzubereiten. Sie dachte an das Dorf, an Makbule, an ihr Haus neben der Felsenquelle, an die Kinder, die auf sie warteten...

Beim Abendessen war sie schweigsam und zerstreut. Feride und Yaşar tauschten einen Blick.

„Du willst nicht zurück nach Deutschland – und von Lale willst du dich nicht trennen, hab ich Recht?"

Sobald Feride die Frage ausgesprochen hatte, schossen ihr die Tränen in die Augen. Feride sprach unbeirrt weiter.

„Warte, bis du mit Makbule gesprochen hast. Als Nächstes musst du Lale in deinen Pass eintragen lassen. Du fliegst nach Istanbul und gehst dort zur Deutschen Botschaft."

Benjamina atmete auf. Der Abschied war aufgeschoben, wenigstens für kurze Zeit. In der Nacht schlief sie tief und ruhig, jedoch auf einen wegweisenden Traum wartete sie vergeblich.

Benjamina fuhr mit dem Bus nach Istanbul. Zwar hätte sie sich den Flug leisten können, aber wenn es um ihre Belange ging, war sie sparsam, beinahe geizig. Dagegen hatte sie längst beschlossen, auf einen Teil des Darlehens zu verzichten. Was Feride und Yaşar für sie taten, war ohnehin mit Geld nicht zu bezahlen. Und wenn Feride sich nicht für zwei Tage Urlaub genommen hätte, um Lale zu versorgen, hätte sie nicht so unbeschwert nach Istanbul fahren können.

Die große Stadt mit dem lärmenden Verkehr wirkte abstoßend. Das einstige Kleinod am Bosporus hatte sich in ein Monstrum verwandelt. Die Straßen waren ständig verstopft mit hupenden Autos, die Gehwege an vielen Stellen unpassierbar durch die fliegenden Händler mit ihren Billigprodukten. Aus den Ofenrohren, die dicht über den Straßen aus den Häusern ragten, quoll auch jetzt im April noch ätzender Rauch, der einem das Atmen schwer machte.

Benjamina war froh, als sie alles erledigt hatte und wieder im Bus zurück nach Kars saß. Auf ein Hotel hatte sie verzichtet, lieber nahm sie eine Nachtfahrt in Kauf. Schon der eine Tag ohne Lale erschien ihr zu lange. Wer hätte das noch vor ein paar Wochen gedacht?

Am frühen Vormittag hielt der Reisebus schnaufend auf dem Terminal in Kars. Die Frau neben Benjamina wachte auf und nahm verschlafen den Kopf von Benjaminas Schulter, an der sie seit Stunden sanft geschlummert hatte.

Mit tiefen Zügen atmete Benjamina die frische, kühle Morgenluft ein, nachdem sie erleichtert den stickigen Bus verlassen hatte. Je näher sie dem Haus der Dermans kam, desto schneller ging sie. Die letzten Meter rannte sie. Als sie die Tür aufschloss, hörte sie Feride mit jemandem reden. Besuch? Dann erkannte sie die Stimme: Makbule! Ihr wurden die Knie weich – das Wort „Abschied" schwebte in der Luft. Sie lehnte sich an die Wand. Nur ein paar Augenblicke. Dann drückte sie entschlossen die Klinke. Da saßen sie, ihre beiden Freundinnen und Lale in Makbules Armen – ein Bild der Eintracht und des Friedens.

Später, als Lale in ihrem Bettchen schlief, saßen sie am Tisch, tranken Tee, unterhielten sich über Belanglosigkeiten, während Benjamina verzweifelt nach Worten suchte, Makbule von ihrem Entschluss zu erzählen. Zu ihrer Überraschung war es Makbule, die das Thema anschnitt.

„Du hast Recht, wenn du dich nicht von Lale trennen willst.

Benjamina sah sie erstaunt an.

„Du weißt...? Hat Feride...?"

Makbule ergriff ihre Hand.

„Vielleicht weiß ich einen Ausweg aus deinem Dilemna. Ich habe schon mit Feride darüber gesprochen, sie findet meine Idee gut."

Benjaminas Gesicht leuchtete auf. Gespannt sah sie die Freundin an. „Du könntest Lale doch – adoptiert haben! Jeder kennt das hiesige Waisenhaus, niemand könnte etwas dagegen haben, wenn du eines der Kleinen zu dir nähmest – im Gegenteil, alle würden Beifall klatschen!" Benjamina fasste sich an den Kopf.

„Warum ist mir das nicht selbst eingefallen?"

Sie sprang auf, umarmte erst Makbule, dann Feride, drehte das Radio auf, sprang und tanzte im Zimmer herum wie ein Schulmädchen. Dabei trällerte sie vor sich hin.

Kofferpacken, welche Wonne – heute scheint für mich die Sonne..."

Sie hielt erst inne, als die Musik verstummte. Makbule hatte das Radio ausgeschaltet und zog sie neben sich auf die Bank.

„Nein! Du fährst heute nicht mit mir zurück!"

Als sie Benjaminas enttäuschtes Gesicht sah, fuhr sie schnell fort. „Versteh doch! Ich muss die Dörfler auf dich und die neue Situation vorbereiten! Glaub mir, ich kenne meine Leute! Selbst wenn ich dir den Boden bereite, werden sie sich Gedanken machen, Mutmaßungen anstellen. Aber das kriegen wir hin! Auch bei uns läuft vieles im Verborgenen ab, was das Tageslicht scheut. Die Hauptsache ist, den Schein zu wahren, damit niemand sein Gesicht verliert."

Benjamina war unsanft auf dem Boden der Tatsachen gelandet. Schon wieder Lügen! Lügen, von denen jeder wusste, dass es Lügen waren.

4. Kapitel:

EINE NEUE FAMILIE

Die Wochen vergingen, Benjamina wartete mit wachsender Ungeduld auf Makbule. Aber sie war nicht mehr traurig, schien von innen heraus zu leuchten. Längst hatte sie von Babycremes bis Flaschennahrung alles besorgt, was sie für Lale brauchte. In der letzten Woche hatte sie endlich Bahar angerufen und ihr Schweigen gebrochen. Bahar war nicht schockiert gewesen, wie sie befürchtet hatte, nur überrascht und - wie schon so oft - besorgt um Benjaminas Sicherheit.

„Ich kehre wieder zurück ins Dorf", hatte sie voller Begeisterung gesagt. „Kommst du mich besuchen im Sommer?"

Bahar hatte gezögert, aber versprochen, darüber nachzudenken. Zuletzt hatte sie noch gefragt:

„Wie ist die politische Lage vor Ort? Von hier aus wirkt alles so gefährlich, immer wieder liest man von nächtlichen Übergriffen der PKK. Bei uns wird sogar darüber diskutiert, ob diese Partei als illegal verboten werden soll."

Benjamina studierte regelmäßig die türkischen Zeitungen und erschrak jedes Mal, wenn sie von einem Überfall und den angerichteten Verwüstungen las.

„Ich kehre trotzdem zurück", hatte sie Bahar geantwortet, „ich habe auch Angst, - jedenfalls manchmal. Aber mein Heimweh nach Koyundere, und das Gefühl, das Richtige zu tun, sind stärker."

In ihren Briefen an Connie schrieb sie nichts von den Gefahren. Sie wollte ihre Nichte nicht beunruhigen. Sie war froh, dass Connie ihr Sprachenstudium in Stuttgart aufgenommen hatte – Familiensorgen sollten ihr erspart bleiben. Aus diesem Grund bewahrte sie auch Stillschweigen über das Baby. Denn wenn Connie in einem unbedachten Moment der Mutter und Gitte die Neuigkeit verraten würde, wäre die Hölle los. Ein uneheliches Kind würden sie ihr nie verzeihen.

„Seltsam", dachte Benjamina, meine Familie in Deutschland denkt ähnlich wie die Dörfler – und das am anderen Ende der Welt..."

Benjamina wurde die Zeit lang. Jeden Tag um die Mittagszeit stand sie am Fenster und schaute auf die Straße. Feride beobachtete sie, immer aufs Neue wunderte sie sich, dass eine junge, moderne Frau aus Europa sich so sehr nach einem Dorf fern der Zivilisation sehnte, das aus einem vergangenen Jahrhundert übrig geblieben schien.

Da kam sie! Da ging Makbule die Straße entlang, gemächlich, als hätte sie keine Ahnung von der brennenden Ungeduld der Wartenden! Makbule hob den Kopf, blinzelte in die Sonne. Benjamina warf sich den Mantel über, griff nach den Schlüsseln und stürmte aus dem Haus. Sie lief der Freundin entgegen und presste sie an sich.

„Ph – lass mich los – du bringst mich um!"

Makbule befreite sich lachend und sah Benjamina strahlend an.

„Alle erwarten dich und dein ‚adoptiertes' Kind. Sie finden es großartig, dass du ein fremdes Kind aufziehen willst!"

Benjamina sackte in sich zusammen. Sie schämte sich: Lob für ihren Fehltritt? Alles in ihr rebellierte dagegen. Nie würde sie sich an diese Lügengewebe gewöhnen, die offensichtlich nötig waren. Aber – es war sie selbst, die Prioritäten gesetzt hatte.

Der Abschied von dem Arztehepaar war schmerzlich. Es war gut zu wissen, dass sie nah an ihrer dörflichen Abgeschiedenheit verlässliche Freunde hatte. Bevor sie ihr Zimmer verließ, legte sie eine Quittung über einen ansehnlichen Betrag auf den Nachttisch. So war ein Teil des Darlehens in Form von Miete getilgt.

Benjamina brachte kein Wort hervor, als sie mit Makbule im Dolmuş saß, auf dem Weg ins Dorf. Lale schlief in ihren Armen. In Benjamina stritten sich Freude auf die Heimkehr und das bedrückende Gefühl, ihr neues Leben dort mit einer Lüge zu beginnen. Makbule hatte keinen Sinn für ihre Skrupel, sie dachte pragmatisch, war bereit, Unwahrheiten in Kauf zu nehmen, wenn es zum Überleben notwendig war.

Draußen wurde es dämmerig. Eine blau gezackte Wolke krönte die Hügel am Horizont, wo die Sonne versank. Benjamina seufzte und lehnte sich zurück.

Lautes Hundegebell und Schäfer mit ihren Herden kündeten die Nähe des Dorfes an. Benjamina schaute ihre Tochter an und sprach sich Mut zu. Kaum hielt der Dolmuş auf dem kleinen Platz am Dorfeingang, als die Frauen aus ihren Häusern kamen und den Weg zum Bus hinunter rannten. In einiger Entfernung folgten die Männer, die ihre Ungeduld deutlich besser verbergen konnten. Benjamina sah in lächelnde, neugierige Gesichter, die Kinder drängten sich durch die Erwachsenen, in den Händen hielten sie die ersten Wiesenblumen. Jeder versuchte, einen Blick über die Decke zu werfen, in der Lale eingehüllt schlummerte. Hier wurden Babys genug geboren – aber ein Kind, das eine Ausländerin mitbrachte und hier groß ziehen wollte, war etwas Besonderes. Benjamina war gerührt über den Empfang. Lale, die inzwischen ihre Augen aufgeschlagen hatte, wanderte von einem Arm zum nächsten. Benjamina atmete auf: Die Dörfler hatten die Kleine in ihre Gemeinschaft aufgenommen, Lale würde es gut gehen. Und sie selbst war wieder zu Hause. Makbule wehrte freundlich, aber energisch alle Einladungen für den Abend ab.

„Die Kleine braucht ihre Ruhe – und Benjamina hat große Sehnsucht nach ihrem Häuschen auf dem Berg – stimmt's?"

Noch bevor jemand Einspruch erheben konnte, fasste sie Benjamina am Arm, nahm ihre Tasche und den Plastikbeutel mit dem Tulpentopf und ging los. Eine Weile noch begleiteten sie ein paar Frauen und Kinder, die schließlich zurückblieben und winkten.

Die plötzliche Ruhe, der Abendwind, der aufgehende Mond, das Plätschern der Felsenquelle erschienen Benjamina wie der Inbegriff von vollkommenem Glück.

Als sie ihr Haus betrat, erwartete sie eine Überraschung: Der steinerne Fußboden war mit bunten Flickenteppichen ausgelegt, und mitten im Raum stand ein hölzernes Kinderbett, gefüllt mit weichen Kissen. Benjamina schluckte, fand keine Worte. Makbule ergötzte sich an ihrem fassungslosen, verdutzten Gesicht.

„Das Bett hat Nuri gebaut, er freut sich genau wie ich auf unser Tulpenmädchen!"

„Wo ist er?" fragte Benjamina, „ich muss ihm danken!"

Makbule schüttelte den Kopf.

„Nicht jetzt. Deine Dankbarkeit macht ihn verlegen. Morgen essen wir zusammen, dann kannst du mit ihm sprechen – beim Essen ist er abgelenkt, und er kann sich hinter seinem Löffel verstecken!"

Benjamina legte Lale in ihr neues Bettchen – die lächelte und grunzte zufrieden.

Als Makbule gegangen war, bereitete sie Lales Fläschchen vor und aß dann von den kalten Speisen, mit denen sie seit geraumer Zeit geliebäugelt hatte.

Trotz ihrer Müdigkeit konnte sie lange nicht einschlafen. Sie dachte an ihr früheres Leben, das Hasten von einer Aufgabe zur nächsten. Jeder Tag war geprägt von Unrast und Hektik, ohne Befriedigung zu hinterlassen. Jetzt hatte sich etwas verändert. Benjamina war erfüllt von Vorfreude auf die Projekte, die sie seit langem im Kopf hatte und nun endlich in die Tat umsetzen wollte: Gesprächstermine mit den Frauen, Unterricht für die Kinder.

Der Frühling brachte strahlend blaue Tage und bedeckte die Hügel mit hellem Grün. Die Hirten trieben ihre Herden auf die Weide und verbrachten die Nächte draußen. Den Ofen brauchte man nur noch zum Kochen. Benjamina stellte das Kinderbett oft nach draußen und freute sich, wenn sie die Kleine vor Vergnügen kreischen hörte.

Die Geburtstagstulpe war verblüht. Benjamina befreite die Zwiebel von der Erde und verwahrte sie in der lichtgeschützten Felsenhöhle für das nächste Frühjahr.

Während ihrer Abwesenheit hatten die Dorfkinder alle leeren Seiten in ihren Heften gefüllt; einige hatten sich gemerkt, was Benjamina ihnen gezeigt hatte, Buchstaben, Namen. Manche Blätter waren voll mit Bildergeschichten, auf anderen sah man Zahlenaufgaben. Die neuen Hefte und Stifte, die Benjamina besorgt hatte, kamen gerade recht.

Bald strömten die Kinder wieder regelmäßig in das Haus an der Quelle. Inzwischen sprach Benjamina recht gut Türkisch und konnte ihnen ein wenig Grammatik beibrigen, wobei sie selbst jeden Tag dazulernte. Meistens passte Makbule während des Unterrichts auf Lale auf, oder es kam eines der jungen Mädchen aus den umliegenden Häusern. Wenn sich niemand fand, nahm Benjamina Lale mit zum Unterricht in ihre Küche.

Immer noch führte sie Tagebuch. Wenn sie darin las, zurückblätterte, konnte sie nicht fassen, dass seit ihrer Abreise aus Deutschland erst ein Jahr verstrichen war. Sie fühlte sich um Jahre älter. Jedesmal, wenn sie nach Kars fuhr, telefonierte sie mit Bahar. Im Juli würden sie sich wiedersehen, Bahar hatte sich endlich zu einer Reise in die östliche Türkei entschlossen.

Nachts, wenn alles still war und Benjamina wach lag, überlegte sie, was sie mit der Freundin unternehmen wollte.

Es war wie vor einem Jahr: Onkel Ibo stand am Busbahnhof und wartete auf seine Nichte. Benjamina saß auf einer der Bänke und hielt Lale im Arm. Immer wieder sprang sie auf und schaute ungeduldig um die Ecke.

„Du tust gerade so, als käme einer aus deiner Familie", lachte Onkel Ibo. Und dann verpasste sie den entscheidenden Augenblick, weil Lale zu schreien anfing und Benjamina in ihrer Tasche nach dem Fläschchen kramte.

Bahar stand vor ihr, ein Teil ihrer alten Heimat. Benjamina fühlte sich beschenkt, durchflutet von guten Gedanken. Während sie sich in den Armen lagen, schossen ihr Bilder von ihrer Familie durch den Kopf, und sie merkte, dass kein Groll dabei war. Bahar kniete vor der Bank und berührte zärtlich den dunklen Lockenkopf des Kindes. Dann sah sie die Freundin forschend an.

„Was ist passiert?" sagte sie. „Ich entdecke so etwas wie Gelassenheit an dir, du strahlst Ruhe aus! Kann es sein, dass du den Kampf gegen deine Umwelt und Lebensumstände aufgegeben hast?"

„Das habe ich dir zu verdanken", sagte Benjamina leise, „ohne dich wäre ich nicht hier, hätte nicht das Dorf und seine Bewohner kennengelernt, und – Lale gäbe es auch nicht, wenn sie auch nicht geplant war und sie mich in arge Konflikte gestürzt hat..."

Onkel Ibo war zu ihnen getreten und beobachtete schmunzelnd die Szene.

„Wir sollten Türkisch sprechen", meinte Bahar, „Onkel Ibo fühlt sich sonst ausgeschlossen."

Wie im letzten Jahr fuhren sie mit Ibo zu seinem Häuschen mit dem verwilderten Garten, tranken Tee und plauderten. Wie im letzten Jahr kamen die Nachbarn, bewunderten Lale, und Benjamina erzählte ihnen das Märchen von der Adoption. Sie wunderte sich, wie leicht ihr inzwischen diese Notlüge fiel. Auch Bahar staunte über Benjaminas verschobene Prioritäten. Lale lag auf den Kissen und grapschte nach den tanzenden Sonnenstäubchen. Manchmal hob sie die nackten Beinchen und steckte ihre Zehen in den Mund.

Als die Nachbarn gegangen waren, wollten auch die beiden Frauen aufbrechen. Aber Ibrahim schüttelte energisch den Kopf.

„Kommt nicht in Frage! Vergesst den Dolmuş! Ich habe zwei Überraschungen für euch. Erstens: Ich fahre euch ins Dorf..." Und als die Frauen protestierten:

„Nein, nein, nicht ganz uneigennützig! Ich wollte sowieso... Und zweitens: Was haltet ihr von einem Ausflug nach Ani in den nächsten Tagen?"

„Ani?" fragte Benjamina. „Was ist das? Und wo?"

„Ani ist eine alte, armenische Siedlung an der Grenze. Es stehen nur noch ein paar Kirchenruinen, aber es lohnt sich, sie anzuschauen. Von Ani aus kann man nach Armenien sehen."

Bahar zupfte Benjamina am Ärmel.

„Auf dem Weg nach Ani kommen wir an Subatan vorbei – Makbules Heimatdorf!"

Benjaminas Gesicht leuchtete auf, das Dorf ihrer schwesterlichen Freundin hatte sie schon lange kennenlernen wollen.

Zwei volle Tage vergingen mit Teebesuchen reihum bei den Dörflern. Die meisten von ihnen waren verwandt mit Bahar. Lale war immer mit dabei, jeder im Dorf liebte das kleine Mädchen und wollte es wenigstens für einen Moment in den Armen halten. Am Abend des zweiten Tages sprach Onkel Ibo ein Machtwort.

„Morgen fahren wir. Ich kann nicht ewig hier bleiben, ich muss zurück nach Kars. Länger als eine Woche habe ich mir nicht frei nehmen können!"

Makbule war außer sich vor Freude, dass sich eine so günstige Gelegenheit bot, ihre Eltern zu besuchen. Ein Platz im Auto war immer noch frei, und so fuhr auch Yasemins Tochter Emine mit, deren Bräutigam in Subatan wohnte. Die Strecke war nicht weit, aber die Wege so schmal und holprig, dass sie nur langsam voran kamen. Benjamina war nicht traurig darüber, sie genoss die Fahrt durch die einsame, wilde Gegend. Sie machten

Rast, wenn Lale unruhig wurde, oder wenn Ibo Lust auf eine Zigarette hatte. Bei jeder Pause genossen sie die Leckerbissen aus dem geflochtenen Korb, und zu trinken gab es reichlich – denn überall aus dem grasigen Boden sprudelten Quellen. Die Luft roch frisch nach wilden Kräutern und Wiesenblumen. Benjamina fühlte sich wie im Urlaub.

Als Makbule in der Ferne eine Reihe von Pappeln erspähte, klatschte sie aufgeregt in die Hände und rief:

„Gleich sind wir da! Die Pappeln am Bach!"

Schnell näherten sie sich der kleinen Ansiedlung, die in einer Senke lag, zu der ein Sandweg hinabführte. Vorbei an den üblichen niedrigen Steinbauten gelangten sie auf einen weiten Dorfplatz mit Brunnen, genauso, wie Benjamina es aus Makbules Erzählungen in Erinnerung hatte. Benjamina meinte, alles schon einmal erlebt zu haben: Die Frauen mit den bunten Şalvars, den kunstvoll gesteckten Turbanen, die Begeisterungsschreie, als man sah, wer da kam, die Kinder mit ihren verschmierten Gesichtern, verlegen kichernd und sich gegenseitig schubsend, den Schleier von gelbem Staub, der sich in die Haare und auf's Gesicht legte.

Makbules Mutter bestand darauf, die Gäste in ihr Haus zum Tee einzuladen. Und – wie jede türkische Gastgeberin – zauberte sie in aller Schnelle verschiedene Sorten von Leckereien auf den Tisch.

Es ging schon auf Mittag zu, als es Ibo endlich gelang, sich aus der gastfreundlichen Umklammerung zu befreien. Emine blieb im Haus ihrer zukünftigen Schwiegereltern, Makbule bei ihrer Familie. Es tat Benjamina Leid, Lale wecken zu müssen, die auf einem der Kissen schlummerte. „Lass sie doch hier", schlug Makbule vor, „in Ani ist es meistens unerträglich heiß – bei mir ist sie gut aufgehoben!"

Onkel Ibo, Bahar und Benjamina fuhren zurück über die Brücke, vorbei an den Pappeln, die ihren Schatten in das nahezu ausgetrocknete, steinige Flussbett warfen, weiter nach Osten.

Manchmal war der Weg so schmal, dass Benjamina glaubte, sie hätten die Richtung verfehlt. Die ärmlichen Hütten in den weit voneinander entfernt liegenden Siedlungen ähnelten eher Viehunterkünften als menschlichen Behausungen. Die in schmutzige Lumpen gekleideten Bewohner starrten ihnen neugierig nach.

Benjamina bewunderte Onkel Ibos Fahrkünste: Langsam, aber ohne zu zögern, überquerte er die schmalen Brücken, die oft nur aus ein paar losen Brettern bestanden. Sie kamen an Felshöhlen vorbei, aus denen eisige Kälte strömte. An einer dieser Höhlen hielten sie an, tasteten sich vorsichtig ins Innere. Weiter unten, im Halbdunkel, sahen sie einen Pferdekadaver, weiß wie ein nachts zum Leben erwachter Dschinn. Benjamina erschauerte – nicht nur wegen der Kälte. Sie atmete auf, als sie nach dem Verlassen der Höhle den lauen Wind auf ihrer Haut spürte.

Irgendwann sahen sie am Wegrand ein wackeliges, zerbeultes Schild, auf dem der Name der antiken Stadt zu lesen war. Benjamina war froh, endlich am Ziel zu sein, sie hatte noch immer das tote Pferd vor Augen, spürte den kalten Hauch der Felsenhöhle im Gesicht und eine unbestimmte Furcht im Herzen.

Ani kündigte sich an mit den üblichen Andenkenbuden – auf die Schnelle zusammengezimmerte Stände mit Wellblechabdeckungen. Es gab steinerne Löwen, bunte Tücher, Nachbildungen der Kirchenruinen, Kamelhalfter, Fliesen – alles mit gelbem Staub überzogen, den der heiße Wind aufwirbelte. Es kostete Mühe, sich die aufdringlichen Händler vom Leib zu halten. Eine gewaltige Stadtmauer sperrte die Besucher aus, sie strebten dem riesigen Tor zu, über dem ein in Stein gemeißelter Löwe sein Maul aufriss.

Ibo stellte sich in die Schlange vor der Kasse, um Eintrittskarten zu lösen, da hörten sie hinter sich ein jammervolles Krächzen. Sie wandten sich erschrocken um und erblickten einen halbwüchsigen Jungen, der einen großen Raubvogel an seinen gespreizten Flügeln festhielt. Stolz streckte er den Touristen das Tier entgegen, hoffte auf Anerkennung, vielleicht Begeisterungsrufe, zumindest auf ein paar Münzen. Bahar und Benjamina waren entsetzt über die Rohheit gegenüber der wehrlosen Kreatur. Ibo trat auf den Jungen zu, rot vor Zorn, schwang seine erhobenen Arme drohend vor dem Gesicht des Jungen. Enttäuschung und Verständnislosigkeit malten sich in seinen Zügen. Aber anstatt dem Tier die Freiheit zurückzugeben, machte er kehrt und verschwand blitzschnell hinter einem der Mauervorsprünge. Benjamina schickte sich an, ihm hinterherzulaufen, aber Bahar hielt sie auf.

„Glaubst du, du änderst seine Einstellung, wenn du ihn zwingst, von seiner Beute abzulassen? Ist sowieso unwahrscheinlich, dass es dir gelingen würde...“

„Kein guter Auftakt für unseren Besuch in Ani“, dachte Benjamina.

Es schien so, als hielten die dicken Mauern die Hitze in der Ruinenstadt gefangen. Sobald sie durch das Tor auf den ehemals armenischen Boden gelangten, verschlug es ihnen den Atem, und die Haut bedeckte sich mit Schweiß. Schmale, steinige Wege durchzogen die mit gelbem Gras bewachsenen flachen Hügel.

„Wer weiß, was darunter verborgen ist“, meinte Bahar. „Wieso interessieren sich die Archäologen nicht dafür?“

Ibo lachte bitter auf. „Das ist eine Sache der fernen Zukunft. Bis vor kurzem brauchte man noch eine Genehmigung der türkischen Sicherheitsbehörde, um Ani zu betreten, außerdem war die Zustimmung der Militärkommandatur in Kars erforderlich.“

„Vielleicht, weil es Grenzgebiet ist“, meinte Benjamina.

„Die Kühe auf der anderen Seite kümmern sich jedenfalls um keine Grenze“, lachte Ibo, „immer wieder schwimmen sie durch den Grenzfluss auf türkisches Territorium.“

Unbarmherzig goss die Sonne ihre Glut auf die verbrannten Hügel. Sie betraten eine der tausend Jahre alten Kathedralen, waren beeindruckt von ihrer Schlichtheit. Die dicken Mauern sperrten die Hitze aus – die drei atmeten auf. Im Reiseführer, den sie am Eingang erstanden hatten, lasen sie, dass Ani einst hunderttausend Menschen beherbergt hatte, es gab zehntausend Häuser und tausend Kirchen. Damals musste Ani von zentraler Bedeutung gewesen sein. Gedankenverloren strich Benjamina über die roten Steinplatten, die das darunter liegende Mauerwerk verkleideten.

„Schade, dass keine Häuser mehr erhalten sind – sie sind vielleicht in den flachen Hügeln verborgen", sagte sie, „am liebsten würde ich auf der Stelle zu buddeln anfangen..."

„Das brächtest du fertig", seufzte Bahar, „Ich muss etwas trinken, ich bin völlig ausgedorrt!"

Sollte Ani der einzige Ort in der Türkei sein, an dem es keine Imbissbude oder fliegenden Händler gab? Tatsächlich war hier weit und breit außer ein paar in der Hitze herumstolpernden Touristen niemand zu erblicken.

„Da – ich sehe eine Gestalt, die einen Eimer auf der Schulter trägt – vielleicht..."

Bahar beschleunigte ihre Schritte, hatte den Jungen bald erreicht. Sie winkte den anderen mit einer Flasche Wasser zu. Sie waren dankbar, dass man selbst an diesem abgelegenen Ort mit dem zum Leben Notwendigsten versorgt wurde. Sie kauften etliche Flaschen Wasser und verstauten sie im Rucksack. Umkehren wollten sie noch nicht, von der Grenze trennten sie nur noch ein paar Schritte. Sie schlenderten weiter in Richtung Grenzfluss. Bei vielen Kirchen fehlten die Kuppeln, trotzdem waren sie so hoch, dass die drei wie Zwerge wirkten, wenn sie sich an die Fassade lehnten. Endlich erreichten sie die letzte der Ruinen, durchquerten sie, stützten sich auf das gemauerte Sims einer der gewölbten Fensterhöhlen und schauten auf den schmalen Fluss, der sich tief in die Felsen geschnitten hatte.

Auf der anderen Seite war Armenien. Mauerreste zogen sich hinab bis zum Ufer, das sich nicht vom gegenüberliegenden unterschied. Sie blieben lange hier oben stehen, schwiegen, in Gedanken versunken.

„Das soll die Grenze sein?" sagte Benjamina und schüttelte den Kopf, als könnte sie den Sinn dieser willkürlich scheinenden Linie nicht verstehen. „Kommt mir irgendwie unnatürlich vor..."

Ibo mischte sich ein. „Na ja, politische Grenzen werden nun mal nicht von der Natur, sondern von Menschen gezogen, und dabei fließt so mancher Tropfen Blut!"

Benjamina sagte nichts, entfernte sich ein paar Schritte, war auf seltsame Weise betroffen. Wie so oft seit ihrer Abreise aus Deutschland wurde ihr bewusst, in welcher Traumwelt sie bisher gelebt hatte. Eine Welt ohne Grenzen? Utopie! Plötzlich wurde ihr klar, welche gewaltige, nicht zu unterdrückende Sehnsucht nach Selbstbestimmung und Souveränität die Völker zur Verteidigung ihres Territoriums trieb. Auch sie selbst, Benjamina Lindhoff, hatte in ihrem eigenen Leben eine Grenze markiert.

Der Rückweg zum Tor schien doppelt so weit wie die Strecke, zu der sie vor drei Stunden aufgebrochen waren. Niemand war zum Sprechen aufgelegt, sie waren müde, erschöpft. Kaum saßen sie im Auto, als Benjamina die Augen zufielen. Sie wachte erst auf, als sie in Makbules Dorf anhielten. Es dämmerte schon, und zwischen den Häusern hing der Geruch von Essen. Sie stiegen aus, reckten ihre Glieder und atmeten tief durch. Makbule hatte das Auto gehört und kam ihnen entgegen. „Gerade rechtzeitig!" rief sie. „Kommt rein! Ihr seht aus, als könntet ihr eine Stärkung vertragen!"

„Ani ist ein Glutofen," sagte Benjamina. „Trotzdem war der Besuch so interessant, dass wir uns alles angesehen haben. Nicht jeden Tag erlebt man ein Stück Geschichte."

„Und ich glaube, dass ich was kapiert habe", fügte sie in Gedanken hinzu.

Drinnen waren mehrere runde Tischplatten mit kurzen Beinen aufgestellt, umgeben von dicken Sitzkissen.

„Wo ist Lale?" rief Benjamina. „Geht's ihr gut? Hat sie geweint?" Makbules Mutter klopfte ihr auf die Schulter. „Merak etme – mach dir keine Sorgen! Der kleine Engel schläft, fühlt sich wohl bei uns."

Während des Essens merkte Benjamina, wie ausgehungert sie war. Die Stimmung war ausgelassen fröhlich. Die Männer saßen im Nebenraum beim Tee – sie hatten ihre Mahlzeit vor den Frauen eingenommen. Makbule war kaum wiederzuerkennen. Sie schien um Jahre verjüngt. Benjamina war überrascht, wie sehr die Freundin ihre Mutter vermisst hatte – nach all den Jahren. Aus eigener Erfahrung wusste sie, wie stark die Sehnsucht nach mütterlicher Zuwendung war. Erst jetzt war es ihr gelungen, sich zu lösen, jetzt war Lale da, ihre neue Familie in einer neuen Heimat.

Benjamina sank der Kopf auf die Brust, die Augen fielen ihr zu. Als Makbule ihr die Hand auf die Schulter legte, schreckte sie hoch. „Warum bleibt ihr heute Nacht nicht hier? Wir fahren übermorgen mit dem Dolmuş zurück. Du willst doch Lale nicht die anstrengende Holperfahrt zumuten!"

Benjamina öffnete schon den Mund, um zuzustimmen, da sagte Bahar: „Ich fahre auf jeden Fall mit Ibo und Emine zurück – und du?" Benjamina wollte Bahar nicht allein fahren lassen, sie war nur noch wenige Tage hier.

„Ich fahre auch zurück. Und Lale..."

„Lale lassen wir hier", sagte Makbules Mutter entschieden. „Keine Widerrede!"

Makbule las Abwehr und Besorgnis in Benjaminas Gesicht.

„Du kannst sie mir wirklich anvertrauen, sie kennt mich, und in zwei Tagen komme ich nach – und ihr habt euch wieder!"

Zum ersten Mal von Lale getrennt! Andererseits war der Gedanke an die ungestörte Zeit mit Bahar verlockend. Sie lächelte der Freundin zu und nickte Zustimmung. Dann schlich sie ins Nebenzimmer und drückte einen leichten Kuss auf Lales Haar. Es fiel ihr schwer, ohne ihr Kind abzufahren, auch wenn sie wusste, dass es bei Makbule in guten Händen war. Sie sah Bahar im Türrahmen stehen, hörte die Autohupe. Sie riss sich los und verließ fluchtartig das Zimmer.

Emine hatte sich nach vorn gesetzt und erzählte Ibo von ihrer zukünftigen Familie. Ibo hörte geduldig zu – er zeigte keine Anzeichen von Ermüdung. Welche Kondition!

Bei ihrer Ankunft im Dorf herrschte schon Nachtruhe. Hier ging man zeitig schlafen und stand früh auf. Benjamina öffnete die Fenster und ließ die frische Nachtluft ins Zimmer. Bahar trat neben sie und legte den Arm um sie.

„Bist du wirklich so müde wie du sagst?" fragte sie. „Wenn nicht... Ich habe eine Flasche Wein im Koffer, wir könnten noch eine Weile reden!" Benjamina sah sie forschend an.

„Ist was? Willst du mir was Bestimmtes sagen? Vorwürfe?"
Bahar antwortete nicht und holte Wein und Gläser.

„Warum bist du so misstrauisch? Ich habe keinen Grund zu meckern, dich zu kritisieren oder dir etwas vorzuwerfen. Im Gegenteil, ich bin überrascht, wie gut du dich eingelebt hast und von allen akzeptiert wirst. Und Lale ist ein Schatz – fast beneide ich dich um dieses Kind."

Bahar schwieg eine Weile, dann sagte sie leise:
„Aber ich mache mir - Sorgen – um bestimmte Dinge. Du weißt, dass ich nicht ohne Ängste hergekommen bin. Du siehst keine Nachrichten im Fernsehen, und du hast inzwischen die typische Haltung unserer türkischen Landsleute eingenommen: Boş ver – egal! Bir şey olmaz – es wird schon nichts passieren! Trotz meiner Bedenken bin ich gekommen, ich hoffe, dir die Augen zu öffnen. Sag nichts!" wehrte sie Benjamina ab, als die heftig Einspruch erheben wollte.

„Hör zu! Während du die Landschaft bewundert hast und dich länger als nötig in der Eishöhle umgesehen hast, habe ich mich mit den Leuten unterhalten. Erst letzte Woche wurde wieder ein Dorf in dieser Gegend überfallen, nur wenige sind mit dem Leben davongekommen. Und die Rauchsäulen, die du für Hirtenfeuer gehalten hast, waren rauchende Trümmer, für mich ein Alarmsignal – sollte auch eines für dich sein. Denk doch an deine Tochter!"

Benjamina sprang auf, stieß dabei das halb volle Weinglas um, wanderte durchs Zimmer. Schließlich setzte sie sich hin, füllte ihr Glas auf. Ihre Hände zitterten.

Bahars Worte hatten sie tiefer getroffen, als sie zugeben wollte. Erfolgreich hatte sie bisher alles Unangenehme, alle anstehenden Entscheidungen so lange wie möglich verdrängt, auch die über Lales Zukunft. Es wäre vernünftig, die Zelte hier abzubrechen und mit Bahar nach Deutschland zurückzufliegen. Jedoch alles in ihr sträubte sich dagegen, hatte sie doch gerade erst begonnen, ihr zukünftiges Leben hier im Dorf mit Projekten zu füllen.

Sie trank das Glas in einem Zuge aus und funkelte ihre Freundin an. „All die Zeit hatte ich Angst davor, dass du mich zur Rückkehr überreden willst. Spar dir die Worte! Vielleicht kehre ich nie mehr nach Deutschland zurück – gehe in ein anderes Land – oder bleibe hier – meine Entscheidung!"

Bahar hob resigniert die Schultern, schaute ihre Freundin lange an senkte den Kopf und sagte leise:

„Ach du – ich wollte dich zu nichts zwingen, bestimmt nicht! Ich wollte dich nicht überreden, nur wachrütteln. Siehst du denn nicht...? Und Lale..."

Bahars Stimme versagte. Sie stand auf, ließ das halb volle Glas stehen und wandte sich zur Tür.

„Ich geh' schlafen", sagte sie leise, „war ein langer Tag."

Das frostige Klima, das sich an diesem Abend zwischen ihnen ausgebreitet hatte, verging auch an den nächsten Tagen nicht. Benjamina deckte liebevoll den Tisch, begleitete sie zu ihren Verwandten, vertraute ihr Lale an, die wohlbehalten wieder im Dorf gelandet war – vergeblich. Die alte Vertrautheit stellte sich nicht wieder ein.

Schließlich kam der Tag der Abreise, ein warmer Augusttag. Benjamina ließ Lale – diesmal ohne Bedenken – in der Obhut von Makbule und ging früh am Morgen mit Bahar zur Dolmuş – Haltestelle. Bahar verabschiedete sich von ihren Cousinen, Cousins, Onkeln, Tanten, die schon auf dem Platz warteten. Jeder hatte ihr ein kleines Geschenk mitgebracht: Ein umhäkeltes Tuch, einen wollenen Schal oder einen kleinen Käselaib. Benjamina fühlte sich ausgeschlossen. Hatte ihre aufbrausende, ablehnende Haltung die Freundschaft mit Bahar zerstört? Beide stiegen in den Kleinbus, schlugen die Tür hinter sich zu, winkten. Während der Fahrt herrschte Schweigen zwischen ihnen. Keine Scherze, kein unbeschwertes Geplänkel wie sonst. Benjamina merkte, wie ihr unaufhaltsam die Tränen in die Augen schossen.

„Das fehlte noch", dachte sie, „ich will nicht um ihre Zuneigung betteln." Sie wandte sich ab, sah zum Fenster hinaus und ließ die Tränen laufen. Aber als Bahar ihre Hand nahm, war es vorbei mit der Beherrschung. Sie warf sich Bahar an den Hals, wurde von Schluchzen geschüttelt. Es war ihr gleichgültig, dass sich der Fahrer nach ihnen umsah, andere Fahrgäste sie neugierig musterten.

„Ich hab doch nur Angst um dich", flüsterte Bahar. Benjamina nahm ihre Worte nicht wahr, sie begriff nur eines: Sie hatte Bahar nicht verloren. Erst nach einer Weile tauchten Satzfetzen auf: „...wollte dich nicht verletzen..." „...Angst um dich..."

Sie musste plötzlich an ihre Mutter denken. War ihre Bevormundung in Wahrheit Angst um ihre Tochter?

Laut sagte sie: „Vielleicht sollte ich mit meiner Mutter

Kontakt aufnehmen, egal, ob sie mich versteht und ob sie meinen Weg billigt..." Bahar sah sie überrascht an.

„Wie kommst du plötzlich auf dieses Thema?"

„Vielleicht ... vielleicht habe ich sie genauso wenig verstanden wie sie mich, wie du mich, wie ich dich... Ich habe oft zu emotional reagiert, bei ihr, bei dir. Mir hätte klar sein sollen, dass du gute Gründe für deine Hartnäckigkeit hattest. Wir reden und reden und versäumen trotzdem, Missverständnisse auszuräumen oder Irrtümer einzugestehen."

Bahar nickte. Leise sagte sie: „Ich respektiere deine Entscheidung für das Dorf. Wo überhaupt gibt es denn noch einen sicheren Platz auf dieser Erde..."

Beim Abschied flossen keine Tränen. Benjamina stand so lange an der Haltestelle, bis der Flughafenbus nicht mehr zu sehen war. Sie fühlte Leere, als wäre etwas Wichtiges, Bedeutsames von seinem Platz entfernt worden. Die Entscheidung zum Bleiben war gefallen. War es die richtige?

Erst in ein paar Stunden fuhr der Dolmuş zurück ins Dorf. Sie ging zum Telefonhäuschen und rief Feride an, die um diese Zeit im Waisenhaus arbeitete. Sie ging zu Fuß, der Spaziergang würde ihr helfen, etwas Abstand zu den letzten Stunden zu gewinnen. Beim Öffnen der großen Schwingtür sah sie Feride im letzten Zimmer, wie sie sich über ein Kinderbett beugte. Benjamina ging leise den Flur hinunter und trat neben sie, ohne dass Feride sie bemerkte. Das kleine Mädchen weinte. Feride strich tröstend über ihr Haar und sprach sanft auf sie ein.

„Wenn du gesund bist, besuchen wir das Grab deines Hasens. Wir bringen ihm Blumen und pflanzen ein paar Möhren. Und später schauen wir, ob wir ein neues Häschen finden."

Benjamina dachte: „Wenn ich mich anders entschieden hätte, läge Lale in einem dieser Bettchen..."

Sie tippte Feride auf die Schulter. Das Lächeln auf dem Gesicht der Ärztin vertiefte sich, als sie Benjamina erblickte.

„Gut siehst du aus", sagte sie, „offenbar fühlst du dich wohl in deiner Mutterrolle!"

Benjamina nickte. „Ich bin zu Hause – endlich! Lale geht es gut, und – stell dir vor – ich habe meinen alten Beruf wieder aufgenommen, ich unterrichte die Dorfkinder. Wir haben sogar einen Klassenraum, die Dorfleute haben einen Schuppen umgebaut! Das hat mich tief berührt!"

Feride nahm sie in die Arme. „Komm, begleite mich ein wenig, in einer halben Stunde habe ich frei, dann können wir plaudern."

Benjamina fragte nach dem Mädchen, an dessen Bett sie Feride hatte stehen sehen.

„Hat sie ihre Eltern verloren? Oder warum ist sie bei euch?"

Feride antwortete nicht gleich. Und als sie sprach, spürte man ihre Betroffenheit.

„Sie ist eine der wenigen Überlebenden aus Güneşli, einem Dorf, auf das letzte Woche ein Anschlag verübt wurde. Und jetzt ist auch der kleine Hase tot, den ich ihr geschenkt habe. Das Tier sollte ihr ein wenig über das Trauma hinweghelfen – so hatte ich gehofft."

Benjamina fröstelte. Bahar hatte nicht übertrieben. Die Bevölkerung hier lebte Auge in Auge mit der Gefahr. Bewundernswert, wie gelassen die Menschen ihren täglichen Verrichtungen nachgingen und trotz aller Bedrohung das Lachen nicht verlernt hatten. War in ihrer Auseinandersetzung mit Bahar Trotz und Auflehnung gewesen, so blieb jetzt nur das Gefühl von Solidarität und die Bereitschaft zu helfen. Feride verstand ihre Beweggründe.

„Du hast deinen Platz gefunden. Jetzt. Vielleicht wirst du irgendwann einen anderen finden, mit neuen Herausforderungen."

Am Abend, als Benjamina im Dolmuş saß, wurde sie nicht mehr von Zweifeln und Selbstvorwürfen gequält, Ferides Worte hallten in ihr nach.

Sie dachte: „Jetzt sind meine Aufgaben hier. Die Zukunft wird zeigen, ob ich neue Wege gehen soll."

Der Sommer ging dahin. Die in dieser Zeit anfallenden Arbeiten kannte Benjamina schon vom letzten Jahr, aber diesmal war sie aktiv beteiligt. Sie war nicht länger ein Gast im Dorf, den man mit Alltagspflichten verschonte. Lale blieb meist bei den Frauen, die im Haus beschäftigt waren. Sie lag in einem Weidenkorb mit Henkel, so dass sie leicht von einem Ort zum anderen gebracht werden konnte. Sie schlief, wenn sie müde war, ließ sich weder durch das Plappern der Frauen noch durch den Lärm der herumtobenden Kinder oder durch andere Geräusche stören. Abends stand Benjamina in ihrer kleinen Küche und kochte. Makbule hatte ihr zwar angeboten, mit ihr und ihrer Familie zu essen, aber Benjamina genoss die Abendstunden in ihrem eigenen Reich. Bevor sie schlafen ging, öffnete sie das Fenster und rauchte, ein Vergnügen, das sie sich für den Abend aufhob. Sie liebte die nächtliche Stille, die nur gelegentlich von dem schlaftrunkenen Blöken der drei Schafe in ihrem Stall unterbrochen wurde. In diesem Jahr würde auch sie zur Winterfeuerung beitragen. Sie hatte schon begonnen, den mit Stroh vermischten Dung zum Trocknen auszubreiten. Später wurde das Gemisch in ziegelgroße Stücke zerteilt und aufgeschichtet, im Schuppen oder in einer Felsenhöhle. Anfangs hatte sie sich vor den „tezeks" geeekelt, aber dieses biologische Heizmaterial verbreitete keinerlei Gestank, kostete nichts und wärmte bestens.

Als die Tage kürzer wurden, fielen auch die Temperaturen. Ende September brach eine Regenperiode an, die alle Wege in Schlammpfade verwandelte. Im Tal sammelte sich das Wasser und quoll über die Schwellen der Häuser. Benjaminas und Makbules Anwesen lagen so hoch, dass sie diese Probleme nicht kannten. Benjamina war froh über das massive Mauerwerk der Außenwände, das keine Feuchtigkeit eindringen ließ. Lale vermisste den Aufenthalt im Freien und versuchte ständig, zur Tür zu robben und nach draußen zu gelangen. In den Schulraum nahm Benjamina die Kleine nicht mehr mit, obwohl der Weg kurz war, aber er glich jetzt einer gefährlichen Rutschbahn. Viele Kinder waren krank und blieben dem Unterricht fern. Benjamina besuchte sie reihum, erzählte ihnen Geschichten, und wenn es ihnen besser ging, holte sie mit ihnen etwas vom versäumten Unterrichtsstoff nach.

Zu dieser Jahreszeit war der Kontakt zu Nachbarn und Freunden nicht so lebhaft wie sonst. Es schien, als lastete die Dunkelheit nicht nur auf der Landschaft, sondern auch auf den Gemütern der Menschen. Benjamina kam es vor, als würde in dieser Zeit sogar weniger gelacht als sonst.

Abends saßen Makbule und Benjamina häufig zusammen, während Nuri früh zu Bett ging. Meistens strickte Makbule, Jäckchen für Lale oder Strümpfe für Nuri und Halil. Benjamina machte Pläne für ihren Unterricht. Gesprochen wurde nicht viel. Die Stimmung glich dem Wetter draußen.

Eines Abends knallte Makbule ihr Strickzeug auf den Tisch und sprang auf.

„Als ob man auf einem Friedhof lebt!" schrie sie.

Sie lief zu Benjamina und riss ihr den Stift aus der Hand.

„Lass uns überlegen, wie wir diesem Trübsinn ein Ende bereiten! Ich mach uns einen Tee, und dann suchen wir nach Abhilfe!"

Benjamina schob seufzend ihre Papiere zur Seite. Sie hatte keine Lust auf das Schmieden von Plänen. Makbule schenkte Tee ein, setzte sich mit aufgestützten Ellenbogen an den Tisch und schaute Benjamina erwartungsvoll an.

„Sieh mich nicht so an, als wäre ich angefüllt mit sprühenden Ideen! In meinem Kopf entwickle ich Unterrichtsprogramme, Lales Unzufriedenheit wegen ihres ständigen Aufenthaltes im Haus belastet mich – und außerdem fühle ich mich müde und erschöpft."

„Das geht doch allen so! Und gerade deswegen..."

„Was denn? Willst du die Sonne herbeizaubern?"

Benjamina spürte, wie sie gegen ihren Willen aggressiv wurde und schwieg betroffen. Makbule warf ihr einen Blick zu und sprach schnell weiter.

„Spontan kommt keiner mehr zu Besuch. Darum laden wir jeden persönlich ein – reihum. Und dann müssen sich die anderen revanchieren. Wir sind die ersten. Ich koche, und du richtest an, dekorierst – das kannst du viel besser als ich! Ich vermisse das Plaudern, das Schwelgen in Erinnerungen, Tratsch und Klatsch..." Benjamina fing an zu lachen.

„Ich muss an meine Mutter denken. Immer, wenn es Probleme gibt, geht sie in die Küche und fängt an zu kochen!"

Die beiden Frauen saßen noch lange zusammen, fertigten Listen an, arbeiteten Pläne aus, und es dauerte nicht lange, da hatte Makbule Benjamina mit ihrer Begeisterung angesteckt. Als sie endlich schlafen gingen, hatten sich die Schatten auf ihrem Gemüt aufgelöst.

5. Kapitel:

KÄLTEPERIODE

Zündende Ideen, Elan, Durchsetzungskraft sind bekanntlich die besten Voraussetzungen, ein Vorhaben in die Tat umzusetzen. Aber Benjamina und Makbule hatten nicht mit einem so frühen Wintereinbruch gerechnet, der ihnen einen Strich durch ihre wohl aufgestellte Rechnung zu machen drohte. Der Regen hatte zwar aufgehört, aber schon nach drei Tagen zogen neue Wolken auf, der Wind entwickelte sich zum Sturm, und es wurde sehr kalt. Die Eiseskälte war selbst hier im Osten ungewöhnlich für November. Dann ließ der Sturm nach, es fing an zu schneien. Die Quelle war erstarrt. Unentwegt schleppten sie in Eimern den Schnee ins Haus, hackten das Eis von der Quelle in Stücke und ließen es neben dem kleinen Kanonenofen auftauen. Zum Glück hatte Makbule an den Tagen vor dem Kälteeinbruch Berge von Lebensmitteln, vor allem Gemüse, in Kars eingekauft, ohne zu ahnen, dass nur wenige Tage später die Wege unpassierbar gewesen wären. Die beiden Frauen hatten ein üppiges Mahl geplant.

„Warum sollen wir uns nur am Zuckerfest etwas Gutes tun und nur an drei Tagen im Jahr festlich essen und miteinander lachen?" hatte Makbule gesagt. Aber angesichts der neuen Lage mussten sie deutlich bescheidenere Pläne machen. Wichtig war nur, dass sie endlich wieder Gemeinschaft pflegten. Für Benjamina war es immer auf's Neue ein Grund zum Staunen, wenn sie erlebte, was türkische Frauen aus geringen Mengen an Fleisch und Gemüse zaubern konnten. Was von den leicht verderblichen Lebensmitteln im Moment nicht gebraucht wurde, packten sie in eine gut verschließbare Tonne und stellten sie an eine geschützte Stelle hinter dem Haus. Benjamina freute sich besonders auf Yasemin und Ramazan mit ihren Kindern. Sie waren die ersten, die sie hier im Dorf zu Freunden gewonnen hatte. Benjamina wollte Platz schaffen für möglichst viele Gäste, darum legte sie längs der Wand dicke Kissen aus. Immer noch war sie aufgeregt, wenn Besuch kam. Bei Makbule war das anders – hier gaben sich die Gäste für gewöhnlich die Klinke in die Hand – und das sollte jetzt wieder eingeführt werden.

„Da kommen sie!" rief Benjamina, als sie aus dem Fenster blickte und ein Grüppchen dick vermummter Gestalten bergauf wandern sah. Nach den üblichen Umarmungen, und als alle Schuhe und Umhänge abgelegt waren, suchten sich die Gäste einen Platz. Die Gesichter waren gerötet von der Kälte draußen, der heiße, süße Tee war der richtige Willkommensgruß. Benjamina ließ ihre Augen über die Gäste schweifen: Yasemins

Familie war nicht vollzählig.

„Fatma!" rief sie, „wo habt ihr Fatma gelassen? Warum ist sie nicht mitgekommen?"

Yasemin blickte Ramazan an, als bäte sie um Erlaubnis zu reden. Bevor Yasemin den Mund aufmachen konnte, ergriff Ramazan das Wort. „Fatma hat Kopfschmerzen. Sie wollte zu Hause bleiben, sich hinlegen." Benjamina merkte, wie Yasemin aufatmete. Sie nickte den beiden zu und wünschte gute Besserung, obwohl sie wusste, dass Fatmas Krankheit nur vorgeschoben war. Irgendetwas stimmte nicht, und sie brannte darauf, mit Makbule zu reden. Die war in der Küche und hatte von dem kurzen Gespräch nichts mitbekommen. Es blieb nichts anderes übrig, als sich in Geduld zu fassen, bis das Haus leer war. Yasemin blieb den ganzen Abend über schweigsam, so dass es schließlich auch Makbule auffiel. Aber sie stellte keine Fragen, schaute sie nur forschend an. Yasemin senkte den Blick, fast so, als schämte sie sich. Benjamina tat sie Leid, sie hätte sich am liebsten neben sie gesetzt, sie nach ihrem Kummer gefragt, sie getröstet. Doch Ramazan saß neben ihr und hielt seine Frau scharf im Auge.

„Schade", dachte Benjamina, „unser Plan scheint nicht aufzugehen – als ob Unheil in der Luft schwebt. Ob wir beim nächsten Treffen mehr Glück haben?"

Die Gäste brachen früher als erwartet auf, obwohl jeder wusste, dass es daheim nichts Dringendes zu erledigen gab.

Als die beiden Frauen Ordnung schafften. konnte Benjamina ihre Ungeduld nicht länger zügeln.

„Was ist los mit Yasemin? Sie ist völlig verändert! Und Fatma – glaubst du, dass sie krank ist?"

Makbule seufzte. „Du hast ja Recht! Ich gehe morgen vorbei. Am besten dann, wenn Ramazan nicht da ist. In seiner Gegenwart würde seine Frau nicht sprechen. Ich mache mir auch Sorgen. Dabei habe ich Fatma nie so strahlen sehen wie in letzter Zeit. Eine Krankheit? Niemals!"

In der Nacht nach dieser missglückten Einladung wälzte sich Benjamina unruhig hin und her und konnte keinen Schlaf finden. Als sie, wie sie es oft tat, Lale streichelte, die in ihrem Bettchen neben ihr lag, zuckte sie erschrocken zurück. Die Kleine glühte. Benjamina knipste das Licht an und kniete sich vor das Bettchen. Lales Gesicht war rot, sie atmete schwer und schlug mit ihren Händchen auf das Kissen. Benjamina wurde von Panik erfasst: Kein Arzt im Dorf, die Wege unpassierbar. Sie nahm Lale hoch und drückte sie an sich, fühlte die trockene Hitze ihres Körpers. Sie strich über den kleinen Kopf und merkte, dass die Lymphknoten am Hals angeschwollen waren, als läge eine Kugel unter der Haut.

„Behalt die Ruhe, Ben", redete sie vor sich hin, „es wird alles gut, gut, gut..."

Ihre Mutter hatte bei Fieber immer Wadenwickel gemacht. Sie legte Lale ins Bett zurück, holte ein Handtuch, tauchte es in kaltes Wasser und schlang es um die Beinchen. Lale schlief, war während all der Zeit nicht aufgewacht. Benjamina dagegen lag schlaflos neben ihrer Tochter und horchte angstvoll auf ihren Atem. Erst gegen Morgen schlief sie erschöpft ein.

Sie wurde geweckt durch Lales Singsang. Sie fuhr hoch und beugte sich über das Bettchen. Lale lächelte sie an, die Augen blank. Das Gesicht! Es war nicht mehr hochrot wie in der Nacht, stattdessen übersät mit purpurnen Flecken. Erleichtert seufzte Benjamina auf: Eine Kinderkrankheit! Masern vielleicht, oder Röteln. Der Kleinen schien es gut zu gehen, sie war fröhlich und hatte offenbar Hunger, denn sie lutschte lauthals an allen Fingern.

Wie jeden Morgen nach dem Frühstück schaute Makbule vorbei. Benjamina fiel ihr um den Hals und begrüßte sie überschwänglich. Makbule schaute sie irritiert an.

„Du – ich war nicht verschollen, ich war nur nebenan!"

Benjamina lachte. „Nein, nein, ich bin nicht übergeschnappt!"

Sie erzählte von der vergangenen Nacht und zog die Freundin mit sich in die Schlafkammer, wo Lale sie fröhlich krähend begrüßte. Makbule klatschte die Hände vor's Gesicht.

„Was hast du gemacht, Zuckerstückchen? Rote Punkte – wie aufgemalt! Willst du zu einem Kinderfest?"

Und zu Benjamina: „Werden wohl Röteln sein - kein Grund zur Sorge! Der Gang zu Yasemin macht mir mehr zu schaffen." Sie sah auf die Uhr. „Ramazan müsste jetzt in der Käserei sein, wünsch mir Glück!"

Kaum hatte Makbule die Tür hinter sich zugeschlagen, nahm Benjamina ihre Tochter in die Arme und drückte sie an sich. Sie war so erleichtert, dass Fatmas Schicksal im Hintergrund versank.

Erst am Nachmittag dachte sie wieder an das junge Mädchen, als Makbule sich noch immer nicht gemeldet hatte. Sie war beunruhigt, sah alle paar Minuten auf die Uhr und spähte durch das Fenster. In der grauen Luft, in die schon der Abend seine Schatten warf, war nichts zu erkennen. Am liebsten wäre sie zu Nuri nach nebenan gelaufen, oder sogar zu Yasemin. Aber sie konnte Lale nicht allein lassen. Lale schlief. Benjamina las, schrieb in ihr Tagebuch. Aber sie ertappte sich immer öfter dabei, wie sie Löcher in die Luft starrte. Auf nichts konnte sie sich konzentrieren.

Als endlich die Türklinke niedergedrückt wurde, fuhr sie erschrocken hoch. Ein Hauch Kälte wehte ins Haus.

„Was ist denn passiert?" schrie sie.

Makbules Gesicht war finster, ihre Stirn in Falten gezogen. Selten hatte Benjamina ihre Freundin so düster erlebt.

„Schon wieder Panik – es reicht langsam!"

Benjamina wich bestürzt zurück.

„Bleib einmal mit deinen Füßen auf der Erde! Ich war bei ziemlich vielen Leuten im Dorf und habe mir den Mund fusselig geredet, habe für unser Einladungsprojekt geworben. Übrigens – darf ich mich setzen, oder willst du mich an der Tür festnageln?"

Benjamina war bestürzt. War Makbules Gereiztheit auf Benjaminas ungeduldige Reaktion zurückzuführen, oder brachte sie schlechte Neuigkeiten? Benjamina rückte einen Stuhl zurecht und starrte ihr Gegenüber wortlos an, bohrende Fragen in den Augen. Endlich sagte Makbule:

„Gib mir eine von deinen Zigaretten. Ich habe noch nie geraucht – aber jetzt brauche ich eine."

Mit zitternden Fingern kramte Benjamina die Schachtel hervor.

„Aman Allahım – was für ein Drama!" stieß Makbule hervor.

Benjaminas Mund war trocken – die Nerven angespannt.

„Fatma ist nicht krank. Oder doch – liebeskrank. Das Mädchen hat sich verliebt und sich heimlich mit ihrem Liebsten getroffen. Als Ramazan davon erfuhr, hat er das Mädchen zur Frauenärztin gezerrt und sie gezwungen, sich untersuchen zu lassen. Benjamina stieß einen kleinen Schrei des Entsetzens aus.

„Welche Demütigung! Das hätte ich nie von Ramazan erwartet – er wirkte so aufgeschlossen..."

Makbule lachte bitter. „Sie war noch unberührt, aber ihr Vater hat sie auf der Stelle weggebracht, weiter nach Osten, nach Subatan. Yasemin hat versucht, Ramazan zu überreden, seine Einwilligung zur Hochzeit zu geben, aber umsonst. Vielleicht eine Trotzreaktion, türkische Väter müssen die Zügel in der Hand haben, bei ihren Töchtern und auch bei ihren Ehefrauen."

Benjamina hatte einen Kloß in der Kehle. Sie sah Makbule traurig an. „Darin unterscheiden sich die Kurden nicht von Türken? Ich habe die Männer hier immer für ihre gedankliche Freiheit geschätzt!"

„Sie geben sich modern, aber die so genannte „Ehre" ist unantastbar. Das erlebst du selbst bei den ,Almancis', den aus Deutschland Zurückgekehrten."

Benjamina drängte: „Erzähl weiter! Ist noch etwas geschehen?"

Makbule schüttelte den Kopf. „Bis jetzt noch nicht. Aber Yasemin hat furchtbare Angst, dass Fatma sich etwas antut. Ausgerechnet Subatan! Dort begegnet sie meiner und Meltems Familie – das Schicksal meiner Schwester wird ihr lebhaft vor Augen stehen. Diese Männer!"

Makbule schlug mit der Faust auf den Tisch und wischte sich über's Gesicht.

„Dabei könnte sich Ramazan keinen besseren Schwiegersohn wünschen als Ahmet. Er hat die Dorfschmiede seines Vaters in Digor übernommen und ein gutes Einkommen. Die Qualität seiner Ware und seine Tüchtigkeit haben ihm sogar Aufträge von außerhalb eingebracht. Außerdem ist er ein Bild von einem Mann – kein Wunder, dass Fatma sich in ihn verliebt hat! Er ist größer als die meisten Männer bei uns und hat strahlend weiße Zähne..."

„Aber wo und wann haben sie sich kennengelernt?"

„Yasemin meint, sie müssten sich in Kars begegnet sein, bei einer der Einkaufstouren, die sie und ihre Töchter unternommen haben. Sie verwünscht sich heute noch dafür, dass sie nicht wachsamer gewesen ist."

Das Schicksal des jungen Mädchens beschäftigte nicht nur die Bewohner der Häuser an der Felsquelle, jeder im Dorf wusste mittlerweile Bescheid. Trotz aller Versuche, einen Vorfall zu verheimlichen, breiteten sich Gerüchte schnell aus und sorgten für abenteuerliche Spekulationen. Benjamina war durch das Verhalten gegenüber Fatma zutiefst betroffen. Doch Makbule, der sie nahe stand wie niemandem sonst in Koyundere, war offensichtlich zur Tagesordnung übergegangen. Zum ersten Mal fühlte sie sich fremd hier. Selbst wenn es ihr gelang, durch Gespräche mit den Frauen ihr Selbstbewusstsein zu stärken – was nützte das, wenn die Männer weiterhin die unumschränkte Herrschaft beanspruchten und sie, wenn nötig, mit Gewalt aufrecht erhielten. Die meisten Männer im Dorf standen hinter Ramazan, die Frauen solidarisierten sich mit Fatma und Yasemin.

Schnee und Eis versperrten die Wege – Makbule gab den Gedanken an eine Fahrt nach Subatan auf.

Die Tage schleppten sich dahin. Zum Jahreswechsel sorgte das Wetter für weitere Aufregung: Aus drohend schwarzen Wolken prasselten walnussgroße Hagelkörner herab und zerstörten eine Reihe von Dächern. Niemand wagte sich aus dem Haus, die Vorräte wurden knapp. Das Einladungsprojekt war zum Scheitern verurteilt, noch ehe es richtig begonnen hatte. Die Mahlzeiten bestanden aus Hammelfleisch und Milchprodukten, Lebensmitteln, die im Dorf erzeugt wurden.

Als auch im Februar der Frost unvermindert anhielt, fasste Nuri einen Entschluss. Zusammen mit seinem Sohn Halil wollte er sich auf den Weg nach Kars machen, zu Fuß, mit Schlitten und Schneeschuhen. Im Dorf war lange diskutiert worden, ob man wegen der Lebensmittel eine solche Tour riskieren sollte. Die meisten weigerten sich, aber Nuri und Halil waren fest entschlossen, das Wagnis einzugehen. Makbule packte einen kleinen Gaskocher, Kanne, Tee, Brotfladen, Käse und gekochtes, klein geschnittenes Fleisch in einen Yutesack, der auf dem Schlitten festgezurrt wurde. Die Welt hatte sich in eine weiße Mondlandschaft verwandelt. Es war so still, als wäre man in Watte gebettet.

Benjamina wusste, dass Makbule ihren Mann aus Vernunft geheiratet hatte. Aber wenn sie jetzt an die Umarmung beim Abschied dachte, wurde ihr klar, dass zu einer Heirat mehr als Liebe gehörte. Selten hatte Benjamina so tiefe Verbundenheit und uneingeschränktes Vertrauen gespürt. Eine Zugewandtheit, die mehr wog als flammende Verliebtheit.

Lautlos glitt der Schlitten den Hügel hinab. Wenige Augenblicke später waren die beiden Männern und ihr Gefährt den Blicken entschwunden.

Die folgenden Wochen verstrichen noch trostloser als die vorigen. Makbule war blass, redete nur das Nötigste. Benjamina merkte, dass sie oft heimlich weinte, sich, wenn es niemand sah, über die Augen fuhr. Der einzige Lichtblick war Lale, die jeden Morgen gut gelaunt den Tag begrüßte. Benjamina drückte der Freundin häufig das Kind in die Arme, freute sich, wenn die beiden miteinander spielten und sich ein Lächeln in Makbules Gesicht stahl.

Die Sorge um Fatma war so weit in den Hintergrund gerückt, als gäbe es sie nicht mehr.

Eines Morgens erwachte Benjamina durch eine ungewöhnliche Helligkeit. Etwas hatte sich verändert. Sie stand auf, zog die Vorhänge auf und wich geblendet zurück. Der Himmel war blau, die Schneeflächen spiegelten das Licht der Sonne, kein Lüftchen regte sich. Benjamina öffnete das Fenster, breitete die Arme aus und füllte die Lungen mit der frischen, kalten Luft. Sie fühlte sich berauscht. Da hörte sie Makbules Lachen, das sie lange hatte entbehren müssen. Dann mischten sich andere Stimmen hinein, Männerstimmen. Benjamina zog sich hastig an, nahm Lale auf den Arm und eilte ins Nachbarhaus. An der Tür stieß sie mit der strahlenden Makbule zusammen. Sie umarmten sich.

„Şükürler olsun! Geldiler! Sie sind wieder da!"

Am Küchentisch saßen Nuri und Halil, bärtig, schmutzig, blass und erschöpft. Aber sie lächelten. Sie kamen auf Benjamina zu und schlossen sie in die Arme.

„Ihr habt's geschafft – wir glaubten schon..."

Nuri winkte ab. „Lass gut sein! Das ist vorbei. Ein bisschen Schlaf und ein guter Happen – dann sind wir wieder wie neu! Warte!"

Er kniff Lale zärtlich in die Nase. „Für dich habe ich was mitgebracht!" Er lief zurück in den Korridor, kramte in seinem Rucksack und holte ein Päckchen heraus. Lale juchzte, griff zu und versuchte, es in den Mund zu stecken. Gemeinsam schälten sie eine bunte Stoffpuppe aus dem Papier. Benjamina war gerührt und fand keine Worte – sie lächelte Nuri zu.

Im Dorf hatte es sich schnell herumgesprochen, dass die beiden unversehrt heimgekehrt waren. Einer nach dem anderen kam den Hügel heraufgestapft. Nuri und Halil waren plötzlich zu Helden geworden. Makbule dachte gar nicht daran, die mitgebrachten Lebensmittel zu horten. Sie buk und kochte, als wären die Vorräte unerschöpflich. Jeder wurde willkommen geheißen und bewirtet – und alle genossen es. Es schien, als wäre mit den beiden Wagemutigen auch der verlorene Gemeinschaftssinn ins Dorf zurückgekehrt.

Aber unter all den vertrauten Gesichtern fehlten die von Ramazan und Yasemin. Als endlich die Nacht anbrach und ein wenig weniger Betrieb war, setzte Makbule die Petroleumlampe auf den Tisch und stellte die Fragen, die auch Benjamina schon den Tag über bewegt hatten.

„Habt ihr was von Fatma gehört? Ist sie noch in Subatan? Geht es ihr gut?"

Nuri senkte den Blick und nahm, ganz gegen Sitte und Gewohnheit, Makbules Hand.

„In Kars habe ich Emines zukünftigen Schwiegervater getroffen. Er hat gesagt, dass Fatma weg ist."

Er sprach so leise, dass Benjamina sich vorbeugte und wiederholte, was so unglaublich klang.

„Sie ist weg? Was soll das heißen? Ist ihr was zugestoßen? Sag doch was!"

„Ich weiß es doch auch nicht. Eines Abends verschwand sie. Sie sollte zur Nachbarin gehen und sich etwas ausleihen, aber sie kam nicht zurück. Niemand hat sich zuerst etwas dabei gedacht, im Gegenteil, alle waren froh, dass sie aus ihrer Lethargie erwacht war und offenbar mit der Nachbarin ein Schwätzchen hielt. Erst nach zwei Stunden kam Unruhe auf..."

„Und...?" drängte Makbule, „haben sie nichts unternommen?"

Nuri schüttelte den Kopf. „Die ganze Nacht haben sie

gesucht, und den nächsten Tag, jeder wollte etwas gesehen oder gehört haben, ein Geräusch von einem Auto, plötzliches Hundegebell, Stimmen... Alles nur Gerüchte – Fatma hatte keine Spur hinterlassen."

„Spur... Fußspuren! Im Schnee müssen doch Abdrücke gewesen sein!" Wieder schüttelte Nuri den Kopf. „Die wären längst verweht worden, Schnee und Wind – da bleiben keine Spuren zurück. Weiß Gott, was dem Kind zugestoßen ist."

Im Dorf blieb die Nachricht von Farmas Verschwinden nicht verborgen. Yasemin trug seit einiger Zeit einen schwarzen Schleier über ihrem Turban. Sie hatte keine Hoffnung mehr, ihre Tochter lebendig wiederzusehen, trauerte still, zog sich zurück. Wenn Makbule und Benjamina sie besuchten, wurden sie freundlich bewirtet – wie in alten Zeiten, sprachen aber nur über Belangloses. Ramazan ließ sich nicht sehen.

Der Schnee war geschmolzen, die Quelle am Felsen sprudelte wieder, die Wiesen leuchteten in frischem Grün. Endlich konnten die Kinder draußen spielen, und die Schafe konnten auf die ‚Yayla‘ getrieben werden. Sobald die Straßen frei waren und der Dolmuş wieder ins Dorf kam, fuhren die Frauen scharenweise nach Kars zum Einkaufen, brachten Säcke voll frischem Gemüse und leuchtende Orangen mit.

Eines Abends, kurz vor Lales erstem Geburtstag, saß Benjamina bei Makbule in der Küche. Sie überlegten gerade, worüber Lale sich freuen würde. Da hörten sie jemanden heftig an die Tür pochen. Das war ungewöhnlich, um diese Zeit machte niemand Besuche, nach dem Abendessen ging man beizeiten schlafen. Ausnahmen gab es nur bei besonderen Anlässen wie zum Beispiel dem Zuckerfest. Der späte Besuch und das ungestüme Begehren nach Einlass deuteten auf etwas Ungewöhnliches hin. Beide Frauen sprangen gleichzeitig hoch und rissen die Tür auf.

„Tante Sevim!" riefen sie, „was um Gottes Willen ist passiert?"

Die rundliche Sevim ließ sich auf ein Kissen plumpsen, riss sich das Kopftuch ab und schnappte nach Luft. Benjamina holte die Flasche mit dem Kölnisch Wasser und träufelte das duftende Nass in Sevims geöffnete Hände. Dann setzten sich die beiden Freundinnen und schauten die Tante erwartungsvoll an.

„Ich hab' sie gesehen", stieß sie hervor, „in Kars, einfach so..."

„Wen?"

„Fatma! Unsere Fatma! Sie lebt!"

„Hast du mit ihr gesprochen? Wo lebt sie? Erzähl doch!"

„Sie hat mich nicht gesehen – und ich hab' mich nicht getraut, sie anzusprechen..."

Makbule schlug sich mit der flachen Hand auf die Schenkel.

„Aber wo sollen wir sie denn jetzt finden? Wer weiß, wann es wieder so eine Gelegenheit gibt!"

Tante Sevim zuckte die Achseln. „Na ja, ich bin ihr nachgegangen. Sie ist mit ihren Gemüsetüten in den Dolmuş nach Digor gestiegen..."

„Nach Digor? Nach Digor!"

Jetzt schnappte auch Makbule nach Luft.

„In Digor lebt doch Ahmet, der Dorfschmied, der Verehrer von Fatma!" „Heißt das...?" stammelte Benjamina und schaute Makbule an.

„Ja – eine Entführung! Ahmet hat seine Braut entführt!"

Makbule flüsterte: „Aber wie hat er das angestellt? Von Digor nach Subatan, bei Schneetreiben... Und wie haben sie sich verabreden können! Sie müssen Helfer gehabt haben!"

Benjamina lächelte wehmütig. „Er muss sehr verliebt sein! Wisst ihr was? Ich beneide Fatma um so einen Mann, und ich bewundere den Mut der beiden!"

Sevim, die inzwischen wieder zu Atem gekommen war, sah sie missbilligend an.

„Was soll denn nun werden? Wer sagt es Ramazan und Yasemin? Wird es denn nun gar keine Hochzeit geben? Allah, Allah!"

„Eine Szene wie in einem alten türkischen Film," dachte Benjamina. Makbule hatte sich neben Sevim gesetzt und tätschelte ihr die Hand. „Lass uns nur machen, abla, ich werde mich um alles kümmern, und du bist die erste, die Bescheid bekommt – ganz bestimmt!"

6. Kapitel:

DIE HOCHZEIT

Über Nacht war es milde geworden, der Wind hatte sich gelegt, man hörte Vogelstimmen und Kinderlachen. Ein Duft von Blumen hing in der Luft. Die Menschen hoben die Köpfe, statt auf ihre schmutzigen Latschen zu starren, die durch den Matsch stapften. Die gedrückte Stimmung war verflogen, hatte sich aufgelöst wie Nebel in der Sonne. Yasemin hatte ihre dunklen Tücher gegen leuchtend bunte eingetauscht, und schon von weitem hörte man ihre kräftige Stimme, als wollte sie das Schweigen der Vergangenheit wettmachen. Ramazan dagegen blieb weiterhin still. Bei den Zusammenkünften der Männer paffte er eine Zigarette nach der anderen, und oft sah man ihn mit gesenktem Kopf davongehen, wenn hinter ihm derbes Gelächter erscholl.

„Er hat sich gefügt", dachte Benjamina, „vielleicht hat er sich mehr gesorgt, als wir dachten."

Makbule hatte keine Mitleid.

„Geschieht ihm Recht", sagte sie so laut, dass es jeder hören konnte, „jetzt kriegt er die Rechnung für sein albernes Ehrgehabe!" Schadenfreude und Triumph waren nicht zu überhören.

Nicht nur die Natur putzte sich heraus, auch in den Häusern wurde der Winterschmutz ausgekehrt, und mit ihm all die Bedrückung, Angst und Trübsal, die sie voneinander getrennt und in ihre Häuser gesperrt hatte. „Nimm Lale und komm", sagte Makbule eines Morgens zu Benjamina, „wir Frauen gehen heute zu Yasemin, sie hat alle eingeladen!"

Als sie vor die Tür traten, sahen sie die Männer des Dorfes, die auf dem Weg zu der kleinen Moschee waren, die etwas abseits der Wohnhäuser unterhalb des hinter dem Dorf aufragenden Felshügels errichtet worden war und sogar eine kleine Kuppel und ein Minarett hatte. Aus den Schornsteinen stieg Rauch in die noch kühle Morgenluft, es roch nach Betriebsamkeit. Lale tappte vergnügt in der feuchten Erde herum und erhob Protestgebrüll, als Benjamina sie hoch nahm. Makbule trug einen mit einem weißen Tuch bedeckten Korb, aus dem es verführerisch nach gefüllten Pasteten roch. Der Weg war glitschig, und mit dem zappelnden Kind auf dem Arm hatte Benjamina Mühe, den Halt zu bewahren.

In Yasemins Küchenhöhle hatten sich schon die meisten der Dorffrauen versammelt, scharten sich um den kleinen Kanonenofen oder standen schwatzend und lachend um die auf zwei Holzböcken ruhende, mit Wachstuch bespannte Platte herum, die sich allmählich mit Schüsseln und Töpfen füllte, aus denen es dampfte und duftete. Die Gesichter glänzten, in den Augen spiegelten sich Neugier und Erwartung. Nachdem auch die letzten Nachzügler eingetroffen waren, machten es sich alle auf den Kissen am Boden bequem, schlürften ihren Tee, bedienten sich an den Speisen und wischten sich, wenn sie fertig waren oder sich eine Pause gönnten, die Finger an den Tüchern ab, die auf ihrem Schoß lagen.

Man hätte denken können, es wäre eines der üblichen Frauentreffen, hätte es nicht inmitten der fröhlich Plaudernden die schweigsame Yasemin gegeben. Plötzlich stieß sie einen spitzen Schrei aus und umklammerte ihr Handgelenk. Als die Frauen sie erschrocken anstarrten, sagte sie:

„Es ist nichts – ich hab' mich mit dem heißen Wasser ver-brüht..."

Sie lächelte entschuldigend, aber das muntere Geschwätz kam nicht wieder in Gang. Makbule stand auf, legte den Arm um sie und sah sie aufmunternd an.

„Komm schon – du darfst dich freuen, alle hier sind auf dei-ner Seite – und auf Fatmas. Diese unsinnige Trennung muss ein Ende haben – und wir wollen endlich eine Hochzeit sehen!" Die Frauen klatschten Beifall, und einige begannen zu singen und zu tanzen. Benjamina stieß hervor:

„Aber ... aber sie sind doch schon ein halbes Jahr lang Mann und Frau!"

Yasemins Schultern strafften sich, ihr Gesicht wurde ernst.

„Ja, die Imam–Hochzeit hat stattgefunden, aber das reicht mir nicht. Ich will eine gesetzliche Eheschließung. Und auch, wenn das ziemlich spät passiert, so soll es doch gefeiert werden, wie eben üblich bei einer richtigen Hochzeit!"

„Und wie?"

„Wo?"

„Wann?"

„Ist Ramazan einverstanden?"

Sevim baute sich vor den Frauen auf und wischte sich mit dem Ärmel über ihr verschwitztes Gesicht.

„Selbstverständlich!"

In ihren Augen glitzerte Triumph.

„Dafür hat Abdul Bey gesorgt! Ich habe gelauscht – keiner hat mich bemerkt! Und ich hab' gehört, wie Abdul und Ibo aus Kars sich den störrischen Eselssohn Ramazan vorgenommen haben. Zuletzt hat er gar nichts mehr gesagt. Und das heißt? Na, was glaubt ihr wohl?"

Sevim blickte Beifall heischend in die Runde. Die Frauen kicherten, stießen sich an und brachen schließlich in erleichter-tes Lachen aus, das anschwoll wie ein plötzliches Sommerge-witter, um erst allmählich abzuebben. Benjamina ließ Lale auf den Knien hüpfen und dachte:

„Wie seltsam, dass ich mich fühle, als sei dies meine Familie, als gehe es um meine eigene Schwester ..."

Als der Fastenmonat sich dem Ende zuneigte, waren auch die Vorbereitungen für das große Ereignis abgeschlossen. Yasemin war jetzt oft bei ihrer Tochter in Digor und überließ Emine die häusliche Wirtschaft. Die standesamtliche Trauung war stillschweigend über die Bühne gegangen, außer dem Brautpaar waren nur die Eltern, Onkel Ibo und ein paar neugierige Tanten gekommen. Die Feier im Dorf war weitaus verlockender, und wie alle anderen fieberte auch Benjamina dem Termin entgegen.

„Ich bin so gespannt! Endlich sehe ich die beiden mal zusammen," sagte sie, während sie mit Makbule Fleischpasteten zubereitete.

Makbule lachte. „Schlag dir das aus dem Kopf! Das ist keine herkömmliche Hochzeit!"

Sie weidete sich an Benjaminas Bestürzung und wollte sich ausschütten vor Heiterkeit.

„Du wirst nur Fatma sehen – und die Frauen aus beiden Dörfern."

„Und wo bleibt Ahmet? Und die Männer? Feiern die nicht?"

Makbule nahm Benjamina in die Arme.

„Verzeih, dass ich dich nicht eher aufgeklärt habe! Die Männer feiern natürlich auch, aber nicht hier, die ziehen alle zusammen in Ahmets Dorf. So ist das hier üblich bei Brautentführungen!"

Der Schelm saß Makbule im Nacken. Sie stupste Benjamina an und zwinkerte ihr zu.

„Du hast doch sicher bemerkt, dass bei uns Männer und Frauen so gut wie nie etwas gemeinsam tun – ausgenommen –" und dabei senkte sie die Stimme und grinste, „nachts, wenn sie allein sind. Und weil Fatma und Ahmet gegen die Regeln verstoßen haben, müssen die beiden leider getrennt Hochzeit feiern, jeder in seinem Dorf, so verliert niemand das Gesicht."

„Und dann?"

Benjamina hatte aufgehört zu arbeiten und blickte Makbule verstört an. „Dann? Danach ist die Welt wieder in Ordnung, Fatma und Ahmet sind rechtmäßig ein Paar, und sie machen das, was alle Paare tun, sie kriegen Kinder und ziehen sie auf, schlecht oder recht. Und niemand spricht mehr von der großen Schande – wie Ramazan zu sagen pflegte."

Die romantische Liebe des jungen Paares war seit langem das Hauptgesprächsthema im Dorf. Benjamina fühlte sich in eine Seifenoper versetzt. Der Bräutigam erhielt zunehmend eine beinahe mystische Verklärung. Schuld daran waren Gerüchte, die flüsternd, unter dem Siegel der Verschwiegenheit, die Runde machten. Man erzählte sich, Mitglieder der PKK hätten mit Ahmet Kontakt aufgenommen, er wäre mehrmals von Unbekannten in seiner Schmiede in Digor aufgesucht worden. Man sprach von heftigen Wortgefechten und feindseligen Drohungen.

„Ph – die wollten ihn für sich gewinnen" - meinte Makbule, „kein Wunder, so tüchtige Handwerker wie unseren Schmiedemeister Ahmet brauchen die in ihren Reihen!"

Sie lachte. „Aber da war nichts zu machen – Fatma hatte die besseren Argumente!"

Wie ein Ball aus Glut stieg die Sonne an diesem letzten Septembertag am blassen Himmel empor und versprach einen der sprichwörtlich goldenen Herbsttage. Kein Lüftchen regte sich, und die Rauchwölkchen aus den Schornsteinen stiegen wie graue Säulen nach oben. Über dem Dorf lag eine gespannte Stille, obwohl jedermann schon auf den Beinen war, bevor es hell wurde. Die Dorffrauen strebten, eine nach der anderen, auf Ramazans und Yasemins Haus zu, die Gesichter rot vor freudiger Erwartung. Sie hatten es so eilig, dass manche von ihnen gelegentlich ins Straucheln gerieten. In den Armen trugen sie Schüsseln, Töpfe, Kannen, oder auch totes Federvieh, dessen lange Hälse bei jedem Schritt hin- und herschlenkerten. Auf dem Vorplatz stand die alte Nurgül mit ihrer Schwester. Sie zerrten ein paar widerspenstige Lämmer hinter sich her, die jämmerlich blökten, als ahnten sie, was ihnen bevorstand. „Ramazan!" schrie Nurgül, „komm endlich – wir haben nicht ewig Zeit!" Ramazan stieg von seinem festlich geschmückten Traktor, den er gerade aus der Scheune gefahren hatte. Außer ihm war kein männliches Wesen zu sehen, und nach seiner blutigen Arbeit würde auch Ramazan mit seinem Traktor verschwinden. Heute gehörte das Dorf den Frauen, die Männer versammelten sich in Digor, in Ahmets Haus.

Yasemin hockte vor dem Tandır – Ofenloch. Benjamina, die inzwischen die Zubereitung der Fladen beherrschte, zog die Teigbollen fast ebenso geschickt wie Yasemin über das rechteckige Kissen. Jedesmal, wenn der eiserne Haken ein flaches Teigstück an die heißen Wände des Ofens klatschte, leuchteten die Gesichter der Frauen rot auf wie im grellen Scheinwerferlicht einer Theaterbühne. Die kleine Lale watschelte zwischen all den Frauen herum und kreischte vor Vergnügen. Eine Weile hatte sie mit den anderen Kindern gespielt, aber als sie hinunter an den Bach liefen, hatte sie sich zu ihrer Mutter gesellt und stach jetzt mit ihren winzigen Fingern Kuhlen in den Brotteig. Benjamina ließ sie gewähren. Ihr kamen die vorweihnachtlichen Backtage in ihrem Elternhaus in den Sinn, als sie zusammen mit Gitte Sterne und Monde ausstechen durfte.

Fatma kümmerte sich heute um sich selbst. Sie saß in ihrer früheren Kammer, in der sie jetzt nur noch zu Besuch war, und die jungen Mädchen des Dorfes umringten sie. Ihre Hände waren mit weißen Leinentüchern umwickelt, die erst am Abend abgenommen werden und dann ihre mit Henna leuchtend rot gefärbten Handflächen enthüllen sollten. Auf dem kleinen Kanonenofen stand eine blecherne Schüssel, in der eine zähflüssige Masse erhitzt wurde. Alev tippte prüfend mit dem Finger hinein, nickte mit dem Kopf und nahm die Schüssel vom Ofen. „Komm, meine Taube", sagte sie zu Fatma, „jetzt musst du ein bisschen leiden!"

Die anderen lachten, und Fatma verdrehte die Augen. Alev griff in das heiße Wachs und nahm ein faustgroßes Stück aus der Masse. Sie begann, es zu kneten, blies über ihre Hände, knetete von neuem, bis das Wachs eine honiggelbe Färbung angenommen hatte. Fatma hatte die Knie gespreizt und den weiten Rock hochgeschoben. Zwischen ihren Beinen schimmerte das dunkle Dreieck hervor. Jetzt klatschte Alev das Wachs auf die behaarte Haut und drückte es fest. Fatma biss sich auf die Lippen, als Alev es mit einem Ruck herunterriss. Die Mädchen schrien Beifall. Im Wachs steckten die dunklen Härchen, und zurück blieb glatte, weiche Haut. Dieselbe Prozedur wiederholte sich an Armen, Beinen und Achselhöhlen. Sichtlich zufrieden mit dem Ergebnis ihrer Arbeit, stützte Alev beide Hände auf die Knie ihres Opfers und strahlte. „Schön bist du, kleine Braut!"

Fatmas Augen glänzten, verlegen senkte sie den Blick. Sie rutschte vom Hocker und stellte sich mit erhobenen Armen mitten in den Raum. Nesrin tauchte ihre Finger in eine kleine Schüssel mit Rosenwasser und Öl und strich ihr sanft über die enthaarten Achseln. Es war heiß, die Luft vollgesogen mit dem Geruch nach Schweiß, Parfüm und ... etwas Undefinierbarem. Auf dem Bett ausgebreitet lagen ein weißes, schlichtes Hemd, halblange Hosen und ein geblümter, samtener Şalvar. Beim Ankleiden zitterten Fatmas Hände. Als sie zur Tür schaute, erblickte sie Benjamina, die sich nach der Brotbäckerei fortgeschlichen hatte und jetzt fasziniert der Zeremonie zusah.

„Komm", sagte Alev und winkte sie heran, „du darfst ihr die Haare kämmen!"

Benjamina ergriff die Bürste und begann, das glänzende, lange, dunkle Haar zu strählen.

„Wie schade", dachte sie, „dass diese Pracht bald unter einem Turban verschwindet!"

Jetzt legten ihr die Mädchen den hauchzarten, roten Hochzeitsschleier auf, der das Haar bedeckte und übers Gesicht fiel. „Nun bleibst du eine Weile allein", sagte Alev, „wir müssen uns auch noch ein bisschen herrichten – in ein paar Minuten holen wir dich!"

Als die jungen Frauen mit der geschmückten Braut in die Küche traten, unterbrachen die Dörflerinnen ihren Singsang, stampften mit den Füßen, stießen trillernde, gelle Schreie aus und begannen zu tanzen. Jemand nahm Benjaminas Hand, zog sie in den Kreis der Tanzenden. Sie fühlte sich – wie alle anderen - trunken vor ausgelassener Fröhlichkeit. Die kurzen Pausen zwischen den Tänzen waren ausgefüllt mit Essen, Trinken, Gelächter. Es stand sogar eine Flasche Rakı auf der Tafel. Immer aufs neue umringten die Frauen die Braut, legten sich gegenseitig die Hände auf die Schultern, drehten sich im Kreis, erst langsam, dann immer schneller. Die Alten, die mit geröteten, glänzenden Gesichtern auf den Kissen hockten, klatschten und sangen ihr ‚Oi, oi Emine...‘, ein altes türkisches Tanzlied, das bei keiner Feier fehlte. Auch die Kinder tanzten ausgelassen mit, drehten und schwangen die Hüften, ließen die Schultern und Bäuche zittern. Die Kleineren hatten sich irgendwo in die Ecke schlafen gelegt, ohne sich durch den Lärm stören zu lassen. Lale hatte sich einen Weg durch die Tanzenden gebahnt, stand vor Fatma und starrte sie voller Bewunderung an.

Jemand musste die Tür aufgestoßen haben, Benjamina fühlte einen heftigen Luftzug, der ihr die Haare aus der Stirn wehte. Sie blickte sich neugierig um, wollte sehen, wer der verspätete Gast war. Als sie erkannte, wer da am Eingang stand, schlug sie entsetzt die Hände vor's Gesicht. Es dauerte eine Weile, bis auch die anderen merkten, dass etwas nicht stimmte. Gelächter, Tanz, Heiterkeit erstarben, wie mit Messern abgeschnitten. Alle Augen starrten auf die grauen Gestalten, die den Ausgang versperrten. Dann explodierte ein Schrei, der in fatalem Widerspruch zum vorherigen Freudegellen stand. Benjamina wähnte sich in einem ihrer Träume. Es musste ein Traum sein, denn genauso fühlte es sich an, wenn sie auf der Flucht vor Verfolgern nicht von der Stelle kam. Benjaminas Blick verschwamm, um gleich darauf die Szene fotografisch genau zu registrieren: Die Männer, ein Dutzend oder mehr, standen reglos, breitbeinig und schweigsam vor dem Eingang wie Standbilder, bekleidet mit lehmfarbenen Uniformen und derben Stiefeln. Einige trugen im Nacken verknotete, karierte Tücher, andere hatten dunkle Mützen tief ins Gesicht gezogen. Lässig, als wären sie Zuschauer bei einem langweiligen Spiel, hatten sie die Hände in die Seite gestützt.

Jetzt kam Bewegung in die Gruppe. Mit schweren Schritten, sehr langsam, näherten sie sich den Feiernden und nahmen im Gehen ihre Flinten von den Schultern.

Plötzlich war Makbule neben Benjamina, Lale auf dem Arm. Sie rüttelte die Bewegungslose, drückte ihr Lale in den Arm und zischte:

„Nimm dein Kind und verschwinde!"

Verständnislos, mit aufgerissenen Augen, starrte sie die Freundin an. Makbule gab ihr einen Stoß in Richtung des dunklen, hinteren Teils der Küche.

„Der Tandır – Ofen – kriech rein und zieh den Deckel über dir zu, warte..."

Der Rest ging unter. Die grauen Gestalten bewegten sich unaufhörlich wie in Zeitlupe vorwärts, die Gesichter maskenhaft, die Münder zu einem Lächeln verzerrt, aus denen ein Geräusch wie grollendes Lachen drang. Benjamina erwachte aus ihrer Trance. Sie hastete in die Dunkelheit hinter sich, fand den Ofen, schob den Deckel beiseite und sprang in die noch warme Asche. Sie legte Lale neben sich, stemmte beide Füße gegen die gemauerte Wölbung und zog den Deckel über die Höhlung. Lale gab keinen Laut von sich, als spürte sie die Gefahr.

Benjamina hielt sich die Ohren zu, trotzdem hörte sie Schreie, Gepolter, Klirren, Schüsse. Sie beugte sich über Lale, strich ihr über's Gesicht und flüsterte monotone Gebete. Irgendwann merkte sie an Lales Atem, dass sie eingeschlafen war. Benjamina rann der Schweiß über den Körper. Sie hatte Durst. Die Knie schmerzten. Das Licht, das durch die Ritzen zwischen Deckel und Ofenloch sickerte, wurde spärlicher. Schließlich war es stockdunkel, die Geräusche verebbten. Benjamina wagte kaum zu atmen in der plötzlich eingekehrten Stille. Sie hatte jedes Zeitgefühl verloren. In den Schläfen hämmerte es, die Lider waren aus Blei. „Welch undankbare Närrin bin ich doch gewesen – mein Leben lang", dachte sie. Sie wollte weinen, aber kein Tropfen floss aus den brennenden Augen. Sie fing an zu zählen, um nicht mehr denken und sich vorstellen zu müssen, was oben geschehen war. Dann nickte sie ein.

Sie schreckte auf, als Lale hustete. Wieviel Zeit war verstrichen? Die Dunkelheit um sie herum schien weniger undurchdringlich zu sein, durch den Deckelrand schimmerte Licht. Es musste heller Tag sein. Täuschte sie sich, oder hörte sie tatsächlich Stimmen? Sie wagte nicht, sich bemerkbar zu machen. Warten. Aber da hörte sie Makbule, kein Zweifel: Es war Makbule, und sie rief ihren Namen! Und dann: ein Klopfen auf den Metalldeckel. Im nächsten Augenblick wurde er beiseite geschoben, und über ihr erschien das Gesicht der Freundin, vertraut, doch trotzdem seltsam fremd, beinahe ausdruckslos, als hätte sich eine Maske über ihr Antlitz gelegt. Es roch nach verbranntem Müll, Asche, Schweiß.

„So riecht Zerstörung", dachte Benjamina.

Ihre Haut kribbelte, die Haare stellten sich auf.

„Gib mir zuerst das Kind!"

Makbules Stimme klang heiser. Benjamina beugte sich zu Lale hinab, die immer noch schlief. Behutsam nahm sie die Kleine hoch. Asche wirbelte auf. Sie hustete. Schließlich stand sie oben neben Makbule, die sie schweigend in die Arme schloss.

Außer ihnen war niemand in der Küche, kein Laut war zu hören. Benjamina sah sich um. Überall verschüttetes Essen, am Boden lag umgekehrt das Tepsi, auf dem die Kerzen gebrannt hatten. Fetzen von buntem Stoff. Mit Sand und Asche überdeckte Flecken getrockneten Blutes.

„Fatma...?" stammelte Benjamina.

Makbule schüttelte den Kopf. „Nein, sie ist nicht tot. Vielleicht schlimmer als das – sie ist weg. Verschwunden. Zum zweiten Mal entführt, diesmal gegen ihren Willen."

Benjamina stieß einen spitzen Schrei aus.

„Was haben sie ihr angetan, und den anderen...?"

Wieder schüttelte Makbule den Kopf.

„Diesmal war es nicht wie sonst – sie haben nicht getötet – nur in die Luft geschossen. Sie kreisten die Frauen ein, bedrohten sie, verletzten sie, aber ihr Ziel war - Fatma. Sie haben die Hochzeit und die Abwesenheit der Männer abgewartet, um ihren Plan auszuführen."

Benjamina fühlte sich ohnmächtig, zornig, war erfüllt von Trauer und Verzweiflung.

„Gibt es Tote?" flüsterte sie.

„Nein. Aber schwer Verwundete.. Yasemin – sie wollte ihre Tochter schützen und hat gekämpft wie eine Löwin. Nesrin und Zehra kamen ihr zu Hilfe – aber sie hatten keine Chance, genau wie viele andere mutige Frauen. Wir haben die Verletzten nach draußen gebracht, als die Angreifer abgezogen sind – mit Fatma als Beute."

Ein Windstoß öffnete knarrend die niedrige Holztür zu dem kleinen, grasbewachsenen Hof. Benjamina hielt Lale im Arm, die nicht wie sonst plapperte, als spürte sie das Drama, das sich hier abgespielt hatte. Draußen standen schweigend die heimgekehrten Männer des Dorfes, rauchten, schauten zu Boden, wischten sich die Augen. Zögernd traten die beiden Frauen über die Schwelle. Vom tief blauen Himmel strahlte die Sonne auf die zerstörten Träume vom Vortag. Ahmet saß auf dem niedrigen Mäuerchen, hielt den zerrissenen roten Schleier von Fatma in in den Händen. Zwischen Daumen und Zeigefinger klemmte ein Fetzen Papier.

„Er hat die Nachricht zusammen mit dem Schleier gefunden", sagte Makbule. Benjamina sah sie fragend an.

„Dağlarda seni bekliyor - In den Bergen wartet sie auf dich. Eindeutig – nicht wahr?"

Am liebsten wäre Benjamina davongelaufen, und in diesem Augenblick war sie sicher, dass sie niemand aufgehalten hätte.

„Ahmet wird Fatma nicht im Stich lassen", dachte Benjamina, „mit welchen Konsequenzen auch immer..."

Gestern noch war Benjamina überzeugt gewesen, den Platz gefunden zu haben, an den sie gehörte, heute fühlte sie sich als Fremde, die einen kurzen Blick in eine andere Welt geworfen hatte. Es schien, als trennte sie eine Wand von den übrigen. Vom Boden her kroch Kälte in ihr hoch, einzig Lales kleiner Körper gab ihr das Gefühl, noch lebendig zu sein.

„Wie arrogant ich war", dachte sie, ich habe mir tatsächlich eingebildet, die Welt hier im Handumdrehen verändern zu können."

Sie schüttelte den Kopf, ließ die Augen wandern. Ihre Gedanken waren plötzlich ganz klar.

„Vielleicht war meine Zeit hier nicht völlig vertan, vielleicht habe ich bei meinen kleinen Schützlingen die Lust zum Lernen geweckt, ein paar Saatkörner ausgestreut, die irgendwann aufgehen – das wäre ein Anfang."

Makbule stand noch immer neben ihr, ohne dass Benjamina sie wahrnahm.

Benjamina fuhr zusammen, als sie die Hand der Freundin auf der Schulter spürte.

„Wo bist du? Was geht hinter deiner Stirn vor?"

„Ich muss nach Hause", sagte sie.

„Ja doch, aber zuerst..."

„Nein, Makbule, ich gehe zurück nach Deutschland."

Im gleichen Augenblick dachte sie: „Wie seltsam! Bis eben wusste ich selbst nichts von diesem Entschluss, die Worte kamen automatisch. Lang ist es her, dass ich an Deutschland als an mein Zuhause gedacht habe."

Bilder aus der Vergangenheit schossen vorbei, Gelebtes in Zeitraffer. Viele Aufgaben hatten sich ihr angeboten, sie aber hatte alle abgelehnt und sich so leicht und oft verirrt.

Leise sagte sie: „Ich wünsche mir, dass du mitkommst, meine Liebe!"

Makbule schluckte, wiegte den Kopf hin und her.

„Nein, meine Freundin. Meine Träume von früher gibt es nicht mehr. Hier sind die Menschen, die ich liebe und die mich brauchen – das ist meine Realität."

Benjamina merkte, wie ihr Gesicht nass wurde. Das war ein Abschied, von Freunden, von diesem Dorf, dem geliebten Land – aber auch von Illusionen. Trotz ihres Schmerzes fühlte sie, dass es die richtige Entscheidung war.

7. Kapitel:

MAKBULE DENKT AN BENJAMINA

Sie war eine Schwester - mir so nah. Sie ist fort, und es tut immer noch weh, obwohl das Jahr zu Ende geht und Benjamina schon Monate fort ist. Ich weiß jetzt, dass sie früher oder später ohnehin zurückgekehrt wäre, aber anfangs dachte ich, es sei der unglückselige Hochzeitstag von Fatma gewesen, der sie vertrieben hat. Das Ereignis war nur der nötige lautstarke Paukenschlag, der sie aufgeweckt hat...

Den Grund für den Überfall kennen wir inzwischen – es war eine Warnung an alle, sich der Durchsetzung unserer vermeintlich rechtmäßigen Interessen nicht entgegenzustellen. Ahmet ist gegangen, seine Familie, wir alle trauern. Niemand kennt die Zukunft und ob wir Ahmet und Fatma je wiedersehen.

Benjamina wird immer einen Platz in meinem Herzen haben. „Komm mit mir", hat sie gesagt und von meinen Träumen gesprochen. Nur einen Lidschlag lang hat die Versuchung gedauert. Träume sind etwas Wunderbares – aber manchmal führen sie in die falsche Richtung.

Aaaah – Allah! Wie sehr hat Benjamina dieses Land geliebt! Aber Liebe ist nicht genug, um zu einem Bestandteil dieser Gesellschaft zu werden. Es ist wahr: Sie spricht unsere Sprache, hat sich bemüht, sich unseren Traditionen und Regeln für das Zusammenleben anzupassen, sie hat uns viel beigebracht – aber all das hat nicht gereicht, um ihren Wurzeln Halt zu geben. Ich habe sie oft beobachtet, wenn sie sich allein wähnte: Sie saß still da, den Kopf in die Hände gestützt, schaute über das Dorf, seufzte, weinte manchmal. Und wenn sie von ihren Erinnerungen sprach, sah ich ein Leuchten in ihren Augen, als würde ein Licht in ihr brennen. Ich verstand ihre Suche nach der perfekt auf sie zugeschnittenen Aufgabe, die ihr über den Weg läuft. Aber das Leben, mein eigenes Leben hat mich gelehrt, dass es genau umgekehrt ist: Die Aufgabe wartet auf Menschen, die ihr gewachsen und bereit sind, sich ihr hinzugeben. Jemand wie Benjamina ist dazu in der Lage, jede Herausforderung anzunehmen, wenn sie endlich innehält und nicht irgendwo in der Ferne nach ihrer Bestimmung sucht.

Ihre Wurzeln sind so tief in Deutschland verankert! Und dort ist sie ein gutes Stück freier als hier. Meltem ist zerbrochen an der Unfreiheit, sie wollte und konnte sich keiner fremden Bestimmung beugen. Benjamina hat sich wie sie jedem widersetzt, der ihr Leben dirigieren wollte und ist allein deswegen so oft abgeirrt, hat die Augen zugemacht und Chancen übersehen. Hier schien sie endlich am Ziel zu sein: Schnell und selbstverständlich hat sie sich für uns eingesetzt, Ihre Begabung und Neigung passten zusammen. Aah – Allahım! Wie sehr haben die Kinder sie geliebt! Und sie freuten sich auf den Unterricht, wie sich anderswo die Kinder auf Ferien freuen.

Schon jetzt trägt ihre Arbeit Früchte: Abdul und Ibo waren in Ankara beim Erziehungsministerium. Sie haben alle Hebel in Bewegung gesetzt, an viele Türen geklopft, Anträge ausgefüllt, ihren Namen unter viele Papiere geschrieben. Sie sind so lange geblieben, bis sie die Zusage erhalten haben, einen Lehrer zu uns zu schicken. Ob etwas daraus wird, weiß nur Allah, aber sie haben alles versucht.

Benjamina – da bin ich sicher – wird in Deutschland wieder als Lehrerin arbeiten. Und wie ich sie kenne, wird sie sich von ihrer Heimat aus für uns einsetzen, wenn sie eine Möglichkeit sieht.

Leb wohl, meine Schwester – möge der Himmel dich segnen!

265

Teil VI
(Oktober 92)

1. Kapitel:

BENJAMINAS TRAUM

Nebel. Ein Kokon, in dem ich eingeschlossen bin. Watte in meinen Ohren. Nasser Staub auf meinem Gesicht. Stille. Ich kann nichts erkennen, aber ich weiß, dass ich auf einer Klippe hoch über dem Meer bin. Ein schmaler, grasbewachsener Pfad unter meinen Füßen. Blind taste ich mich voran, habe Angst, abzustürzen. Da taucht schräg unter mir zu meiner Rechten der Umriss einer verfallenen Holzhütte auf. Am Wegrand ragt ein verrotteter Balken wie ein Arm nach oben. Darauf steht etwas geschrieben, schwarz und kaum lesbar: „Hamam". Hamam? Ein türkisches Badehaus? Also bin ich in der Türkei! Aber warum diese geisterhafte Abgeschiedenheit – ich fühle mich bedroht. Ich weiß, dass ich träume und möchte aufwachen, aber es gelingt mir nicht. Ich wende den Blick ab, strecke tastend die Hände aus – aber es ist nichts da, an dem ich mich festhalten kann. Jeder Schritt ist ein Wagnis. Plötzlich merke ich, wie mein Fuß ins Leere tritt. Ich stürze. Ich rutsche ab. Meine Hände wollen sich festkrallen, aber sie greifen in Sand, die Füße finden keinen Halt, ich gleite unaufhaltsam tiefer. Verzweiflung. Gleich werde ich im Wasser sein. Ich denke: „Die Kälte wird mich umbringen, bevor ich ertrinke."
Schon spüre ich die Nässe an meinen Füßen, dann versinke ich im Wasser. Auf einmal, als jede Aussicht auf Rettung geschwunden ist, überkommt mich – unerklärlich – Gelassenheit: Es ist nicht zu ändern, ich muss mich mit den Gegebenheiten abfinden, mein Schicksal bejahen. Ich lasse mich von der Strömung treiben, liege mit geschlossenen Augen auf dem Rücken, spüre, wie mich das Wasser trägt. Langsam öffne ich die Augen. Ich sehe Klippen auf beiden Seiten, an den sonnenbeschienenen

Hängen schieben sich Wolkenfetzen nach oben, der Nebel verschwindet, löst sich auf in zarte Schleier vor hell schimmernder Bläue. Staunend, mit Herzklopfen und voller Freude sehe ich, nur wenige Meter entfernt, steinerne Stufen, die aus dem Wasser führen, dahinter eine bergan steigende Gasse – ein Bild wie aus einem Ferienkatalog. Die malerischen Häuser werfen ihre Schatten auf das holprige Altstadtpflaster. Im Hintergrund, wo die Gasse endet, bescheint die Sonne eine Wiese mit Obstbäumen. Ein Mann mit einem Kind an der Hand schlendert gemächlich der Sonne entgegen. Das Kind schaut ihn an und hört ihm zu. Ich fühle mich erlöst, befreit von Angst, und steige die Stufen hinauf an Land. Hinter mir liegt das Meer, sanft gekräuselt im warmen Wind. Niemand und nichts bedroht mich, ich fühle mich geborgen.

2. Kapitel:

ZWISCHEN DEN ZEITEN

Benjamina spürte die kleine, warme Hand in ihrer großen. Freude, Erleichterung, Unbeschwertheit. In ihren Ohren das auf – und abschwellende Geräusch der Wellen. Sie schlug die Augen auf: Keine Sonne über dem Wasser, keine Altstadtgasse. Aber neben ihr saß Lale, und die kleine Hand war kein Traum. Das Flugzeug brummte, schaukelte, war auf dem Weg nach Deutschland. Eine Rückkehr, gleichzeitig ein neuer Anfang. Lale sah sie fragend an. Benjamina legte den Arm um sie und streifte mit dem Mund das kleine Lockenköpfchen.

Die Türkei lag hinter ihr, aber dieses Land würde immer ein Sehnsuchtsort bleiben, auch wenn die rosarote Brille von der

Nase gerutscht war.

Benjamina erinnerte sich an Augenblicke während ihrer Zeit im Dorf, wo sie gezweifelt und ihre Entscheidung für die Türkei in Frage gestellt hatte. Da war die Vorherrschaft der Männer, die eingeschränkte Entscheidungsfreiheit der Frauen, die gnadenlose Ahndung bei Verstößen gegen althergebrachte Regeln. Um einen Wandel herbeizuführen, brauchte es mehr als eine reformfreudige Europäerin, vor allem mehr Zeit.

Benjamina blickte liebevoll auf ihre Tochter.

„Die Rückkehr war die richtige Entscheidung", dachte sie.

Beim Erwachen aus dem letzten Traum hatte sie unendliche Erleichterung gespürt. Die gleiche Erleichterung wie in dem Moment, als sie zu Makbule gesagt hatte: ‚Ich gehe nach Hause.' Die Worte waren ihr entglitten, ohne darüber nachzudenken.

„Es war vermessen zu glauben, meine Kräfte seien stark genug, alle Grenzen zu überwinden", flüsterte sie. „Gegen eine Sandlawine kommt niemand an. Aber im Wasser konnte ich mich bewegen und mich retten."

Aus den Lautsprechern erklang die Weise eines alten türkischen Volksliedes. Benjamina lächelte. Sie würde mit den Menschen hier in Verbindung bleiben, vor allem mit Yaşar und Feride. Die letzten Tage vor ihrem Flug hatte sie bei ihnen verbracht und sich alles von der Seele geredet. Zu ihrer großen Freude und Überraschung hatte das Arztehepaar beschlossen, einmal pro Woche eine Sprechstunde im Dorf abzuhalten.

„Ich bin eine andere als vor meiner Zeit hier", dachte Benjamina.

„Gleich sind wir da", flüsterte sie. „Wir kommen nach Hause – und Connie ist da, und Bahar. Vielleicht werde ich noch einmal die Unibänke drücken – wer weiß! Oder ich kehre zurück zu meinen Grundschulkindern. Keine Ahnung. Es wird sich zeigen. Wichtig ist, dass ich ,an Land gehe'. Und ich freue mich darauf."

Epilog (5 Jahre später)

Der Hausmeister lehnte sich ans schmiedeeiserne Tor des Schulhofs und ließ den Blick über sein Reich schweifen: Die Steinplatten waren gefegt, die langen Tischplatten mit weißen Tüchern bespannt, die Sonnendächer installiert. Er war zufrieden.

Hier hatte sich eine Menge verändert, seit Frau Lindhoff an die Schule gekommen war. Der Hausmeister seufzte.

„Was für ein Segen, dass der Krieg zwischen ausländischen und deutschen Schülern Vergangenheit ist – wer hätte gedacht, dass ich das noch erlebe!"

Es gab jetzt sogar gemeinsame Aktionen, Fußballwettkämpfe, eine Theatergruppe.

„Und die können verdammt gut spielen", murmelte er, „vor allem die Türken!"

Frau Lindhoff hatte auch nachmittags Zeit für ihre Schüler, dann arbeiteten sie gemeinsam an neuen Stücken, trugen ihre Ideen zusammen, brachten ihre Konflikte zur Sprache.

Heute hatten die Lehrer ein Fest für die Erstklässler organisiert, die am Morgen zum ersten Mal mit Herzklopfen, Neugier und mit der üblichen Schultüte im Arm die Schule betreten hatten. Auch die kleine Tochter von Benjamina Lindhoff war dabei gewesen.

Der Hausmeister hob den Kopf. Von weitem hörte er Lachen und Stimmengewirr. Er öffnete das Tor, gerade rechtzeitig, um die Kinder einzulassen, die ihren Müttern vorausgelaufen waren. Ein zierliches, dunkellockiges Mädchen hätte ihn beinahe umgerannt. Er lächelte. Die kleine Lale Lindhoff war ein Wirbelwind!

„Donnerwetter", dachte der Hausmeister, „Frau Benjamina hat sich mal wieder was einfallen lassen!"

Sie trug einen geblümten Flatterrock, hatte die Haare zu kleinen Zöpfen geflochten und mit bunten Schleifen zugebunden.

Frauen mit und ohne Kopftuch umringten sie. Lachend und schwatzend balancierten sie Töpfe und Schüsseln in den Händen. Hinter den Frauen sah man die ersten Väter auftauchen, blonde, hellhäutige und dunkelhaarige. Feste wie dieses waren gute Gelegenheiten, sich besser kennenzulernen.

„Gut, dass wir Frau Benjamina haben," dachte der Hausmeister, „auch wenn sie ein bisschen verrückt ist!"

Worterklärungen

ABLA	*große Schwester*
	vertraute Anrede für jüngere Frauen
AMCA	*Onkel, vertraute Anrede für ältere Männer*
AMAN ALLAHIM	*oh, mein Gott*
AMASI MAMASI YOK	*es gibt kein „aber"*
ANNE	*Mutter*
AFİYET OLSUN	*Guten Appetit / wohl bekomm's*
BEY	*Herr*
YAŞAR BEY	*Herr Yaşar / übliche Anrede*
BEY EFENDI	*höfliche Anrede für den Mann, Bitte, Aufforderung*
BIR ŞEY OLMAZ	*wörtl.: nichts passiert / wird schon gut gehen*
BIZE RAHAT BIRAK!	*lass uns zufrieden!*
BOŞ VER!	*sinngemäß: egal! / mach dir nichts draus!*
BUYRUN	*bitte (tritt ein! / nimm Platz! / greif zu!)*
CANIM	*wörtl.: meine Seele / Kosewort, etwa: mein Schatz!*
ÇABUK	*schnell*
ÇAY	*Tee*
DELIRDIN MI SEN?	*bist du verrückt (geworden)?*
DEVAM ET!	*mach(t) / fahr(t) weiter!*
DOLMUŞ	*Kleinbus*
ENDIŞELENME!	*beunruhige dich nicht! / keine Sorge!*
EYVALLAH!	*frei: auf Wiedersehen! / na dann!*
GEL, GEL!	*komm, komm!*
GELDILER!	*sie sind gekommen! / sie sind da!*
HOŞ GELDIN(IZ)!	*sei(d) willkommen!*
HANIM EFENDI	*gnädige Frau*
FERIDE HANIM	*Frau Feride / übl. Anrede bei befreundeten Personen*

HAYDI!	*los!*
HER ŞEY YOLUNDA	*alles in Ordnung*
HOCA	*Bezeichnung für Geistliche oder Lehrer*
HOŞT!	*hau ab! (bei Hunden)*
KADER	*Schicksal*
KAYBOL(UN)!	*geh(t) verloren! / scher(t) dich (euch) fort!*
KIZ(LAR)	*Mädchen (Pl.), Tochter (Pl.)*
KIZIM	*mein Mädchen, meine Tochter*
LALE	*Tulpe*
MERAK ETME!	*mach dir keine Sorgen!*
MINDER	*großes Kissen*
NE VAR?	*was ist los? was gibt's?*
NOHUT	*Kichererbse*
OĞLUM	*mein Sohn / mein Junge*
OLMAZ!	*frei: unmöglich! / kommt nicht in Frage!*
ŞALVAR	*Pluderhose*
SEDIR	*breite, mit Sitzkissen belegte Bank*
ŞÜKÜRLER OLSUN!	*Gottseidank!*
TANDIR	*unterirdischer Backofen*
TEYZE	*Tante / Anrede für ältere Frauen*
TEPSI	*großes, rundes Metalltablett*
TEZEK	*getrocknete Dungfladen zum Heizen*
YABANCI	*fremd / Fremd(e)*
YAVAŞ	*langsam*
YEMEK	*essen / Essen*
YE!	*iss!*
YÜKLÜK	*hohes Gestell zum Stapeln, z.B. für Matratzen*